賢治童話の気圏

吉江久彌

大修館書店

目次

賢治童話の気圏

賢治童話との出会い――序に代えて――

それまでは田舎にあっていくらか関心のあった宮沢賢治の世界に私が始めて触れたのは、今から六十年以上も溯る昭和十一年（一九三六）の春の頃である。東京は小石川区（現文京区）大塚窪町の小さな古書店の書棚の前においてであったが、私はその瞬間の異常な衝撃を今もはっきりと思い出すことができる。

ある閑散とした日曜日の朝だったと思うが、私は寄宿舎から出て、大通りにあったその本屋に何気なく入った。東京高等師範学校に入学して、東京での生活に入ったばかりの一書生は、何となく孤独ではあったが、受験生活を清算した後の心の落着きがどこかにあった筈である。その目にふと止まったのは、店内の片側の本棚の中程、丁度手ごろな高さのところに、多くの本たちに挟まれて並んでいる青い布製の本であった。その青い色も布表装も珍しかったので早速手にとってみたのであるが、これが宮沢賢治の最初の全集、文圃堂発行の三冊だったのである。

すべて後になって知ったことであるが、その三年前の昭和八年九月に亡くなった賢治のこの全集は、死の翌年の十月に先ず一冊「童話篇」が出版され、更にその翌年の七月にその再版本と詩集一冊、九月に詩集の続き一冊、と相次いで出版されたものであって、私が手に取った三冊は、出版後まだ一年もたっていない新刊同様のものだったのである。

和紙の手触りのよい紙函。その背に「宮」の一字と巻数の「一、二、三」の中のそれぞれ一字とを朱に、他の文字は黒に、手書きを大きく印刷してあるのも珍しく、次々と取り出して見た。三冊のうち二冊までが詩集であるのが一寸意外で、さっと見たところ、字面からは硬質の清らかな感じは受けたものの、詩意がすっと入って来ない。そこで「童話集」に移って、無造作に開いたページの五、六行に目を走らせたところが、文意は抵抗感なく、というよりも、たちまち私は異様な空間に入り込んでいたのである。

どういう作品のどんな部分であるか、そんなことはどうでもよい、とにかく清冽で透明な世界にその瞬間私は立っていたと記憶する。行間に滾々と溢れてやまぬ作者の感覚そのものが、私の中にじかに流れ込んだのであろう。これは私にとってこれまでにない新鮮で強烈な衝撃であった。賢治独自の青く透明な感覚が私の中に眠っていた同種の感覚を呼び醒ましたのに違いない、と今は思っているが、これが賢治との最初の出会いだったのである。

古本屋の店頭での僅か六、七分間ぐらいのことだったろうか、それが時間を超越したものとなって私の中に根を下ろしたわけであるが、このような体験はその後ただ一回あるだけである。それは日比谷公会堂――当時東京で唯一つの音楽ホールであった――で、ジャック・ティボーの提琴演奏を聴いた時のことで、その明くる日一日じゅう私は自分の体の隅々までがすっかり清められているのを意識したのであった。賢治との出会いから二ヶ月ほど後のことであったと思うが、私にとって文学と音楽とは、賢治と同様に早い時期から大切なものであったし、現在なおそれに変りがないばかりでなく、一そう分ち難いものになっているのは、きっと右の二つの体験が結び付いたからのことであろう。

さて、古本屋を出るとき、私はこんなことをしきりに思っていた。――私を不思議な感動で満たしてくれたこの作者が無名であるとは何たることだろうか。この作者の存在をぜひ世間に知らせねばならぬ。それは私が、是非に……と。こう心に誓った途端、ふと詩人草野心平の名が浮かんだ。――彼は遠い所にいるようだが賢治の知人だから賢治を理解しているかも知れぬ。彼に先を越されたかも知れぬ！

賢治のことは勿論、草野心平については『蛙』の詩を一寸読んだぐらいで殆ど知らなかった筈の私が、両人の関係のことを突然思い付いたのが今もって不思議である――心平が詩誌「銅羅」の同人に賢治を誘った誘わなかったとかいうことを何かで読んだのが頭の隅にあったらしい――が、それよりも田舎出の一書生がこんな大それたことを考えたこと自体、賢治ブームといわれる現在、顧みて我ながら微笑ましく思われる。尤もそれは全集が出て間もない頃であったこともあるのだが、賢治の死の翌年の二月に新宿の「モナミ」で第一回の賢治友の会が持たれ、以後五回までもそうした会合があったことを、その時の私は全く知らなかったのであった。

時は流れて今に六十年――。文圃堂の三冊は私のものにはなったものの、その間私には色々様々なことが生起している。最近まで続いた教師生活の始まり、その間に戦争が始まりそして終った五年間の軍隊生活、更には家庭内にも幾多の変遷があった。それにも拘らず賢治の世界は私自身に同化しながら、心の奥底を伏流水の様に流れていたと思う。

終戦後になって賢治関係の機関誌や伝記書、それに研究書の発行が目立って来た。私は次々とそれらを手に入れ、文圃堂版の三巻を引き継ぐ形で出版された十字屋版の四巻を買い足しもして、賢治の世界を更に広く知って行った。関係書が氾濫し出してからは入手を抑制するようになったけれども、それとは別に、新しくタゴールの存在を知るという貴重な機縁に恵まれることもあった。賢治の世界をより深く理解できるようになったのはタゴールに負うところが多いと、今ごろになって思っている。

全著作を読んだわけではないから大きなことは言えないが、アジヤで最初のノーベル文学賞を受賞したこのインドの大詩人ラビンドラナート・タゴールは、深い思想と豊かな文学性の上でまことに偉大であると思う。嘗て詩人であり独仏文学者でもあった片山敏彦がロマン・ロランのタゴール評を引用して語った文中に次のくだりがある。

> ヴィジョネールとはその最も個性的なヴィジョンの性質が原形《アルケチーヴ》の実現であるような人である。そういうヴィジョネールの思想は最も主体的でありながらおのずと使命感から生れ、己れの意識を深めひろげながらまた他の人々の意識を深めひろげるように作用する。
>
> （タゴール生誕百年記念誌「さちや」第五号「タゴールのヴィジョン」）

この言葉は勿論タゴールを語ったものではあるが、同時に賢治にもそのまま当て嵌まるのではなかろうか。具体的に相違するところは多々あるにしても、大まかに見て文学や思想の上で賢治には驚くほどこのタゴールと共通したところが多いのである。

私は右の引用文の「ヴィジョネール（幻視者）」という言葉に惹かれて「詩人タゴール研究序説」なる一文を草したのだが、その前半「真の詩人」の章では専ら賢治との比較を試みている。――先年の著書『タゴールと賢治』にはその部分を収録しておいた。――この拙い論文が幸いにも山室静氏らの手によって『タゴール生誕百年記念論文集』（昭和三十六年五月）に収載せられて、その翌年、詩誌「無限」タゴール特集号（昭和三十七年三月）の座談会でこれが話題の一つに上り、草野心平をして「おもしろい」と言わしめているが、以後賢治とタゴールとの関係に言及する向きも稀には出て来たようであった。

賢治の作品に接した最初から、自分もあのような童話を一篇でよいから書きたいと思い思いして来て叶わず、今に至ったのであるが、大学を定年退職の当時、専攻の研究に一区切りもついたことであるから、その夢をも捨てないままに、賢治の作品一つ一つに正面から立ち向かって行くのはこれからだと思ったことであった。伏流水が噴出し始めている！　とも思ったことであったが、それ以来書いて来たものを纏めたのが本書である。当初の意気込みほどの収穫ではなかったようにも思うが、その過程で精神的に得て来たものは決して少なくなかったと今は思い返している。若き日に賢治の世界と出会ったことは、やはり我が生涯の大きな心の糧となっているのである。

第一部　賢治童話の原風景

水仙月の四日

どつどど　どどうど　どどうど　どどう
青いくるみも吹きとばせ
すつぱいくわりんもふきとばせ
どつどど　どどうど　どどうど　どどう

「風の又三郎」冒頭のこの歌を初めて目にしたのはもう何十年も前のことで、「くるみ」「くわりん」をその時からずっと「ああまいりんご」「すっぱいりんご」だったと思いこんでいながらも記憶し続けていたのは、その言葉遣いの音楽性と不思議なリアリティとに打たれてのことであった。そういう言葉の魔術にはその後賢治のいろんな作品の中でぶつかっている。思い出す一、二を言うと、「ポラーノの広場」で、白つめくさにあかりがついていて、そこに書いてある数字を頼って行ったらポラーノの広場へ行けるという所、遠くでセロかバスの様な「顫ひ」が静かに起り、蜂の羽音もしているという、そのファンタジィがすっかり私を虜にしたし、「やまなし」では作品の全体から感じられる静寂な音楽性には全く魅了せられたのであった。音楽そのものを扱った作品でないのに音楽が聞こえてくるというのは作者賢治の素質の然らしめるところであると思うが、同様の作品に「二十六夜」や「水仙月の四日」等もある。「二十六夜」では、夜の静寂の底で呟く様な梟の説教が繰り返され、その合間合間に遠く汽車の走る音が聞こえてくるというのは心に染み入る微妙なリズムであるが、「水仙月の四日」は冒頭部分と終末部分の静けさとの間に大きく鳴り響く部分を持つという、三部形式の音楽的な構造で出来ているようにも思われる。ここでは『注文の多い料理店』の中で随一の傑作であると思う此の作品を取り上げて、鑑賞してみたい。従来の説と全く違う考がそこでは開示される筈である。

一

「水仙月の四日」（一九二二年一月十九日）は一人の子供と雪婆《ば》んごや雪童子《わらす》、雪狼《オイノ》との物語である。作品に入る前に先ずこの題名について考えておくことにするが、「水仙月」は四月というのが定説である。多分それに間違いなかろうが、余りこだわることはなかろう。というのは、作品中この月名を口にしているのは雪婆んごだけで、それも六回の発声のうちの四回まで。その中に此の語が見えていて、

「（前略）今日はここらは水仙月の四日だよ。さあしつかりさ。ひゆう。」（二回目）、（三回目もこれに似る）

「さあ、しつかり、今日は夜の二時までやすみなしだよ。ここらは水仙月の四日なんだから、やすんぢやいけない。（後略）」（五回目）

「（前略）ああまあいいあんばいだつた。水仙月の四日がうまく済んで。」（六回目）

等の言い方を見ると、雪婆んごが責任を持っているこの特定の日が、地域によって移動し得るものであるらしいことが感じられるからである。思うに、「水仙月の四日」は雪婆んごが責任を果すべき日であって、たまたま此の物語の土地ではその日に当るというふうに理解しておけばよいのであろう。従って四月四日とするのは作品の舞台と思われる花巻地方についてこそ言えるのだということになる。

それでは、「四日」というのはどうなのか。そこで賢治の書簡の一部を引いてみるが、

やどりぎありがたうございました。ほかへも頒けましたしうちでもいろいろに使ひました。あれがあつたらうと思はれる春の山、仙人峠へ行く早瀬川の渓谷や赤羽根の上の緩やかな高原など、をいろいろ思ひうかべました。

（昭和五年四月四日、沢里武治あて）

賢治が音楽の才能を認めた教え子で、当時遠野近辺で小学校の教員をしていた人への手紙であって、「もし三月来られるなら栗の木についたやどりぎを二三枝」をとの、同年二月九日付の手紙での依頼に対して寄生木を送ってくれたことへの礼文で、奇しくも四月四日付になっているのであるが、寄生木を何に使ったかというと、冬も枯れないその生命力から生まれた様々の俗信に基づく使用法、例えば万病の妙薬、豊作への効力、消火の力、出産に働く等、古来ヨーロッパやアイヌ等に行われていたという民俗学の知識から賢治が指導して、煎じて飲んだり食べ物に混ぜたり、小屋や家のどこかに吊らせたりしたことが考えられる。四日というのはその礼状の日付であるが、私が右のことで参考にしたフレーザーの『金枝篇』によれば、ブリーニウスの「博物志」に見える魔法使いの僧やイタリア人は、寄生木の採取の時期を月の観測で決定し、スイスの農民は新月の前の第一、第三、又は第四の日に寄生木を矢で射落して採取したというし、ウェールズの農民は新年の第四日以後に初めて出産した牝牛に寄生木の一枚を食べさせる習慣があったともいうから（第六十五章）、これらが参

考にされたのではないにしても、寄生木を切り取る特定の日が四日と考えられたのかも知れない。それにしても、四日というのは音韻の上で「水仙月」に何となくぴったりしているようにも思われる。

ヨーロッパでは槲の木の寄生木が尊ばれたということであるが、東北地方では栗の木が多いせいか「水仙月の四日」でも栗の木、「若い木霊」やその発展形の「タネリはたしかにいちにち嚙んでゐたやうだつた」でも栗の木の寄生木になっている。後者については後にまた触れることになるであろう。

では何故「水仙月」という表現なのか、ということであるが、水仙は漢名では冬青、俗には「雪中華」とも言い（室町時代の辞書『下学集』）、雪と寒気の中で清楚な花を咲かせ芳香を放つ、一般には二月頃の花であるが、東北では遅くて四月初めに咲くという。そこで雪童子の歌の中に「もう水仙が咲き出すぞ」とあることから四月の定説になったのであろうが、この作品では後に述べるように、ギリシャ神話のナルシスのイメージが作中人物に働いていることもあるからと思われる。


さて、作品のクライマックスは春先の猛吹雪の場面であるが、その前後を貫いて寄生木が大きな役割を演じていることは、誰しも認めるところであろう。ところがその寄生木の役割について、従来の説にどうかと思われる点がある。例えば『宮沢賢治　花の図誌』では、
雪童子は子供にヤドリギを投げつけ、一晩の死においやる。

とし、谷川雁氏は寄生木の一枝を受け取った者が春を招く為の「犠牲」に選ばれるのだとして、

（寄生木を）手から放しさえすれば少年の命は助かると考えられる。（『賢治初期童話考』）

と書いている。氏によれば雪童子は最初「春の使者としての役目を貫徹」することを自分の「計画」としていたのである。然し、そもそも「春の使者」は雪童子を含む雪婆んごのグループなのであって、一雪童子の仕事

ではない筈である。問題は雪童子が自分の投げた寄生木を子供が拾ったのを見て笑ったという、その笑いをどう解するか、又、吹雪の中で子供の泣く声を聞いた雪童子が「しばらくたちどまつて考へてゐ」たことや、「あのこどもは、ぼくのやつたやどりぎをもつてゐた」と呟きながら「ちよつと泣くやうにしました」とあるのをどう解するかに係っているとも思われるのであるが、寄生木が親木を枯らすという点だけを重視して、それとは逆に、『金枝篇』に、樹が枯れても寄生木には「神的生命がいまなお」残っているとしてこれを讃美し、「寄生木が無傷のままである限り、カシワの樹は不死身」と人々は考えたに違いないとして、

　寄生木はそれ自体のもつ害われることのない本質を、それが生えている樹に伝達するものと容易に想像されたはず、云々

とあるのを無視したことが、そもそもの誤りだったに違いないと私は思う[注]。それは兎に角、招春の儀礼として少年を犠牲にしようとした上で、更に猛吹雪の中に放り込むという残酷な考え方が、賢治のものとは到底考えられない。雪婆んごの命令に対する雪童子の「背馳」説も、この考え方に基づく誤解であると私は考えるが、それについては後に述べることにしよう。

（注）『宮沢賢治　花の図誌』147頁に、ヨーロッパの民間信仰や宗教的儀式を「まとめてみると」として、僧の刈り落した寄生木を「生け贄に投げつけ、そしてそれを殺し、神に祈りを捧げる」と述べているが、私が『金枝篇』第65章に見るところでは、寄生木を刈り落した後に、予め曳いて来た「一度も角を縛られたことのない二匹の白い牡牛」を「犠牲として捧げ、（中略）神に祈りをささげる」とある。従って、傍線部の相違が示すように「生け贄に投げつけ」るのではないと考える。

二

私は作品を次の様に五段階に分けてみると、判り易いのではないかと思う。

1、序曲

雪婆んごの紹介、村へ帰る子供の登場、次いで二匹の雪狼、雪童子の登場。場所は雪の丘、晴れた日曜日で朝らしい。雪童子が雪狼に栗の木から嚙じり取らせた寄生木の枝を子供の目の前へ投げる。これが雪童子と子供を結び付ける発端である。

2、クライマックス　I

雪婆んごの接近で次第に模様が変り初め、やがて雪婆んごの声が聞こえ、吹雪の中でその顔がちらちら見え、連れて来られた三人の雪童子、九匹の雪狼が激しい行動を続ける中で、雪童子が子供の泣く声を聞き付ける。

3、クライマックス　II

吹雪の中で雪童子がわざと強い風を吹き当てて、子供を雪の中に倒すことを懸命に繰り返す。午後早くから夜じゅう、夜明け近くまで激しい吹雪。それも雪婆んごが東方へ去ることでやっと収まる。

4、終曲　I

黎明の安らぎが訪れ、ほっとした四人の雪童子たちが初めて挨拶を交わし、無邪気に話し合う。彼らは皆、北を故郷とするものだが、今度西から来た三人は又西へ帰った。

5、終曲　II

新雪の積った丘や野の空に日が昇る。雪に埋れている子供を眠りから醒まそうと、雪童子はそこへ行き、雪狼たちに雪を蹴散らせる。雪の中から子供の赤い毛布が顔を出す。雪童子が「目をさませよ」と叫ぶと子供が一寸動いたようだ。その父が駈けて来るのが見える。

ここで右の各段落ごとに作品を少し詳しく見て行くことにしたい。

（1）

「雪婆んごは、遠くへ出かけて居りました。」

猫の耳、乱れた灰色の髪の、雪の司祭者であるこの奇怪な存在の物凄さは後で明かされるが、今は西の方遠くへ出かけているのだから、しばらく前はここにもいたわけで、丘の上の雪はその時のものである。雪童子はその際にここに留まるように命じられたのであろう。彼の霊性は、見えない星に叫ぶことでカシオピイア（カシオペアを彼はこう呼ぶ）から青い光の波を降らせ、革の鞭の一振りで軽く美しい春雪を降らせることでも判るが、無邪気な童子であることは、林檎の様に輝く顔、終曲Iで見る他の童子たちとの会話の様子などでも判る。そして栗の木の寄生木を雪狼どもに命じて取らせたのは、それが「美しい黄金《きん》いろ」の毬だったからで、その不思議な生命力には、少くともその時点では無関心だったのではなかろうか。もしそれに気付いたとすれば、後で吹雪の中で子供の泣き声を聞きつけた瞬間のことであったと考えられる。

　雪童子の瞳はちよつとおかしく燃えました。しばらくたちどまつて考へてゐましたが、いきなり烈しく鞭をふつてそつちへ走つたのです。

という表現が、それに気付いたことを示しているとも取れようが、初めから寄生木を手にした者の生命が確保されることを考えたとするならば、後の処置は不要の筈であるから、その時はやはり単に寄生木の美しさに惹かれてのことと考うべきであろう。また彼は子供が雪丘の裾を歩いているのを認めた瞬間、子供が父と町の方へ行ったことを思い出し、子供が父に買って貰った赤砂糖を手にしていることを見透しているし、子供が何を考えながら歩いているかを摑んだことも、後で「あしたの朝までカリメラの夢を見ておいで」と、雪をかけてやるところで判る。

子供も無邪気で、家に戻ったらカリメラを拵えるんだと一生懸命に考えながら急いでいる。「赤い毛布にくるまつて」いるのだが、白い雪の中でのこの「赤」は、終曲の終りで駈けてくる父の目印になるようにと、雪童子が雪狼どもに命じて雪を掻き除けさせたものであった。この赤はまた「赤砂糖」・雪狼どもの「焔のやうに赤い舌」・寄生木の「赤い実」等の赤でもあるが、『金枝篇』から得た作者の知識に依るものでなかったか、と思われる。というのは、そこにはノルウェーの神話で、神のボルダーが寄生木の枝で殺された後、大きな火で焼かれるという所があり、それに示唆されてヨーロッパの「通俗的な火祭り」に関する論考がなされているとの記述があることから考えて、「赤い毛布にくるまつて」いる子供が、火に包まれているボルダー神のイメージに通うものではないかとも思われるからである。

さて雪童子は寄生木の枝を子供に投げつけ、目の前に飛んで来たその枝を拾った子供を見て「わらつて革むちを一つひゆうと鳴ら」すのであるが、これは美しい黄金のその毬を自分の思い通りに子供が手に取ってくれたことを喜ぶ彼なりの表情であって、従来の説のように決して子供を犠牲にしようと思ったのでなく、子供に対する親しみの情がそうさせたものと受け取るべきであろう。――子供を招春の犠牲にしようとしたとすれば、雪童子の以後の行動は全く考えられない。子供に寄生木を放させようと雪童子が考えを変えたとするのも自己矛盾で、賛成できない。――かくして寄生木の枝は二人を結ぶものとなるのであるが、忽ち雲一つない群青の空から真白で軽やかな雪が一面に落ち、「しづかな奇麗な日曜日を、一さう美しくした」のは、それを祝福するものであったに他ならない。なお、雪狼どもや雪童子が雪丘を苦もなく歩くのは、彼らが俗界の者ではないから可能なのであろうし、雪童子の制止にもきかない雪狼どもには深い意味がなく、雪狼の生態を生き生きと描いて巧みである。また、先に雪童子が真青な空の見えない星の「カシオピイア」に向って歌で呼び掛けた途端に、青びかりが波になって「わくわくと降」ったというのは、「鳥の北斗七星」で烏の大尉（新しい少佐）が「マヂエルの星」に向って祈ったところ、青空から「青いひかりがうらうらと湧」いたというのと同趣である。

（2）

前段で雪童子が雪狼どもを呼び戻す為に叱った時、「いままで雪にくつきり落ちてゐた雪童子の影法師は、ぎらつと白いひかりに変」るのであるが、これはこの時彼が本性に戻ったことを示すもので、それまでは俗界の少年の姿に見えていたのであろう。寄生木の枝を拾った子供が見廻した時、その姿が目に入らなかったわけである。それにしても黒い影法師が白い光に変るという表現は、日の光の反射で眩い雪の中での目の錯覚を鋭く捉えたものと、雪国育ちの私には思われる。

さて、その雪童子が風の吹き始めた西北を望んで立つうち、「眼《め》は、鋭く燃えるやうに光」る。雪婆んごが近づいて来るのであるが、この前後の天候の急変の描写が素晴しい。木の枝に軽く掛って日に輝いていた雪が落ち尽くし、太陽の様子が妙に変り、空が冷たくなり、太陽面を「なにかちいさなものがどんどんよこ切つて行くやうだ」、そして「東の遠くの海の方では、空の仕掛けを外したやうな、ちいさなカタツといふ音が聞え」という感覚的で微妙な表現は、正に独特のものである。

更に「足もとの雪は、さらさらさらさらうしろへ流れ、」忽ち西方が「灰いろに暗く」なり、空全体が白くなり、風が強まったかと思うと、すぐ「引き裂くやう」になり、「早くも乾いたこまかな雪がやつて来」る。その雪は先刻の軽い暖かい雪とは違うのである。そして「丘の陵《かど》は、もうあつちもこつちも、みんな一度に、軋《きし》るやうに切るように《ママ》鳴り出」す。ここに見られる形容語、譬喩、擬音の表現の的確さは無類である。感覚的で同時にリアルである。

「その裂くやうな吼えるやうな風の音の中から」「あやしい声」が聞こえ、いよいよ雪婆んごがやって来る。その後の激しい吹雪の荒れ様が、雪婆んごのちらちら見える容貌と叫び声、連れて来られた三人の雪童子、九匹の雪狼の息をもつかせない動き等によって描写されているのであるが、われわれ読者は、その暗い渦の中にぐいぐい巻き込まれてしまう。

(3)

雪童子は雪婆んごの第一声で「電気にかかつたやうに飛びたちました。」とあるが、任務の行動を思いっ切り始めていないうちに、「ふと」風で切れ切れに子供の泣き声が聞こえて来るのを耳にする。その瞬間「瞳はちよつとおかしく燃え」、彼の意識は子供と不離のものとなったらしく、「しばらくたちどまつて考へてゐましたがいきなり」泣き声のする方向へ走る。ここで行動の方向が決定しているのであるが、瞳の燃えたのは、潜在していた子供への友情が自覚的になった愛情の故であり、考えたのは事後の方法についてであり、瞬時にそれが決ったのであろう。

「毛布《けつと》をかぶつて、うつ向けになつておいで。」「今日はそんなに寒くないんだから凍えやしない。」「動いちやいけない。」こう叫びながら激しい風を吹き当てて子供を倒そうとするが、子供には姿も見えず、聞くのは風の音だけだから、倒されまいとして必死に抗う。雪童子は倒そうとする。このところが正にクライマックスの唯中である。遂に力尽きて動かなくなった子供に雪童子は何度も雪の布団をかぶせてやり、「あしたの朝までカリメラの夢を見ておいで」と声をかける、その心からの親切さは、論者の考えるように子供を招春の犠牲にしようとしたことの悔悟からでは決してない。その證拠が、雪の布団を沢山かけてやって赤い毛布が見えなくなったところで、

「あのこどもは、ぼくのやつたやどりぎをもつてゐた。」雪童子はつぶやいて、ちよつと泣くやうにしました。

という記述である。「思いがけなく同世代を危機の渕に追いやった錯誤を悔いてのこと」（谷川雁前記論文）ということでは決してなく、あの美しい黄金の毬も、元々誰かを犠牲にする為に雪狼に採らせたのではなかったのである。カリメラを作りたい一心で父より先に一人で雪道をいそいそと戻って来た子供の無邪気さに自分の無邪気さが共鳴して、思わずその大切なものを「ぷいつと」子供の前へ投げてやったのでもあった。その大切なものを子供が手から離さずに持っていたことを確認した、切ない程の親愛の心の表われが「ちよつと泣くやうにしました」である。ここで先述のように、雪童子が寄生木の生命力を知っていて、それが子供を死から守ったと考えることも可能ではあろうが、死から守ったのは実際では雪童子の行動だったのであるから、そこまで考えるには及ぶまい。作者は勿論寄生木の生命力を知っていてこれを用いたのではあろうが、作品の上では、美しい黄金の毬は飽くまでも親愛のシンボル、心と心とを結ぶ橋と見ておくことで十分ではなかろうか。

では何故作者はそのことを明記せず、読者を迷わせることをしたのであろうか。私はそれは作品に緊張感を持たせる為だったと考える。最初から種明かしをしてしまうと、吹雪の中での雪童子の行動が甘く見られることにもなり、それよりも後になって読者をほっとさせる方が作品に力を与えることになってよい。作者が実際

にその様に意図したかどうかは明らかでないが、作品がそうなっていることは確かである。

雪童子が元々子供を犠牲にする積りでなかったことの参考に、「若い木霊」（注）――後で「タネリはたしかにいちにち噛んでゐたやうだつた」に改作される――の中に、木霊が残雪の丘に立っている栗の木に声を掛ける一節を引いておく。――声を掛けても栗の木は何の返事もしない。木霊は寄生木に惹かれてそこへ行ったので、その「黄金色のやどり木」に「おい。この栗の木は貴様らのおかげでもう死んでしまつたやうだよ。」と言う。寄生木は「きれいにかゞやいて」笑いながらこう答える。

「そんなこと云つておどさうたつて駄目ですよ。睡つてるんですよ。睡つてるんですよ。（後略）」

つまり、寄生木は元々親木の死とは何の関係もないと朗らかに笑っているのである。あの子供は寄生木を持ったまま雪の下で眠っているのだから、死とは無関係ということになるであろう。

（注）改作された「タネリは――」では、タネリが「栗の木死んだ、何して死んだ、／子どもにあたまを食はれて死んだ」と叫ぶと、上の方で寄生木が「ちらっと笑つたやうでした」というところがある。「子ども」である寄生木が養分を吸うことで親木を枯らすという特性に基づいたものであるが、ここではやはり寄生木が栗の木から奪った生命力が子供を死から守ったと見るべきであろう。子供はここでいう「親木」ではないのだから。

一般の誤解に、もう一つ雪童子の「背馳」ということがあるが、それは雪婆んごと雪童子とのやりとり、

「おや、おかしな子がゐるね、さうさう、こつちへとつておしまひ。水仙月の四日だもの、一人や二人とつたつていゝんだよ。」

「えゝ、さうです。さあ、死んでしまへ。」

の読み方の如何に基づくのであろう。

雪の中に倒れている子供に気付いた雪婆んごに、雪童子はこの様に答えながらも子供を保護する行動を続けている。そこで思うに、右の雪婆んごの言葉は命令なのであろうか。又、雪童子は命令と受け取ったのであろうか。私にはそうは思われない。「一人や二人とつたつてい丶んだよ」の「い丶んだ」は、「一人や二人の生死になど構って居られるか、今日はそれ程切迫して忙しい日なんだぞ」という含みであり、又実際に、瞬時もせわしなく（任務遂行に）立ち働いている最中に、特定の一人の子供を殺せと命令する余猶などない筈であるし、答えた方も軽く応酬したに過ぎないのだと解した方がよくはないか。そうでなくても、「死んでしまへ」という程激しくぶっつけて倒さないことには、この凄い吹雪の中では子供が無駄な体力消耗をするだけだと雪童子が考えたと受け取る方がよかろう。何度も必死で立ち上ろうとする子供に対しては、こちらも必死でなければ駄目である。かくして雪婆んごが「さうさう、それでい丶よ」と云う程の強い当り方をもう一度繰り返すことで、彼は終に思いを遂げたのである。

雪婆んごも必死、子供も雪童子も必死の図がここにある。それは全体として見た時、吹雪の猛烈さ、自然の持つダイナミズムと、それに抗う人間の姿の表現で、文章自体が猛烈な吹雪そのものの息吹に同化しているように思われる。その表現の成功がこの作品の決定的な迫力となって読者に訴えるのである。が、ここで雪童子の行動を見ると、「走りながら叫び」、「かけ戻りながらまた叫び」、「も一ど走り抜けながら叫び」、「向ふからわざとひどくつきあたつて子どもを倒し」（そこでようやく雪婆んごが子供に気付く）、「わざとひどくぶっつかりながらまた（倒れて動かぬようにと）そつと云ひ」、（子どもが最後的に又起き上ろうとしたので）「笑ひながら、もう一度ひどくつきあたり」、「笑ひながら、手をのばして、その赤い毛布を上からすつかりかけてやり」、「同じとこを何べんもかけて、雪をたくさんこどもの上にかぶせました。」そして「あのこどもは、ぼくのやつたやどりぎをもつてゐた」と呟いて「ちよつと泣くやうに」したのである。この切実さ！

　この「走り」「叫び」「つき当り」には風の動きや唸りが如実に窺われる。渦巻く大きな風の中に局地的な突風が強弱さまざまに方角を定めずに吹く様は正しくこの通りであって、雪童子の行動を相次ぐ突風と見る時、それはやはり大きな吹雪の中に包攝されるものであり、決して命令の背馳ではない。そのような中で子供が当然のことながら雪中に倒れ埋れても、春の雪だから凍えることなく、毛布を被ってさえいたら気を失ったままでいても凍死する心配がないというのは、寄生木の持つ霊的な生命力の故ということを別にしても、雪童子が計算の上で行動したとして自然の攝理を擬人化したものと見る方が此の場合妥当ではないだろうか。

　日本の気候は西北から東方へ変化する。雪婆んごが春先の低気圧の擬人化と考えられているのもその通りであろうが、その接近の予兆として、東の遠い海の方で「空の仕掛けを外したやうなちいさなカタツといふ音」がしたというのは、西から東へ移動する低気圧の通路が出来たということを意味するのであろう。とに角低気圧は通過して行くのであり、子供が春雪に埋もれてからは日が暮れ、その後夜じゅう降りに降った雪も夜明け近くにパタッと止んで、雪婆んごは「口をびくびくしながら」（そこに弱まってゆく名残りの風も感じられる）一人忙しく東方へ駈け去ったのである。

（4）

　最後の軽い突風のあとに静寂が訪れ、任務から解放されてほっとした四人の雪童子たちは、始めてお互いに挨拶を交わす。夜はまだ明け切らず、空には一面の星が瞬いている。少年らしく素直な会話も暫時で、西から来た三人は間もなく西へ帰って行くが、会話から判ることは次のことである。

　雪童子たちは皆北極を故郷とする——主人公の雪童子が「白熊の三角帽子」を冠っているのもその証拠であ

る――。彼等は前々から親しい仲であるが、吹雪を主宰する雪婆んごに仕え、銘々の地域を分担する。そして今暫く任務を終えるまでそれぞれの分担の地に留まらねばならない。主人公の雪童子は、暫く前から当地にあって雪を降らせていたのであるが、今度は更に三人の雪童子が加わらねばならぬ程に、これまでとは違う激しく厳しい仕事であった。然しそれで済んだのでなく、もう少し一人此の地に留まっての仕事もあるのだろう。それが済んだら年内に彼等と北の故郷で再会することは出来るし、それが待ち遠しい。

会話の中で一人の雪童子が、例の子供が吹雪で「死んだな」と言うのに対して、

「大丈夫だよ。眠ってるんだ。あしたあすこへぼくしるしをつけておくから。」

と答える。子供の心の中まで見透すことのできる彼の言葉であるから、絶対間違いないと思ってよかろうが、ここで先に引いた「若い木霊」の寄生木の言葉が想起せられる。

然し彼にも判らないことがある。カシオペアの星を指しながら、あの「青い火」が燃えたら雪を寄越す訳は何だろう、と言うのである。彼は朝、その星座に向って「おまへのガラスの水車／きつきとまはせ」と叫んだら、そこから「青びかりが波になつてわくわくと降り」、革鞭を一振りしたら「まつ白な雪が、さぎの毛のやうに、いちめんに落ちて」来たのであった。つまりカシオペアに雪を降らせる術は行使できるものの、どうしてそうなるかを知らないでいたのである。「ガラスの水車」だから、氷の様に冷たい星が北極星の周囲を水車の廻る様に廻ることで雪ができる、青い光が降る、その不思議さを知りたかった少年らしい問いである。

これに対して雪童子の一人が簡単に答える。それはザラメを綿菓子にするのと同じで「火がよく燃えればいいんだよ。」ということで、雪童子はあっさりと了解するのであるが、その時あの子供が赤砂糖とザラメを煮てカリメラを作ることを一心に考えていた、その心を見透していた自分を思って、それなりに納得したのであろう。が、それというのも無邪気な納得の仕方であり、そこに子供の心と元々通じ合う所以があると考えられ

る。

(5)

三人の親友たちがそれぞれ雪狼を連れて西の方へ帰った後、間もなく夜が明け、新雪の上の空は、あの猛烈な一夜を忘れたかのように、黎明の黄金色《きん》に輝いている。雪狼どもは疲れて坐っているが、雪童子は林檎の頬、百合の様に香っている。「もうすぐ水仙が咲き出すぞ」の水仙が「雪中華」であるなら、彼こそその水仙であろう。

やがて太陽が昇り、彼はその時を待ちかねていたかのように雪狼どもに声を掛け、「夜があけたから、あの子を起さなけあいけない。」と、「走つて」あの子供の埋っている処へ行き、雪狼どもに雪を除けさせる。その雪狼どもの行動の描写はまことにリアルであるが、雪童子は雪の中から赤い毛布の端が見えたところで止めさせ、後の雪丘に駈け上って「お父さんが来たよ。もう眼をおさまし。」と叫ぶ。「一本の雪けむりをたてながら」というから、風となって叫んだのであろうし、雪煙じたい狼煙の役目となることを思ってのことでもあろう。そして赤い毛布と雪煙とを目印に懸命に「かんじき」で雪の上を走ってくるのは子供の父に相違ない。「子どもはちらつとうごいたやうでした。」とあるのは、紛れもなく子供が目をさましたことを表している。手に寄生木をしっかりと握っていることは勿論であろう。

三

火がよく燃えることで白い雪が降り綿菓子が出来るという着想も、この作品の重要なテーマの一つであるが、これは古代のインドの思想に基づくのではなかろうか。『ウパニシャッド』の中に、宇宙の最初を唯一無二の「有」が火を送り出し、火が水を送り出し、水が地《つち》、食物を送り出したと説明しているところがあって(Chandogya Upa. VI)、そこにはまた、「燃ゆる火（アグニ）の赤い色は火の色である。火の白い色は水の色である。火の黒い色は地の色である。」という記載もある。作品の雪中の赤い毛布、つまり雪童子と赤い毛布にくるまった子供もこれとの関連で理解できるのではなかろうか。

二人のこの緊密な関係はギリシャ神話のナルシスをも連想させる。ナルシスが水に映った自分の顔に見惚れて死に、水仙に化したというが、雪童子が子供の無心の中に自分のそれを見たというのが「水仙月」という美しい題名の発想の一つだったのかも知れない。そうでなかったら作品の初めに、あんなに長々と子供が一心にカルメラ作りのことを思いつめて行く心の中を書くわけがない。しかも子供は、恐らくはその楽しさで父より早く戻って来たのであろうし、朝の雪道を「せかせか」と急いでもいるのである。その無邪気さに対しての雪童子の無邪気さは、寄生木の美しさに目をとめて以降、先に述べた通りである。

賢治は処女作といわれる「双子の星」にチュンセ童子、ポウセ童子という双子の星を登場させている。爾来この二人に似た親密な二人を登場させた作品がいくつもあって、「シグナルとシグナレス」（大正12年）、「雪渡り」（大正10年）、「銀河鉄道の夜」（大正15年？）等がそうであるが、発想の根源は妹トシとの関係にあるらしい。この事は一般に言われていることでもあるが、「水仙月の四日」（大正11年）にもこのことが言えるのではなかろうか。してみると、「水仙」はこれら凡ての象徴的表現ということにもなるであろう。

此の作品のクライマックスである猛吹雪は、水仙の咲くこの地方に春を招くものであるという定説に間違いはなかろうが、だといってこれを招春の儀礼とまで言うのは些か言い過ぎであろう。それでは雪童子の行為——寄生木を用い、星に祈るという行為——が重く係わることにもなって、素直な読みを妨げることにもなると思うからである。

繰り返して言うことになるが、此の作品は春先の大荒れ——それがないと春が来ないし、その後のタネリが味わうような春の喜びの時はやって来ない——を真の意味でリアルに描写すること、それを通して、寄生木という聖なる木の枝が橋渡しとなる、神的な少年と俗界の少年との美しい心を描くこととを二本の柱として構成せられたものである。自然の凄いダイナミズムと少年たちの水仙の様な香しい心との対比というか、静と動との巧みな結合というか、そういうものが明と暗との空間でドラマを構成し、交響楽を鳴り響せているのである——「すさまじき光と風との奏鳴者」という表現が詩「奏鳴的説明」（一九二五）の中にある——が、ここで忘れてはならないのは、忽ち来て忽ち去る一過性の雪婆んご、春先の低気圧の齎す猛吹雪——それは「この地方では吹雪はこんなに甘くあたたかくて／恋人のやうにみんなの胸を切なくします」（詩「奏鳴的説明」の改作「奏鳴四一九」）と謳われるものでもある——に対して、恒常的に空にあるお日様の存在である。

日は今日は小さな天の銀盤で／雲がその面を／どんどん侵してかけてゐる／吹雪《フキ》も光りだしたので／太市は毛布《けっと》の赤いズボンをはいた

（『春と修羅』所収「日輪と太市」、大正11年初春）

は作品との関係で屢々引用される短詩であるからその説明は省くが、類似の表現があることは確かで、ここに太陽は重要な存在として歌われているように、余り気付かれないかも知れないが、作品の初・中・終に「お日さま」が顔を出していることを見過してはなるまい。

● お日さまは、空のずうつと遠くのすきとほつたつめたいとこで、まばゆい白い火を、どしどしお焚きなさいます。／その光はまつすぐに四方に発射し、下の方に落ちて来ては、ひつそりした台地の雪を、いちめんまばゆい雪花石膏の枝にしました。（初）

● けれども、その立派な雪が落ち切つてしまつたころから、お日さまはなんだか空の遠くへお移りになつ

て、そこのお旅屋で、あのまばゆい白い火を、あたらしくお焚きなされてゐるやうでした。(中)

●いつかまつしろな鏡に変つてしまつたお日さまの面を、なにかちいさなものがどんどんよこ切つて行くやうです。(中)

●ギラギラのお日さまがお登りになりました。今朝は青味がかつて一さう立派です。日光は桃いろにいつぱいに流れました。(終)

雪婆んごの接近につれて変化する「お日さま」の微妙な変容が、敬語を用いて描写されているのを見るが、何といっても太陽は絶対者として君臨し、雪婆んごはその下に使命を果すものとして絶えず移動し続ける存在である。そこに太陽に敬語が用いられた所以があり、それは同時に賢治の思想の表われでもある。太陽、その意思の一環として働く者たち、そして人間、この三者がこの作品を構成する三層の登場者だったのである。

なお、作品の随所に絶妙とも言える表現や色々の色彩の鏤められている所が見られるのであるが、これについては長くなるので省略する。

やまなし

宮沢賢治の『花鳥童話集』（未刊）の中でも優れた作品と思われる「やまなし」については既に多くの論及が見られるが、

小さな谷川の底を写した二枚の青い幻燈です。

と、作者が最初に述べているその「幻燈」の特性に触れたものは滅多にない。管見では僅かに恩田逸夫が「宮沢賢治における幻燈的と映画的と」の中で、〈光〉に対する賢治の強い関心と、〈幻〉が美意識や倫理的、宗教的な意味を含んでいることで賢治と関連があること等について語っているのを見るが、指摘はそれだけに留まって具体的な説明がなされていない。私は普通に言う幻燈と、賢治が特に「幻燈」と言っている文学上の用語とを等しく考えることは軽卒だと思うので、先ず用語の特種な意味を検討した上で、作品についての所見を述べたいと思う。

一　「おきなぐさ」と「やまなし」

「おきなぐさ」は「やまなし」と共に賢治が構想した『花鳥童話集』中の名作と思うが、この二つの作品には非常に似通ったところがある。特に「おきなぐさ」の前半部分と「やまなし」の〈一、「五月」〉との間においてである。両作品とも大正十二年の作（前者は六月頃の作か、後者四月発表）であって、発想をも同じくしていると思われるので、先ずそのことを述べた上で、「幻燈」の吟味に移ろうと思う。

「おきなぐさ」の前半部分と言ったのは、咲いたばかりのその二本の花が兄弟のように睦まじく語り合っている部分のことで、二ヶ月後に冠毛の状態になってからの後半部分に対応するものであるし、「やまなし」の〈一、「五月」〉は〈二、「十二月」〉（以後「やまなし」㈠、㈡と略記する）の部分に対応するものである。舞台はそれぞれ小岩井農場南方の丘の枯草の中、谷川の水底であり、また登場するのが二本の花、二疋の蟹と、相異なりはするけれども、その他は極めてよく似ているのである。

季節が「おきなぐさ」では四月、「やまなし」では五月で、共に初夏である。それぞれの登場者——花たち、蟹の子たち——は共に幼なくて全く邪気がない。「前者」では特に兄弟と断ってはいないが、兄弟以上と思われる程に睦まじいことがその言葉のやりとりで判るし、「後者」ではごく仲のよい兄弟である。そして、共に二人の静かな言葉のやりとりで文が運ばれていて、それぞれの動きそのものには殆ど筆が用いられていない。更に、その言葉の内容であるが、「おきなぐさ」では急速に変わる雲の流れと、雲に隠されたり現われたりする〈お日さま〉と、その為の光で激しく変る風景との見せる「変幻の奇術」であり、「やまなし」では〈クラムボン〉の絶え間のない動き——笑った、跳ねた、死んだ、また笑った——についてである。しかもその言葉のやりとりは、どちらも「変幻の奇術」の中においてなされるのである。つまり、光と影との見せる「奇術」の中においてである。表現上でも影の動きは、

山の雪の上でも雲のかげが滑ってるよ。（「おきなぐさ」）

その（魚の）影は黒くしづかに底の光の網の上をすべりました。（「やまなし」）

花びらの影はしづかに砂をすべりました。（同右）

等とあって、よく似ている。

更に、二本の花が語り合っている空間は、「風のすきとほつたある日のひるま」であり、〈お日さん〉が急に雲に隠れると「あたりが青くしんと」なる。これに対して、蟹の兄弟の語り合っている水中は青く明るい。つまり、どちらもまわりが透明で、しかも物音一つしない静寂そのものの世界なのである。そして谷川の水が冷たいように、丘を吹き渡る風も冷たい筈である。

なお、これに続くところで、ひばりが空から降りて来る「おきなぐさ」に対して「やまなし」では〈かはせみ〉が、また〈やまなし〉がとび込んで来る。そしてその後、花たちは冠毛に変身しており、蟹の兄弟は泡くらべをするまでに生長している。

このように見て来ると、「おきなぐさ」と「やまなし」の二作品は脚色においてこそ相異なりはすれ、発想は一つでないかと考えざるを得ないのである。

二　ひかりとかげ

唯今は二つの作品相互の緊密性を述べたが、その共通面での「ひかりとかげ」と、空間の透明性との二つの

点に特に注意したいと思う。そして、これに関連して詩集『春と修羅』中の一篇「青い槍の葉」について少し述べたいと思う。この詩は詩集に収められるに先立って、国柱会の機関誌「天業民報」八八二号（大正十二年八月十六日付）に発表されているのであるから、先の二作品と同年の作と考えられるものである。

各連四行の七連から成る定型詩で、各連の前と最後尾に「ゆれるゆれるやなぎはゆれる」のリフレーンがあり、題の左傍に「mental sketch modified」との注記がある。内容は田植え歌なのであるが、田植え人に焦点が置かれず、雲の動きと〈お日さま〉とを主眼とする自然の風景の中に宇宙根源の力を暗示するものである。その点、先の二作品——特に「おきなぐさ」との関連があると思われるので、それに当る詩句を抜き出してみる。

雲は来る来る南の地平
そらのエレキを寄せてくる　（第一連）
雲がちぎれて日ざしが降れば
黄金《キン》の幻燈《げんたう》　草の青　（第二連）
雲はくるくる日は銀の盤
エレキづくりのかはやなぎ　（第三連）
雲がきれたかまた日がそそぐ
土のスープと草の列　（第四連）
雲がちぎれてまた夜があけて
そらは黄水晶《シトリン》ひでりあめ　（第六連）

各連四行のうちの最初の二行がこの通りで（あとの二行も概ね風景描写）、そのうち第二連の二行には、にはかにパツと明るくなり、日光の黄金は夢のやうに水の中に降つて来ました。　（「やまなし」）

と同様の情景が歌われており、しかも「幻燈」という語があるのに注意したい。「やまなし」の右引用文の箇処も、水中の「青い幻燈」の一部分なのだから。また、北国の田植え時期のことであるから季節は六月、空気も風も澄んでいることは、

風が通れば（「かはやなぎ」を）さえ冴《ざ》え鳴らし／馬もはねれば黒びかり　（第三連）

りんと立て立て青い槍の葉／たれを刺さうのやりぢやなし　（第五連）

で推測できる。朝空の「黄水晶」はさわやかに透明である。「青木のほづえ」、「草の青」、「青い槍の葉」（二回）、「青野原」など、「青」の詩語がよく用いられていることも風景の鮮明さを印象づける。

また、「ひかりとかげ」ということでは、

かげとひかりの六月の底

気圏日本の青野原　（第七連）

という詩句があって、ここで歌われている「気圏」の「底」での「かげとひかり」の光景は、「やまなし」の水の底での光景と明らかに対応するのである。更に、

黒くおどりはひるまの燈籠《とうろ》

泥のコロイドその底に　（第四連）

という詩句において「ひるまの燈籠」は、「廻り燈籠」が夜のものであるからこう言ったまでで、うつむき加減に並んで苗を植える人々の踊る様な手つき、その姿が〈お日様〉の影で黒く見え、この動作が終ることなく続くので廻り燈籠の絵の様だというのであるが、「おきなぐさ」でも雲の激しい動きで風景が明るくなったり「黒く」なったりするのを見て「まるでまはり燈籠のやうだねえ。」と語っている。このように光と影とが相伴

い、作品で主要な要素になっているのに、「やまなし」を論ずるとき、不思議にも殆ど誰も影のことまでは言っていないようである。(注)

もう一つ大切なことは、この詩では風景を大きな視野から捉えていることで、

気圏日本のひるまの底の　(第二連)
ひかりの底でいちにち日がな　(第五連)
かげとひかりの六月の底
気圏日本の青野原　(第七連)

等、「気圏」「――の底」という表現は、「(雲が)そらのエレキを寄せて来る」(第一連)、「エレキづくりのかはやなぎ」(第三連)、「そらはエレキのしろい網」(第七連)等、宇宙根源の力を思わせる「エレキ」という語の多用と相俟って、この詩が宇宙的な視野から歌われていることを示すものである。田植えの行われている田圃がこのようであることから、〈おきなぐさ〉の花たちのいる枯草の丘も、蟹の子供たちのいる「小さな谷川の底」も同様に「気圏日本の」「ひかりの底」であり、宇宙の一風景であると言えると思う。

(注)　谷川雁氏は『賢治初期童話考』「やまなし」の中で、「(賢治は)映像の核心は〈影の流れ〉であるという確信を端的に追求している」といい、「光の強さによって点滅する三種類の影」のあることを言っているが、それだけに留まっているし、又、光のことについて特に述べることもしていない。

三 「幻燈」という言葉

さて、「幻燈」の語に焦点を当てる段階に達したようだ。

詩集『春と修羅』の「小岩井農場〈パート一〉」は、五月のある明るい日に農場を訪れた時のことを歌った詩であるが、この中に、

くらかけ山の下あたりで／ゆつくり時間もほしいのだ／あすこなら空気もひどく明瞭で／樹でも艸でもみんな幻燈だ／もちろんおきなぐさも咲いてゐるし／野はらは黒ぶだう酒のコップもならべて／わたくしを款待するだらう

という部分がある。鞍掛山は農場の北方にあり、先述の作品「おきなぐさ」の舞台が農場の南方七つ森の西端あたりであったのとやや違うが、状況的には相近い筈である。「黒ぶだう酒のコップ」とは〈おきなぐさ〉の花の暗喩で、詩人はこの場所がお気に入りのようだが、ここで「あすこなら……幻燈だ」という言い方に注意したい。「幻燈だ」と断言する上での条件が「空気もひどく明瞭」ということで、五月の澄み切った、やや冷たさを感ずる空気の中では、あらゆる風景が鮮明である。その輪廓のはっきりした樹や草などの自然の風景を「幻燈だ」と言い切っているのである。

このことが詩「青い槍の葉」についても言えることは先述の通りで、第一、稲の苗を「槍」の鋭い穂先に譬えたこの題名がそう思わせる。

作者自身「少年小説」と分類した中の「ポラーノの広場」の冒頭文にもこの例が見られる。

（前略）あのイーハトーヴォのすきとほつた風、夏でも底に冷たさをもつ青いそら　うつくしい森で飾

られたモリーオ市　郊外のぎらぎら光る草の波、またそのなかでいつしよになつたたくさんのひとたち、（中略）いまこの暗い巨きな石の建物のなかで考へてゐるとみんななつかしい青いむかし風の幻燈のやうに思はれます。

この作品は五月から十月ごろまでの物語なのであるから、透明な風や冷たさを感じさせる空はその間を通じての東北の空であろうが、五月ごろのものと考えたら理解し易い。次から次へと思い出されるのを「廻り燈籠のように」といわないで、「幻燈のやうに」と表現したのは、それ故に一つ一つの印象が鮮明であることに重点を置いたからなのであろう。ここではそれが風景だけでなく、登場人物にまで及んでいることに注意せられる。「おきなぐさ」や「青い槍の葉」では風景中に登場人物が全くないか又はその動きに焦点が合わされていないかであったが、「やまなし」では蟹たちの言動までが鮮明であるのは此の類いである。

また「暗い巨きな石の建物のなか」は、そうした幻燈を観るにふさわしい所と言うべきであろう。「青いむかし風の幻燈」について言うと、「青い幻燈」は「やまなし」がそうであったように、透明で爽やかな空間における風景や人物からの謂であろうが、「むかし風」というのはよく判らない。多分旧式の幻燈機というのではなく、映し出される画面について言ったのであろう。なお作品「ガドルフの百合」に、電火の閃きで「庭は幻燈のやうに青く浮び」という所があるが、この「青く」はよく判る表現で、瞬間ながら庭全体の様子がその光で隅々まではっきり見えたのである。

また星祭りの夜のファンタジックな少年小説「銀河鉄道の夜」にも、無数の三角標が美しく光っている天の野原を、

　向ふの方を見ると、野原はまるで幻燈のやうでした。

と描写した所があって、そこに吹く風を「じつにそのすきとほった綺麗な風は、ばらの匂でいつぱいでした。」

と述べているのであるから、ここの空間も透明であったわけである。この作品も「ポラーノの広場」もかなりの長篇であるが、「ポラーノの広場」では一つ一つの思い出が幻燈で、それが巧みに編集されることで一つの作品となったと考えられるように、「銀河鉄道の夜」もまた同様の手法で織りなされた作品であると言えるのではなかろうか。

短篇長篇の別を問わず、以上のような例はなおいくつも挙げられようが、最後に、「幻燈」と特に断らないにも拘らず、同様にそのように受け取られる例を一つ挙げる。「詩ノート」中にある「病院」と題する詩である。作者は何故か斜線で抹消しているのであるが、参考にはなろう。

> 途中の空気はつめたく明るい水でした／熱があると魚のやうに活発で／そしてたいへん新鮮ですな／（一行中略）／市街も橋もじつに光つて明瞭で／（二行中略）／あんな正確な輪郭は顕微鏡分析《ミクロスコープアナリーゼ》の晶形にも／恐らくなからうかと思ふのであります　（一九二六・一一・四）

冷たく明るい空間では凡てが新鮮で輪郭が明瞭正確に見えて、街の風景やその中を行き交う人々の服装が、顕微鏡下に見る水晶の断片等の輪郭の比ではない位だというのである。詩句の中の「つめたく明るい水」は「やまなし」の世界に通ずるもので、「やまなし」が「幻燈」であるからというだけでなく、先に挙げた諸例の表現に照らして、此の詩境も「幻燈」であると言えよう。

さて、以上を通してみると、賢治が「幻燈」と言うとき、それは一般概念における幻燈でないことが明らかである。つまり、通常見馴れている筈の風景やその中の人物等が、冷たいまでに澄んで透明な明るい空間に驚くばかり鮮明な姿を見せるとき、それを賢治は「幻燈」と呼ぶのである。そして賢治のそれは動く絵画なのである。そして又、言葉で描かれる幻燈なのである。賢治のある書簡の中に、

> 雲が風よりも濃く水は雲よりも稠密なつめたい四月のひるま　（森佐一宛。大正十四・四・十二）

という言葉があって、風—雲—水の順に濃密の度を増すのが初夏の真昼だというのであるが、多くの「幻燈」の例がこの季節のものであることも重要である。と同時に、水も風も濃さの度合いの差だということから、野原も水中の世界も同質だということになる。「おきなぐさ」も「やまなし」もその視点で読まるべきであろう。

また、前掲の詩「青い槍の葉」の題に「mental sketch modified」という注記があったことを想起したいが、あれは七七・七五に語調を整えた四行一連を七連としたので modified と言ったまでで、そうでない場合の作品も凡て「心象スケッチ」なのであるから、他の童話や少年小説もまた「mental sketch modified」と呼んでもよいものであろう。この表現を別の表現に置き換えるならば、〈心象スケッチに「多少の再度の内省と分析と」を加えたもの〉と言い得るのではなかろうか。この表現は童話集『注文の多い料理店』の新刊広告文の中に、所収の童話が「この通りその時心象の中に現はれたものである」ことを述べた件《くだり》に見られるものである。従って「やまなし」もまたこの類いであると言える。

四　蟹の子たちが見ていたもの

「幻燈」の考察はこれ位にして「やまなし」の作品を考えることに移ろうと思うが、それについて、小論の最初に試みたこの作品と「おきなぐさ」との比較の中で、一つ言い忘れていたことがある。それは両作品とも登場者が「光の変幻の奇術」の中に身を置きながら見ていたものについてであるが、「おきなぐさ」では繰返すまでもなく、雲と〈お日さん〉と周囲の風景とが見せる急速な変化であって、その目は多く空に向けられていた。これに対して「やまなし」の登場者が何を見ていたかという点であるが、これはやはりこれと対比的に考えるのが自然であろう。

果して、幼い兄弟の蟹の子らは水面を見上げていたのである。蟹の形態から言ってもそれは自然であろう。ならば何を見ていたか、何の変化をみていたかということになると、最初水の中は青白く、上の方は「青くくらく」、「そのなめらかな天井を、つぶ〳〵暗い泡が流れて行」くばかりである。他に動くものは何一つないのである。とすると蟹の子らの目に映るものといったらそれしかない。青く暗い「天井」を更に暗く動いて行くもの、それしか興味を引くものはなかったことになる。つまり「おきなぐさ」では雲であったものが、ここでは泡ということになるわけである。

そこで考えられるのが「クラムボン」である。この語を巡る蟹の子供らの言葉のやりとりは普通「言葉遊び」と言われる。しかし遊びの気持はあるにしても、何の意味もない単なる言葉遊びに過ぎないとは、咲いたばかりの幼い〈おきなぐさ〉の子供らのやりとりの内容から考えても到底考えられないことである。雲の動きを見ながら明るくなった、暗くなったと光の変化に興じていた〈おきなぐさ〉たちに対して、蟹の子たちは笑った、跳ねた、死んだ、また笑った、と言って興じているのである。「お魚」という言葉は知っていても、魚が何をしに行ったり戻ったりするのかを知らない彼らが、「泡」という言葉やその動きを正確に知っている筈がない。ただし彼らが泡を見たのはこの時が初めてではない筈で、暗くても「天井」を流れるものがこれだということは知っていた筈である。時々はポンと跳ね上りながらながれる泡の動きを見て、兄の方がそれを「クラムボン」と言い、弟がすぐにその意味を承知して真似たのである。この跳ねるようなリズミカルな音節の表現は言い得て面白い表現ではないか。弟のいう「かぷかぷわらつたよ」の「かぷかぷ」は我々が普通に言う「ぷかぷか」を思わせる表現でもある。

そのように考えると「クラムボンはわらつたよ」は泡たちがスムーズに楽しげに流れてゆくとき、「死んだよ」は泡たちの流れが一時杜絶えたとき、そして又流れて来て「わらつたよ」となった、と見ることができるのではなかろうか。兄の方が先ず泡たちの動きを捉えて言えば、弟が真似て少々は表現を変えて言う。この繰り返しを兄弟は楽しんでいるのである。その間ずっと二疋は水底の同じ処で同じものを見上げながら言っている。そのことも〈おきなぐさ〉の二本の花たちと相似であるが、ここで私は何故か「銀河鉄道の夜」のジョバンニとカムパネルラの二人を想い浮べる。一方が言うと他が相槌を打つことの、あれは繰り返しであった。

こういう次第で私は「クラムボン」について多くの説が出されている中で泡説に賛成したいのであるが、さりとて読者がその語を泡に置き換えて読むことには反対で、クラムボンはクラムボンとそのままに読むべきであると思う。この語の持つ軽いユーモアの感と幼い者たちのあどけなさは作品の終りにまで響いているのであるから。

泡説をとる理由は更に、兄弟の蟹の子のこのやりとりが三つの部分に分けてなされている、その間に挟まれている二つの短い地の文にも見ることができる。

● そのなめらかな天井を、つぶ〳〵暗い泡が流れて行きます。

● つぶ〳〵泡が流れて行きます。

なお、この後の文に続いて蟹の子供らも続けて「五六粒泡を吐きました」という文があるから、作品の冒頭部分は魚が登場するに至るまでは泡が主役になっていると見られる。それが読んでいてそう思われないのは作者の手腕の故である。

余計なことながら、作者が「クラムボン」という表現をどうして思い付いたかということでは、「クラム」＝cram（押し合いへし合いする）、「ボン」＝bound（はずむ、飛んで行く）、或いはbounce（飛び上がる、はねる）で、泡たちが勢よく谷川を流れ下る状態からの、一種の擬態語的のプリミティヴな表現でもあるかと、私は憶測している。

五　主題

「やまなし」の主題というべきものについては、作品の㈠㈡を併せて見るべきで、恩田逸夫は前掲の論文で㈠は「豊麗の季節における冷厳な死」、㈡は「冷たい季節における豊かな生」で、「死から生へと転じて」、「夢幻的風景のなかに、この世の実相の基底を挙示し得ている。」と述べ、続橋達雄氏は『宮沢賢治・童話の世界』の中で、「透明に澄む静かな谷川」の美しさ、そこに語られている「いのちあるすべてのものの、その奥底にひそむものへの畏怖感、おびえ」を指摘している。多くの評論の凡てがこれに尽きるものではなかろうが、大体の傾向はこれで推測できよう。

これらの中には肯定すべき説も首をかしげたい説もあるが、私は先に検討した賢治の「幻燈」の特殊性から考えると、登場者の行為や心理などに重点をおくのではなく、それは風景と同等の次元で見るのが妥当であると考える。冷たく澄んだ五月の、また凍るばかりに冷たく澄んだ十二月の水の中の鮮明な風景と、その中での生き物たちの言動、これがこの作品の「幻燈」なのである。そして風景といえば、「おきなぐさ」で見たように「ひかりとかげ」が重要である。そうでなければ幻燈ではない。又それ程この幻燈は美しいのである。

「ひかりとかげ」ということでは、「おきなぐさ」に雲が〈お日さん〉にかかって「急にあたりが青くしんとなった」とあるように、「やまなし」の㈠の最初は水の中は「青じろ」く、しんとしている。まだ上と横は「青くくらく鋼のやう」だが、突然日光の黄金が降って来て明るくなる。そして「波から来る光の網」が底にゆら〳〵とその影を映し、波の上の泡や塵埃の影が棒のように水中に立つ。魚のゆき来が水中に「黄金の光」を乱したり、滑るような影を「底の光の網」の上に映したりする。また〈かわせみ〉が魚を素早く捕えてゆく様が輪廓鮮明に描かれており、〈かわせみ〉そのものの姿も問答を通して鮮明である。これらは正に動く絵の、、、、幻燈そのものである。

㈡では終始月の光が水中に一杯である。その底に「小さな錐の形の水晶の粒や、金雲母のかけら」がくっきりと輪廓を見せて光っている。突然「黒い丸い大きなもの」が天井から落ちて来て、一旦沈んで浮き上り「キラキラッと黄金のぶちが」光る。その〈やまなし〉が流れる影と、それを追って行く親子の蟹の影法師とが水底に映る。

こうして書き出してみると、光と影とがこの作品の重要部分を占めて、これを「幻燈」たらしめていることが明らかになると思う。従ってこれが主題である、と私は考えたい。

さて登場者もまた幻燈の一要素であることは先にも述べた通りであって、その姿態の鮮明な描写がなされていることは、先の引用文によっても知られる筈であるが、その内面についてもこの作品は光の面と影の面とを持っていると考えられるので、少し述べてみる。

蟹の子供らは言葉として、どうしてだか「死ぬ・殺される」は知っているが、その実際を知らない。「魚」についても兄の方が「何かとるという悪いことをしている」という認識を僅かに持っているだけであるし、「泡」という言葉さえも知らないらしく、先述のように、それを「クラムボン」と感覚的に捉えている。「かわせみ・やまなし」に至ってはその名さえ知らない。「かわせみ」の魚をとる現場を目撃した兄は父から教えられて「かわせみ」=「こわいもの」と知るが、弟の方は不意の事件に脅えただけで何がこわいものかが判らず、花びらの流れるのを見て「こわい」と言っている。これは心の影である。

父の蟹は兄弟の恐怖感を逸らすことに懸命となる。「かわせみ」につかまって「魚はこわい所へ行つた」と言うだけで、それがどうしてこわいのか、つまり「殺される・死ぬ」ということとの具体的な係わりの説明を最後までしないで、花びらの流れてくる美しさへ目を向けさせようとし、又「かわせみ」でなくて「やまなし」の匂いへ関心をむけさせようとし、最後的にも「どうだ、やつぱりやまなしだよ。」と確認させようとして又匂いのことを言うのである。しかし父のあとに黙ってついて来る間も子供らは〈やまなし〉が飛び込んで来た時のショックが収まらない。木の枝に引っ掛っている〈やまなし〉を目の前に見て始めて「おいしさうだね、お父さん」と言うだけで、父が言う「匂い」については何も言っていない。目前のものに最も心を惹かれるのが幼い者の常だからで、その点で作品の初めの「クラムボン会話」が響いているように私には思われる。

このような次第で、子供らの蟹の恐怖心は半年たってもなくなったのではない。父の後について塒へ戻って行く時も残っていた筈であるし、むしろ心の奥に定着してゆくことになったと考えられるのであるが、幻燈であるこの作品はそのようなことを重点的に語ろうとはしていないのである。それでは「やまなし」という題名は何故のものかということになるが、これは父の蟹をも含めて蟹たちに、一時的にもせよ〈やまなし〉の出現そのものが心の安らぎを与えたということにあるのではなかろうか。つまり、作品の㈠での故しれぬ恐怖感がここに至って一つの解決への緒に辿り着いたという、光の部分がここにあるわけである。天井から落ちて来た「黒い円い大きなもの」は一旦沈んで又天井へ上って行くとき、「キラキラと黄金のぶちがひか」る。それは水中に現れた〈お日さま〉の光ではなかったろうか。童話「山男の四月」に、

山男は仰向けになって、碧いああおい空をながめました。お日さまは赤と黄金でぶちぶちのやまなしのやう、かれくさのいゝにほひがそこらを流れ、(以下略)

という文がある。青い水中で〈やまなし〉は蟹たちにとっても〈お日さま〉であった。しかも「いゝ匂ひ」が水中に満ちていたというのである。従ってそれは〈お日さま〉のように心に安らぎを与えるものであったと考えられる。

ここで一寸付け加えるが、山男のその場所は七つ森で、彼は雲を見て雲のことを考えてもいるから「おきなぐさ」の花たちのこととよく似ている。なおこの作品の日付は大正十一年四月七日で、「おきなぐさ」に先立つようである。

要するに、「幻燈」の主要条件である「ひかりとかげ」との係わりという点から言えば、この〈やまなし〉による蟹の父子の安堵感は光に、恐怖心や不安は影に当ると考えられる。この点で風景と登場者の心とは、それとなく作品の中で響き合っているのではなかろうか。そして更に作品の㈠は昼（ひかり）、㈡は夜（かげ）なのであった。別の面から更に考えると、〈かわせみ〉〈やまなし〉は共に天井（天上）から降って来るものでありながら、一は不安を与えるもの（影）、一は安らぎを与えるもの（光）。これを縦軸とすると、横軸は絶えず流れる川、川面を流れる泡や花びらたち、また蟹の横歩きで、これら、特に水の流れは時間を表わすもののように受け取られる。尤も作者がこのことを意図したかどうかは判らない。

もう一つ、〈やまなし〉の匂いのことで、これも余談めくが、蟹の嗅覚のことはいざ知らず、一般に水中にものの匂いが満ちるということはあり得まい。熟して落ちたのであっても、落ちたばかりの小さな〈やまなし〉の一顆が水中を「いゝ匂ひ」で満たすということは一寸考えられない。そこはイメージ美化の為のフィクションというものであろうが、前掲の「銀河鉄道の夜」の引用文にも透明な風が「ばらの匂でいつぱいでした」とあり、「ポラーノの広場」でも「つめくさのあかり」の野は「蜂蜜のかほりでいつぱいでした」とあったし、「山男の四月」にも「かれくさのいゝにほひ」が流れていた。それらのように、ここでも「いゝ匂ひ」を一杯にすることで作品に美しさを添え、変化を与えようということであったのかもしれない。ただし、父の蟹がそのことを言ったことのすぐ後に、「なるほど」と続けて「そこらの月あかりの水の中は、やまなしのいゝ匂ひでいつぱいでした。」と作者が書いている、その「なるほど」は、「そう言われてみると」という位の意味であるから、そこは父蟹の言葉の魔術で、月光のかぐわしさをその匂いと錯覚させようという作者の計らいでなかったとも言えまい。要するに、〈かわせみ〉以来引きずっている、子供らの恐怖心を他へ逸らさせようという父性愛が発せしめたのが「あゝい、匂ひだな」という言葉でなかったか。後で言う「どうだ、やつぱり――」は、子供らの恐怖心に止めをさそうという意味でのものであったと思われるのである。

更にもう一件。主要なる登場者がなぜ幼い二疋の兄弟の蟹であるかについて、ここで触れておくのも無駄ではあるまい。

「おきなぐさ」では二本の幼い花であった。それとこれとが関係し合っていることは容易に考えられるが、これに限らず、親しい二人がペアで登場する作品が賢治には多い。「銀河鉄道の夜」・「ひかりの素足」がそうであったし、「シグナルとシグナレス」もそうである。然しこれらに登場する二人には個性の相違は全くといってよい程認められない。一人は他の分身のようでもある。こう見てゆくと「手紙　四」のポンセとチューセに行き当る。つまり幼い頃の作者賢治と妹トシとの関係である。凡てとは言えないかもしれないが、作品中のこれらの二人・二本・二疋はここに発するのではなかろうか。トシの夭折は大正十一年十一月十九日で、前述の作品は「山男の四月」（大正十一・四・七）を除いて皆それ以後である。「やまなし」大正十二年四月八日発表、「おきなぐさ」同年六月頃か。また「手紙　四」は同年十二月下旬以降かと考えられている。してみると、「やまなし」にはポンセとチューセの幼時の遊びの思い出などが込められているのではなかろうか。作品最初の言葉のやりとりや後の泡くらべにそれを感ずることができると思うのである。

六　絵画性と音楽性

絵画性について。

作品が「幻燈」なのだから絵画的であることは勿論ながら、文字を使っての動く絵画ではある。

絵画としては、〈お日さま〉の光が入り込んだり、冬の月の光であったりで変化はあるにしても、青を基調とした水彩画と考えてよかろう。水中の凡ゆるものの輪廓が鮮明なことは先述の通りであるし、特に絵になるような箇処が随処にあることも改めて言うまでもなかろう。また蟹の子らの吐く泡、魚の行き来、流れてくる花びらたちの水底の影、冬の夜の波に映る月光など、美しい場面はいくらもある。が、その他に特筆しておきたいのは豊富な色彩が効果的に配されていることである。

当時の活動写真がまだ白黒であったに対して、幻燈のガラス板に色彩を施すことは自由であった。そのことが作品を「幻燈」たらしめたということもあろうが、賢治の色彩への関心はこの作品に限ったことではない。しかしこの作品で特に目立つと思われる所を挙げると、魚が「そこら中の黄金の光をまるつきりくちやくちやにして」上流の方へ行くという所や、美しい〈かわせみ〉の形態をこまかく描写している所、また凍るような月の光で波が「青じろい火を、燃やしたり消したりしてゐる」といったあたり等である。〈お日さま〉の光を受けた波が水底に網の目に映って「ゆら〱のびたりちゞんだり」しているという描写も、実に繊細な色彩的感性の表われである。

音楽性について。

賢治において音楽性と絵画性とは不離のもので、右に挙げた少ない例の中にも私は音楽を感ずるのであるが、特に音楽性について述べるならば次のようなことになろうか。

この作品の水底は無音の世界で静寂そのものである。おかしな言い方だが、〈かわせみ〉が「鉄砲弾のやう」に飛び込んで来た時にも音はしていないようである。㈡の冬の夜の静けさの中に「たゞいかにも遠くからといふやうに、その波の音がひゞいて来るだけです。」という所になって始めて読者は波の音に気付かされ、終り近くの「間もなく水はサラサラ鳴り」でようやく現実に引き戻されるという感じであるが、それというのもこの世界が「ひかりとかげ」の「幻燈」だからのことであろう。

そう言えば「おきなぐさ」にも詩「青い槍の葉」にも不思議に音はなかった。「やまなし」で音らしい音といえば〈やまなし〉の「トブン」だけで、それも初めて蟹たちに不安を与えるものとしてであった。

この静寂に私は音楽を感ずる。というのは、静寂の中にこそ心の奥深くに流れる音楽――それは宇宙の声でもある――があると思うからである。作者はことさらにそれを企図したのではなかろうが、期せずして文章の流れがそういったものを秘めたものとなって、読者は文章の波長に共鳴することによってそれを感知し得ると思うのである。

しかし強いて音楽用語を使って言うとならば、この作品全体の行文に一種の快いリズム感が流れている。また絃楽のソロ、又はせいぜい三重奏くらいの、高音の多い、どちらかというと中音域の短調の音楽の感じもする。そして作品の㈠は主としてヘンデル、㈡はドビュッシィの曲の感じがする。もっとも異論はあろうが、音楽的感性の持主でなければ書けない表現が随所にあって、絵画的と思われる描写が既に音楽的である。

細かいことを言うと、「クラムボン」という語のリズム感、魚の行きつ戻りつする描写のリズム感が音楽的であり、兄弟の蟹の子らの言葉のやりとりが少しずつ変化しながらレピートされるのも音楽的である。作品の冒頭あたりは弱音のアンダンテあるいはアダージョ、それが魚が登場する頃からアレグレットになり、〈かわせみ〉事件のクライマックスでスフォルザンド（Sf）を響かせた後はアジタート（興奮して）で、不安げなトレモロが、花びらの流れるアンダンテに至るまで断続しているということにもなろうか。

㈡では更なる高音域へ移行し、転調する。あとは大体㈠に準ずるが、〈やまなし〉が落ちてからはやや明るい音楽で、それが浅瀬で木の枝に引っ掛って留ってその上に「月光の虹がもかもか集ま」っているあたりは美しいハープのアルペジオということになろう。そして最後はコン・アモーレ（愛情をもって）で静かに消えてゆくという具合である。

「やまなし」はこのように絵画性と音楽性とが渾然一体となった作品である。作者の感性が見事に結晶したものと言うべきであろう。

付言

繰り返すことになるが、賢治の「幻燈」は前にも述べたように、彼の心象スケッチの一つの表現方法であった。見馴れている筈の風景等が透明な明るい空間では全く違ったものとなって現前する、それが絵画的なものとして描写されるのがここでの「幻燈」であって、鮮明な輪郭、豊富な色彩を伴う幻燈であった。片山敏彦は嘗て「タゴールのヴィジョン」という文章（「さちや」五号）の中で、

ヴィジョネールとはその最も個性的なヴィジョンの性質が原形《アルケチーヴ》の実現であるような人である。そういうヴィジョネールの思想は最も主体的でありながらおのずと使命感から生れ、己れの意識を深めひろげながらまた他の人々の意識を深めひろげるように作用する。

と述べたが、この言葉は宮沢賢治にも当てはまるのではないかと私は思う。前項の音楽性を述べたところで私

は、彼の、言葉で紡ぐ音楽が心の深処を流れる宇宙の声であるという趣のことを言ったが、彼自身自分の童話作品について「どんなに馬鹿げてゐても、難解でも必ず心の深部に於て万人の共通である。卑怯な成人たちに畢竟不可解な丈である。」（『注文の多い料理店』新刊案内文）と述べているように、宇宙の声も万人に共通の筈である。「やまなし」にもそれは流れているし、そのヴィジョン――登場者の心理等をも含めて――は鮮明で、しかも極めて個性的である。そしてそのヴィジョン（幻燈）は、見る（聴く）人々の心を浄化するのである。

なお、賢治は活動写真にも関心を持っていたが、それ以上に幻燈に関心があったようである。活動写真は自分でつくれないが幻燈の原画は自由に自作でき、しかも機具の操作も簡単だったということもあろうが、当時の「岩手日報」（大正十五・四・一）に載った賢治の談話によると、賢治は教壇生活を退いた後は、レコードコンサートを月一回、幻燈会を毎週一回行うという企画を持っていた。彼の行った音楽鑑賞会については屢々語られるが、幻燈会の実際については寡聞にして私は知らない。しかし賢治が心象スケッチの表現手段にこの「幻燈」を用いたということには、十分納得が行くのである。

おきなぐさ

「おきなぐさ」の主題については、未だに語られたことがないようである。僅かに天沢退二郎氏の発言と、それを取り上げて論じられた池川敬司氏の「おきなぐさ考」(注)とが管見に入るばかりで、それも共にこの作品の一部分に注目されたものに過ぎず、私としてはもどかしい。よって私なりに作品全体から掴むことのできたところを述べてみたい。

(注)　昭和五十九年七月十日発行『作品論　宮沢賢治』(双文社出版)所収。

一　「変幻」ということ

〈私〉が語り手となっているこの作品「おきなぐさ」(大正十二年六月作か)は極めて魅力的な優れた作品で

あると思うが、主題が摑みにくいということは確かに言えよう。それが余り研究者に取り上げられない理由でもあろうが、私は先ず構成を明らかにすることから始めてみようと思う。

作品「おきなぐさ」は大きく分けて四つの部分から成り立っている。

(1) 冒頭から山男のことを書いたところまで。ここでは〈おきなぐさ〉がみんなに好かれる花であることを述べている。

(2) 「私は去年の丁度今ごろの」という文から、ひばりの「もう二ケ月お待ちなさい」云々の言葉のところまで。ここでは、二本の〈おきなぐさ〉の幼い花が雲の動きを見て語り合い、自分たちも風で飛んでみたいと言っている。

(3) 「それから二ケ月めでした。」から、「(ひばりが) 鋭いみじかい歌をほんの一寸歌つたのでした。」まで。銀毛の房に変った花たちが、いよいよ風でばらばらになって北方へ飛んで行った、というところ。

(4) 「私は考えます。」から最後まで。天へ昇った二つの花の魂が星になったことを述べている。

右のうち(2)(3)は季節が違うだけで舞台は同じであるから一括してもよかろうが、従来の説では(3)の部分にしか重点が置かれていない。(2)の方にも同等に目を配らないと、大切な点を見逃してしまう。主題はこの(2)と(3)とに表われているのである。したがって先ず(2)(3)について見ることにしよう。

(2)(3)の舞台は同じく小岩井農場の南の低い丘、七つ森の西端の西側で、(2)では〈うずのしゅげ〉＝〈おきなぐさ〉がようやく咲き始めた頃であり、(3)ではその〈うずのしゅげ〉が花の季節を終えて冠毛の状態になってしまっている頃。後者が「六月」で、それが「二ケ月め」ということであるから、前者は四月ということになる。つまり二ケ月の間に〈うずのしゅげ〉は「黒いやはらかな花」から全く違った「ふさふさした銀毛の房」の姿に変ってしまっているのである。

さて、⑵ではようやく咲き始めた二本の〈うずのしゅげ〉の花たちが、「夢よりもしづかに」語り合うのであるが、⑵の半分を占めているその会話の内容が重要である。「夢よりもしづか」な語り合いという表現は、花たちのひっそりと慎ましやかな姿と心とを思わせると共に、その語らいが話の語り手である〈私〉の心にしか聞こえて来ないことを表わしている。それが、「風のすきとほつた（春の）ある日のひるま」であるということだから、そうに違いない。

二本の幼い〈うずのしゅげ〉は風に流される雲とその影を見ながら、その様を語り合っている。

まばゆい白い雲が小さな小さなきれになつて砕けてみだれて空をいつぱい東の方へどんどんどんどん飛びました。

その雲が「お日様」にかかったり、離れたり、畑や松林に、また山の雲の上などに影を落しながら走るかと思うと、ふっと消えてなくなったり、小さな雲が大きくなったりする事などに花たちは新鮮な驚異の目を向けて、「まるでまはり燈籠のやうだねえ」と言っている。これはその傍に立っている〈私〉の的確な観察による心象に他ならないのであるが、「山男の四月」（『注文の多い料理店』所収）の中に、「澄み切つた碧いそらをふわふわうるんだ雲が、あてもなく東の方へ飛んで行」くのを見て山男が、

（ぜんたい雲というものは、風のぐあひで、行つたり来たりぽかつと無くなつてみたり、俄かにまたでてきたりするもんだ。それで雲助とかういふのだ。）

と考えるところにそのまま重なるものである。このことは後に又触れるであろうが、この雲の消えたり現われたりする状態を〈うずのしゅげ〉の花たちは次のように語り合う。

「……おや、どこへ行つたんだろう。見えなくなつてしまつた。」
「不思議だねえ。雲なんてどこから出て来るんだらう。（中略）いつまでたつても雲がなくならないぢや

ないか。」

この言葉は雲だけでなくて、人間の生死を含めて一切の形あるものについても言えるものであろう。そう考えないと、この長い会話の部分の、作品中における必然性が稀薄になるのではなかろうか。そして、それは単に消滅と出現とを繰り返すことについてだけに留まらず、雲の流れるさまや形状の変化、それらの影の有様などのように、一切のものの流動変化のことにも及んでいる筈である。

こう考えて、その周囲と環境とを見直すと、本文には次のようにある。

お日さまは何べんも雲にかくされて銀の鏡のやうに白く光つたり又かがやいて大きな宝石のやうに蒼ぞらの渕にかかつたりしました。

山脈の雪はまつ白に燃え、眼の前の野原は黄いろや茶の縞になつてあちこち堀り起された畑は鳶いろの四角なきれをあてたやうに見えたりしました。

おきなぐさはその変幻の光の奇術《トリック》の中で夢よりもしづかに話しました。

右の文中の「その変幻の光の奇術」とは、雲から出たり隠れたりする太陽の光の変容、それによる山脈の雪や野や畑の見せる白、黄、茶、鳶色等の種々の色彩の変化を指している。

「変幻」とは言うまでもなく、変化の速やかなことを幻に譬えて言ったものであり、「奇術」とは本当のように見せる術のことであるから、「変幻の奇術」とは要するに「変幻」を「奇術」に譬えた表現に他ならない。〈うずのしゅげ〉は光の見せる変幻の場にあって、その変幻を見つめ、変幻の様態そのものについて語らっていたのであったと言ってよかろう。――そしてその花たちもやがては変幻する。――こうして見ると、ここで最も重要な言葉として「変幻」という語を指摘することが出来る筈である。つまり(2)全体は「変幻」を語るものであったのである。

二　色即是空

続いて(3)はどうか。

(2)の「変幻の光の奇術」とは太陽光の変化とそれに伴う地上の色彩の変化であり、花たちの語らいを通して知られる、それと密接に関わりを持つ雲たちの動きの変化であったが、それらを演出する立役者は風である。「風のすきとほつたある日」とあるだけで、他に「風」という語は用いられていないのだが、その点で風は陰の立役者である。

そのかなり強い風に乗って飛んで来た〈ひばり〉と〈うずのしゅげ〉との、「風」を中軸においた会話の部分を「繋ぎ」として次の(3)に入るわけである。「繋ぎ」は音楽でいう「経過句」に当たる。

さて(3)は、二ケ月後の夏六月。丘の色も野の様もすっかり変り、〈うずのしゅげ〉ももう花ではなくなっている。季節の推移につれて風の来る方向も変っている。これらもまた「変幻」であり、一切は定めなく移ろうのである。

そして話の本筋は一気に〈うずのしゅげ〉の「ふさふさした銀色の房」の散乱という、変幻のクライマックスとも言うべき場面を迎えるのであるが、ここでも風は陰の立役者になっている。また(2)の終りに姿を現わした〈ひばり〉はここで大きく活躍するが、「僕だつてもういつまでこの野原に居るかわかりません。」という言葉で明らかなように、様子は違ってもいずれ同じ運命を迎えることを弁えている〃先輩〃としてである。それで、〈うずのしゅげ〉の花の命は僅か二ケ月であったに対して、〈ひばり〉はあと何年か生きる筈で、(2)の終りの方で花たちに向って「……もう二ケ月お待ちなさい。いやでも飛ばなくちやなりません。」と、以前から花

の違いはあっても、変幻という点では同じである。

このことを更に明確にする為に作品「めくらぶだうと虹」を引き合いに出そう。これは「おきなぐさ」の一年以上前とされている作品であるが、陰気な顔をして「私はもう死んでもい丶のです。」と言った〈めくらぶだう〉に対して、〈虹〉が「どうしてそんなことを、仰しやるのです。あなたはまだお若いではありませんか。それに雪が降るまでには、まだ二ケ月あるではありませんか。」と言う。この点、若い〈うずのしゅげ〉の花に「もう二ケ月お待ちなさい。……」と言う〈ひばり〉の言葉と全く同趣であり、作品相互にも共通するところが多いと思われる。

〈虹〉の優しい慰めの言葉に対して〈めくらぶだう〉が、

「い丶え、変ります。変ります。私の実なんか、もうすぐ風に持つて行かれます。雪にうづまつて白くなつてしまひます。枯れ草の中で腐つてしまひます。」

というと、〈虹〉は微笑しながら、

「え丶、さうです。本たうはどんなものでも変らないものはないのです。ごらんなさい。向ふのそらはまつさをでせう。まるでい丶孔雀石のやうです。けれども間もなくお日さまがあすこをお通りになつて、山へお入りになりますと、あすこは月見草の花びらのやうになります。それも間もなくしぼんで、やがてたそがれ前の銀色と、それから星をちりばめた夜とが来ます。そのころ、私は、どこへ行き、どこに生れてゐるでせう。又、この眼の前の、美しい丘や野原も、みな一秒づつけづられたりくづれたりしてゐます。けれども（後略）」

と言う。このやりとりで判るように、〈めくらぶだう〉の実の変化や腐朽、それよりもはかない〈虹〉の消失と再生、空の色の変移、丘や野原の変容、これらが時間の遅速こそあれ時々刻々となされて行くことがすべて同等の次元で扱われていることは、「おきなぐさ」の場合と同様であり、したがって、これらはすべて「変幻」という言葉に集約しても差支えることはない筈である。

この変幻の思想を私は『般若心経』によって理解したいと思うが、その中に、

色不異空。空不異色。色即是空。空即是色。

という語がある。岩波文庫ではこのあたりを和訳して、

この世においては、物質的現象には実体がないのであり、実体がないからこそ、物質的現象で（あり得るので）ある。

実体がないといっても、それは物質的現象を離れてはいない。また、物質的現象は、実体がないことを離れて物質的現象であるのではない。（以下略）

とし、更に右の前半部の文に注して、

物質的存在をわれわれは現象として捉えるが、現象というものは無数の原因と条件によって刻々変化するものであって、変化しない実体というものは全然ない。また刻々変化しているからこそ現象としてあらわれ、それをわれわれが存在として捉えることもできるのである。

と述べている。また「色」「空」の注の中に次のような説明がなされているのに注意せられる。

「色」―古来、変壊、質礙の義ありといわれている。「変壊」とは絶えず変化して一瞬も常恒でないこと。「質礙」とは物質が同時に同じ処を占有できないことをいう。

「空」―物質的現象の中にあってこの空性を体得すれば、根源的主体として生きられるともいう。この境地は空の人生観、すなわち空観の究極である。

また、注の他の部分にある、「現象を見すえることによって、一切が原因と条件によって関係し合いつつ動いているというこの縁起の世界が体得できるはずである。」という文も参考になる。

引用が長くなったが、「おきなぐさ」においては「変幻」の概念が全体的に極めて重要であることが明らかになったと思う。

変幻の一様相である現象面の消失を「死」とすることは生き物の側から言って当然のことである。だからといって、これを他の諸々の変幻現象から切り離して見ること、殊に特定の人物の死として見ることは、これを否定すべきいわれはないにしても、いかがと思う。これまでは作者の妹のトシの死を投影させたものとして、この部分に比重をかけて見ることが主流であったかと思うが、そうした見方だけからは作品の全体が見えてこない筈である。

三　うずのしゅげの心

作品の分量の過半を占める⑵⑶の部分を検討して来たのであるが、では残る⑴と⑷はどうなのか。

⑴はまず、

　うずのしゅげを知つてゐますか。

と始まる。作品の題名が「おきなぐさ」であるのに、花の名が此の「うずのしゅげ」で終りまで通されているのは、「やさしい若い花」の表現として「おきな」のイメージを避けたいからというふうに最初に作者は断っているが、「うず」には「渦」でなく、「貴く珍しい」という意味の古語「うづ」の感じも効いているのではなかろうか。

そこで(1)の内容であるが、前述した(2)と同じくらいの長い分量がこの花のよさを語るもので、次の三つの部分に分けられる。

(a)〈私〉自身この花が好きで、〈うずのしゅげ〉という呼び方の語感からその一切が想像できるくらいである。

(b)蟻だって文句なしにこの花の一切が大好きである。蟻との問答でそのことが確認できて〈私〉は大満足である。

(c)野蛮で無骨な山男が鳥を引き裂いて食べようとして、ふと目にとまった一本の〈うずのしゅげ〉に心を惹かれてしまう。そんな魅力がこの若い花にある。

(b)では花の色の美しさや葉や茎の「銀の糸」の「やわらか」さ、つまり色感と触感のよさであり、(c)ではどこがどうともしれぬよさなのだが、要するに(1)はこの花が誰にも好かれるよさを持っていることを述べている。

(2)は前項に述べたが、別の角度から見ると、二本の〈うずのしゅげ〉の花たちがまるで「双子の星」たちのように仲むつまじいこと、素直で純粋であり、澄んだ目と感動する心を持ち合わせていること等が、「夢よりもしづかに話し」合うという、そのつつましさと共に認められる。

(1)に始まる〈うずのしゅげ〉の持つ魅力が(2)ではこのようにその内面性に関わって来るのだが、この流れは(3)に受け継がれて一そう諧調の度を高め、そのまま(4)の結尾に流れ込む。つまりこの流れは作品の全体を通して一つの基調となっていると考えられる。もっとも(2)と(3)とは先に述べたように「変幻」ということで密接に結び付いており、特に(2)の〈うずのしゅげ〉の語らいの中にある雲の消失と発生のことは、(3)の〈うずのしゅげ〉の冠毛の散乱(とそれに続く再生)の伏線となっていると考えられるのであるが、それはそれとして、(1)

(2)の流れの上で見えてくる(3)の〈うずのしゅげ〉の持つ素直で美しい心は、〈ひばり〉との対応の中に更によく表われている。その言葉を拾うと、次のようである。

●「ええ、もう僕たち遠いとこへ行きますよ。」

●「僕たちの仕事はもう済んだんです。」

●「僕たちばらばらにならうたつて、（中略）お日さんちやんと見ていらつしやるんですよ。」

●「さよなら、ひばりさん、さよなら、みなさん。お日さん、ありがたうございました。」

一々説明しないが、ここには充実した生命を生きた者だけが知る安心立命の心境と、自分をこれまで生かしてくれた一切への感謝の念とが表明せられている。〈ひばり〉に対しては一足先に行く者としての挨拶であったが、〈ひばり〉もまた暫く後に留まる者として、また〈うずのしゅげ〉より先にこの世界を生きた者として対応し、これを見送っているのであった。

ここで一寸注意しておきたいのは、「お日さん」である。〈うずのしゅげ〉は、自分を生かしてくれた「お日さん」に感謝しているだけでなく、「お日さん」が自分たちの最後の最後までを見届けてくれると確言している。これは〈うずのしゅげ〉の宇宙生命に対する深い認識を示すものでなくて何であろうか。〈ひばり〉も、その言葉を受けて「さうです、さうです。なんにもこわいことはありません。僕だつて……」と言っているのであるから、元元この認識を持っていることが明らかである。そしてこの「お日さん」は既に(2)の始めのところで「変幻の光の奇術《トリツク》」の主体として紹介せられていたのであった。「光」の行う「奇術」とは、即ち、「お日さん」の見せる種々の現象なのであるから、先に「般若心経」の注で見た「実体」としての象徴が「お日さん」であり、〈ひばり〉や〈うずのしゅげ〉は縁起の世界を体得し、根源的主体によって生かされた者の姿であるということが出来るであろう。やや飛躍の感はあるが、ここの境地を語っていると考えられるラビンドラナート・タゴールの言葉を引く。

如此する時（瞑想することによって宇宙の絶対の人格、つまり神と自分とが一に合致することを意識する時）は人生通有の瑣事は吾人より遠く離れて了ふ。そは吾人は実際には真理の中心に達する故である。これは何物をも占有することではない。否之に反して自己を棄て万有と融合して一になることが出来る。此に於てか自由の感が伴うて来る。此の自由は歓喜である。しかも無限窮の歓喜である。（以下略）

（「瞑想に就きて」、日本女子大学校「家庭週報」第三百八十一号大正五年九月一日）

(3)における〈うずのしゅげ〉にはこの「歓喜」が感じられる。それは自らを散乱させる風がやって来ようとする時に「ああ、僕まるで息がせいせいする」と言ったり、風が来て皆に別れを言うときに「光つてまるで踊るやうに」揺れたりするところによく表われている。

四　作品の主題について

以上、(1)(2)(3)を通して見られる〈うずのしゅげ〉は、誰にも好かれる花であり、心やさしくつつましいばかりでなく、根源的なものに生かされ、充実した生を送ったことを認識した花であった。このような心の気高さを持った花は、「おきなぐさ」に先立つ大正十年頃の執筆と考えられている同じ作者のいくつかの作品に既に表われている。簡単にそれぞれについての所見を列挙しておこう。

「**まなづるとダァリヤ**」（初稿執筆が大正十年後半か）――丘の上に咲く赤いダァリヤが美の女王でありたいと熱望した揚句、醜い姿になってしまうのに対して、暗い沼のあたりにつつましく咲いていた白いダァリヤの方が、その上を度々飛ぶ瑞鳥の〈まなづる〉にその都度やさしい言葉をかけられる。

「ひのきとひなげし」（初期形が大正十年秋頃）――美しくありたいと熱望したばかりに、医者に化けた悪魔に欺され、すんでのことにひどいめに逢おうとした〈ひなげし〉達が〈ひのき〉に救われるのであるが、その〈ひなげし〉達に対して〈ひのき〉が言い聞かせる話の中に、初期形では「あはれな小さなげんのしやうこ」の白い花と、群れ咲く仲間の花たち中の二つの〈つめくさの花〉とが出てくる。〈げんのしやうこの花〉は大きな他の花や葉の陰にありながら、嫉むことなく「十五日ほどのみぢかな一生」を静かに慎ましく送った、その「安らかさけだかさ」の故に魂が美しい黄薔薇となって咲いたし、二つの〈つめくさの花〉は或る時道に迷った旅人の為にあらん限りの力を振り絞って、「微かな青白い花の灯」を点した。この故に二茎の美しい青蓮華の花となり、印度のカニシカ王をはじめとする貴人たちに敬まわれ尊ばれたという。

「めくらぶだうと虹」（初稿の執筆が大正十年秋頃か）――はじめ〈虹〉の美しさに心底から憧憬してこれを賛美した〈めくらぶだう〉であったが、間もなく先述の如き〈虹〉の教誨に耳を傾け、更に学ぶことを熱望するに至る。この〈めくらぶだう〉はやがて雪に埋もれ、腐って行くしかない薮の中の蔓草である自らを元々弁えてもいたのであった。この〈めくらぶだう〉は花でこそないが、素直であり、生死を超えた境地を志向しようとするその心根から言って類を異にするものとは考えられないのである。

右の三例はいずれも美と醜という観点を中心として構成せられている作品中のものであるが、最後の「めくらぶだうと虹」においてはより深い問題に立ち入っている点、前二者とは大きく相違しているようである。しかし、それは見掛けの上からだけのことであって、「まなづるとダァリヤ」では瑞鳥＝〈まなづる〉という存在に特種の深い意味があると考えるべきであろうし、「ひのきとひなげし」でも〈ひのき〉の言葉の中に、

あゝ、すべてうつくしいといふことは善逝《スガタ》に至り善逝からだけ来ます。

という注意すべき部分がある。「善逝」とは仏・世尊の別号であり、〈虹〉のいう「まことのちから」に他なら

ない。真の美しさとは生死を超えたものであり、先述のタゴールの言葉の意味する、いわゆる「梵我一如」の境地――宇宙を司る絶対者と個々の精神生命との融合した境地――を指すものとも考えられる。以上の三つの作品は、この思想を根底とした同様の発想によって創作せられたものと考えてよいと思うのである。

さらに、花や草でない鳥にこの発想を加えて創作せられた作品が、最後に青く輝く星になったという「よだかの星」(現存草稿は大正十年頃か)であると私は考えるのだが、〈よだか〉は花や草ではないのだから、その在りように、静止するものでなくて行動する存在であるという違いがある。この作品について今は詳論する場合ではないので、その事は別稿に譲ることにしたい。

さて、「おきなぐさ」に話を戻すが、以上見て来たような崇高な心が作品構成の根本に置かれ得ることをこの作品においても認めるとするならば、それは、(1)に始まって(2)から(3)へと流れる一つの視点であることは言うまでもあるまい。〈うずのしゅげ〉は(4)に至って(変光)星になるのであるが、このことも前例の作品から類推できることであり、「よだかの星」が最もはっきりとそのことを示している。なお「ひのきとひなげし」の作品で〈ひのき〉が黄薔薇と青蓮華との由来を語った上で言った次の言葉も、そのことを考える上で参考になる。

これらの花はみな幸福でした。そんなに尊ばれても、その美しさをほこることをしませんでしたから、今は恐らくみなかゞやく天上の花でせう。(初期形)

昭和六年以降成立と考えられている此の作品の最終形のものでは、〈ひのき〉の教誨の言葉は全く変えられて、黄薔薇や青蓮華のことや右の引用文などは見られない。ただし〈ひなげしども〉に言い聞かせる言葉の後に次の歌句がある。

あめなる花をほしと云ひ

　この世の星を花といふ。

最終形の前段階で消された表現では、右の歌句のあたりは、

　スターと云ふのはな、なんとあすこにいまかたお出ましのあの銀いろのお仲間（注、星）なんだ。ところが有難いことにはな。土井晩翠先生といふ方がな。ひのきは変な声で朗吟しました。（省略―右の歌句）と仰つてなつまりおまへらがみなスターだと仰るんだ。

とあったというから（校本全集の「校異」による）、この文もまた引用歌句そのものと共に参考になると思う。

　つまり(1)―(2)―(3)―(4)と、作品「おきなぐさ」の全体を通して流れる心の美しさという一つの性格は、此処に見た作品群でもそれぞれ作品の主題となっていたものである。そのことから考えて、それは「おきなぐさ」においても、作品そのものの主題として把握されてもよさそうに思われる。

　ところで先に見たように、(2)(3)には「変幻」という極めて顕著なテーマがあった。これが(4)にどう受け継がれているかを見るに、南から吹く風で北方へ飛んだ二つの〈うずのしゅげ〉の魂は天に上って「二つの小さな変光星」になった、と〈私〉は考えたという。星になったというのは作品の決着として自然であるが、特に「変光星」というのはやはり「変幻の光の奇術」と見るべきであろうから、(2)(3)のテーマである「変幻」はこういう形で(4)にも受け継がれていると見るべきであろう。

　またこのように見るならば、(1)においても〈私〉と〈蟻〉との問答で判るように、〈うずのしゅげ〉の「黒朱子」色の花は「黒く見えるときも」あるが、「お日さまの光の降る時なら誰にだつてまつ赤に見えるだろう」というのもまた「変幻の光の奇術」に他ならない。そうなると、この作品は(1)(4)のそうした「変幻の光の奇術」に挟まれて(2)(3)の「変幻」のテーマがある、という構造になっているということになる。先に述べたように春から夏への季節の移行、それに伴う風向きの変化、丘や野の色彩やその他の変容も「変幻」であるから、

この作品の全体は、「変幻」のテーマで貫かれているわけである。

したがってこの作品にはテーマとして二つの流れ――「変幻」と「花の精神美」と――があるということになる。こういうことでは「めくらぶだうと虹」も似てはいるが、この方が「変幻」の方に力点があるのに対して、「おきなぐさ」の方は力点が平行的であるという感を否めない。それがこの作品の主題を摑み難くさせている原因であると思うのであるが、結論的に言って私は「変幻」の方が主題であって、精神美の方は作品の枠組みとして大きく働いている準主題であると考える。〈うずのしゅげ〉の花は、色と形との二重の「変幻」の性格を持つ「変幻」の主題にふさわしい小草である故に、作者はこれを作品の主人公としたのであった。作品を通してこの名称を用いたのであるが、作品の題名が「おきなぐさ」であるのは、学名のその方が一般に通用する名称だったからでもある。

なお主人公の〈うずのしゅげ〉を二本と複数にした点は、前掲の二つの〈つめくさ〉の場合もそうであったが、「やまなし」と同様に作者と亡妹とが投影されているのであろう。ただし対話によって雲などの変容をより明確に表現するとか、冠毛の散乱のイメージを単調なものにしないとか、作品の上での効果もあることだし、変光星も二つあることによって、「変幻の光の奇術」が多彩になる。

五　作品の書かれた時期

最後に「おきなぐさ」の成立時期についての所見を付記する。

(a)

童話集『注文の多い料理店』（大正十三年十二月刊行）の新刊案内の文中、

　そこ（注、イーハトヴ）では、あらゆることが可能である。人は（中略）赤い花杯の下を行く蟻と語ることもできる。

という部分が「おきなぐさ」の〈私〉と〈蟻〉との対話の部分のイメージそのままである。これと作の前後関係については何とも言えないが、従来言われているように「おきなぐさ」が先に書かれたものと見てよいと私も思う。童話集の序文の日付が刊行に先立つ一年、大正十二年十二月二十日であるから、右の引用文を含む新刊案内はそれ以後に書かれたと見るのが妥当であろう。ちなみに「おきなぐさ」の現存草稿の執筆は同年六月頃と考えられている。

(b) 童話集『注文の多い料理店』所収九篇中の「山男の四月」には「(一九二二年四月七日)」の日付がある。つまり大正十一年四月七日である。

この作品の冒頭部分――桧林から出て来た山男が空地の日当りのよい所で、獲物の山鳥を投げ出したまま空を眺めながらぼんやりともの思いをしているところが、先にも述べたように「おきなぐさ」の山男の描写にそっくりである。傍に枯草の中に紫色の可憐な花が咲いている。そこでは〈かたくりの花〉であるが、「おきなぐさ」では〈うずのしゅげ〉になっている。

さらに山男が「澄みきつた碧いそらをふわふわうるんだ雲が、あてもなく東の方へ飛んで行」くのを見ながら、雲のことを考えるところは、「おきなぐさ」での七つ森の春の風景、それに続く二本の〈うずのしゅげ〉の対話の内容そのものと同趣である。山男のいたのも七つ森であった。彼が仰向けに寝転んで見ている空には「赤と黄でぶちぶちのやまなしのやう」な太陽があり、「雪がこんこんと白い後光をだしてゐる」山脈も見えていたのである。

「山男の四月」のその冒頭部分はそれだけで独立性を持っていると思う――それに続く最後までの作品の主要部分は、山男がそこでつい眠り込んで見た夢の世界ということになっている――が、これが発展的に「おきなぐさ」に利用されたのではなかろうか。即ち此の冒頭部分を「おきなぐさ」では⑴山男と花との描写、⑵春の七つ森での情景とに分離し、⑵には「変幻」の主題を持たせることで⑴と微妙に接続させたと考えるが、ここに作者の巧みな手法の一端を垣間見ることが出来るように思うのである。そう考えると、ここから「おきなぐさ」の発想が「山男の四月」執筆の大正十一年四月以降になされたものと推定することができる。

(c)　詩集『春と修羅』所収の詩「真空溶媒」は初版本では「《一九二二・五・一八》」、つまり大正十一年五月十八日の日付がある由である。ドイツ語で「朝の一つの幻想」の意の副題を持つこの詩はかなり長篇で、赤鼻の紳士・大きな白犬、保安掛り等が活躍する。澄んだ碧い空に雲が浮び、雲雀が啼き、太陽が「くらくらまはつてゐる」。「まばゆい緑のしばくさ」の広い野は、明示されてはいないが、どうも小岩井農場らしい。そして、この作品の中に次のように「おきなぐさ」のキーワードともいうべき言葉、「変幻」「奇術」が見られるのである。

(もしもし　牧師さん
あの馳せ出した雲をごらんなさい
まるで天の競馬のサラアブレッドです)
(うん　きれいだな
雲だ　競馬だ
天のサラアブレッドだ　雲だ)
あらゆる変幻の色彩を示し
……もうおそい　ほめるひまなどない　(以下略)

「もうおそい」とは雲の変幻の速やかな様を見てそう言っているのである。このイメージは、さながら二本の〈うずのしゅげ〉の対話で窺われるところのものであるが、この詩の他の部分に、着ているのに着ているとは見えなかったり、自分の金鎖が意外なことに相手の服に着いていたりするところがあって、そこには、

　　（なるほど　ははあ
　　　真空のちょっとした奇術《トリック》ですな）

とか、

　　（ははあ　泥炭のちょっとした奇術《トリック》ですな）

等という表現がなされているのを見るのである。

(d)　ところが「真空溶媒」の三日後、即ち大正十一年五月二十一日、「（一九二二・五・二一）」の日付（初版本目次）を持つ詩「小岩井農場」の中に「すみやかなすみやかな万法流転」という表現を見ることができる。これは意味の上で「変幻」と実に密接な用語である。それも変幻をうたう次の詩句の中でである。前後略で引用する。

　　冬にきたときとはまるでべつだ
　　みんなすつかり変わつてゐる
　　変つたとはいへそれは雪が往き
　　雲が展《ひら》けてつちが呼吸し
　　幹や芽のなかに燐光や樹液がながれ
　　あをじろい春になつただけだ
　　それよりもこんなせはしい心象の明滅をつらね
　　すみやかなすみやかな万法流転のなかに

小岩井のきれいな野はらや牧場の標本が
いかにも確かに継起するといふことが
どんなに新鮮な奇跡だらう
（パート一）

「今日は七つ森はいちめんの枯草」という詩句もすぐ後にあるのだが、右は対話する二本の〈うずのしゅげ〉の（心象）風景そのものと言ってよかろう。（パート一）の中にはなお、

あすこ（注、鞍掛山の下あたり）なら空気もひどく明瞭で
樹でも艸でもみんな幻燈だ
もちろんおきなぐさも咲いてゐるし
野はらは黒ぶだう酒のコップもならべて
わたくしを款待するだらう

という詩句もあって、「おきなぐさ」の中に「この花は黒朱子ででもこしらへた変り型のコップのやうに見えますが、その黒いのはたとへば葡萄酒が黒く見えるのと同じです」という文をすぐ思い起させる。

(e)　また「小岩井農場」（パート二）には〈うずのしゅげ〉に親しかった雲雀のことが十六行にも渡る詩句で歌われているし、（パート四）には「楊の花芽《べムベロ》」や「茶いろに堀りおこされた」畑、「ヴァンダイクブラウン（注、鳶いろ）」に耕耘された畑、「白金と白金黒《はくきんこく》」の「まばゆい明暗」を見せる雲等の用語や表現が出てくる。鳶色の畑は（パート七）にも描写されている。雲雀はなお色々なところで出て来ている。

このように詩「真空溶媒」や「小岩井農場」は殆ど同じ時期に同じ場所で取材された作品と見られ、共に「おきなぐさ」と共通するものを多く持っている。この時の賢治の感動が多くの詩作品を生み、それがまた「おきなぐさ」にも投影されたものと見てはどうであろうか。

ところで、「山男の四月」と右の二つの詩篇との間には日付の上で約一ケ月の開きがある。内容的には季節も場所も同じと思うのだが、この開きをどう見たらよいかというと、私としては四月の初め頃に現地を訪れた折のスケッチを基にしたものが「山男の四月」の冒頭に生かされたものと考えたい。即ち前述した様にこの冒頭文は独立性を持っていて、既に書かれていた山男の夢物語を包み込む為に用いられたのではなかろうか。従って次いで詩篇や「おきなぐさ」が書かれたのは同じ五月頃になるだろうか。尤も再度現地を訪れることもあり得たではあろうが。

(a)(b)(c)(d)(e)と所見を並べて来たが、ともあれ、「おきなぐさ」は大正十一年五月下旬から『注文の多い料理店』「序」の日付である大正十二年十二月ごろまでの間に書かれたと考えて先ずよかろうと思う。従来説は大正十二年六月ということで、これは大体当っていると思うが、それは「おきなぐさ」における春の七つ森での事が、

去年の丁度今ごろの風のすきとほつたある日のひるまを思ひ出します。

として語られており、大正十一年五月の詩作の頃を「去年の丁度今ごろ」と表現したとすれば、それと概ね合致するからである。ただし作品冒頭には〈おきなぐさ〉の冠毛になる時期が「六月」と明記されていて、これが「二ケ月」後ということであるから、春の場面は四月でなければならなくなる。従って「山男の四月」は題名通り四月取材直後の作であり、ついで詩作がなされたと考えると無理がないように思われて、「おきなぐさ」六月説は概ね妥当ということになろう。ところで、「山男の四月」や詩「小岩井農場」等の前述の如き「おきなぐさ」における利用は、作品の前半部に留まっており、「六月」になってから後の描写などには関与するところがないのである。この後の部分を加え、作品全体をまとめるだけの時間を考慮すると、完成があるいは六月以降ということになるかも知れない。

ただし、この後半部分に作者の妹の死のことが深く関与しているという諸家の説は、その通りかもしれないが、前述したような理由であまりこれに重きを置きたくない。

銀河鉄道の夜

Ⅰ　その発想と展開

「鎮魂」という語は死者の魂を鎮める意味に用いられるのが通常であるが、元々は死者でなく、生けるものの遊離した魂を落着かせる意味のもののようである。深い愛で結ばれていた人に死なれ、悲歎の極失った平常心を取り戻すには、その悲しみを回避することなく、むしろそれと向き合うことによって悲しみを乗り越える以外にない。私自身の体験もあってそう信ずるのであるが、この視点から賢治と「銀河鉄道の夜」とについて考えてみたいので、始めにこのことを断っておく。

一　亡妹トシへの思い

賢治は大正十一年、二十六歳の十一月に二歳年下の妹トシを亡くした。同じ信仰の道を歩もうと誓い合っていた間柄であったし、お互いに若い盛りでもあっただけに、その悲しみがいかに痛切であったかは察するに余りある。殊に賢治の妹を思う心は、彼のいくつかの詩からも知られるように、殆ど恋と言ってもよい程のものであったのだから、一層のことである。

死別の折の賢治の心情は、先ず周知の「永訣の朝」「松の針」「無声慟哭」等の詩作品に直接窺うことが出来るが、その悲しみは、勿論のことながらその後も仲々癒えることがなかった。その端的な表現を詩の中から一、二拾うと、

ああ何べん理智が教へても／私のさびしさはなほらない

（「噴火湾（ノクターン）」）

どうしておまへはそんな医される筈のないかなしみを／わざとあかるいそらからとるか（「宗教風の恋」）

はそれぞれ翌年の八月、九月の作中のものであるが、更に翌々年の夏にも、

水よわたくしの胸いつぱいのやり場所のないかなしみを／はるかなマジェランの星雲へとどけてくれ

（「薤露青」）

と詠っているというふうである。

また「無声慟哭」の中に亡妹に語りかけた、

おまへはひとりどこへ行かうとするのだ

という詩句があるが、

とし子はみんなが死ぬとなづける／そのやりかたを通つて行き／それからさきどこへ行つたかわからない

（「青森挽歌」）

わたくしのかなしみにいぢけた感情は／どうしてもどこかにかくれたとし子をおもふ

（「噴火湾（ノクターン）」）

等は亡妹の行方を求めて詠ったもので、共に大正十二年夏の樺太旅行の折の作品中のものである。学校関係の

用事の旅であったが、終始賢治は亡妹を逐い続けていたのである。ことの性格上何度も同じ詩作品からの引用をすることになるが、更に翌年の夏の、

あゝ　いとしくおもふものが／そのまゝどこへ行つてしまつたかわからないことが／なんといふいゝことだらう

（「薤露青」）

という表現になると、「胸いっぱいのやり場所のないかなしみ」は依然としてありながら、いくらかそれが抑えられたものになっているように思われる。

悲しみを抑えるものが「理智」であるとは先の「噴火湾」からの引用に見るところであったが、これにはまた次のような表現もある。

なぜおまへはそんなにひとりばかりの妹を／悼んでゐるかと遠いひとびとの表情が言ひ

（「オホーツク挽歌」）

どうしておまへはそんな医される筈のないかなしみを／わざとあかるいそらからとるか／いまはもうさうしてゐるときでない

（「宗教風の恋」）

共に同じ妹の死の翌年の作品中のものであるから、この心がかなり早くから働いていたことを知ることが出来るのだが、この心はまた同年の、

わたくしはただの一どたりと／あいつだけがいいとこに行けばいいと／さういのりはしなかつたとおもひます

（「青森挽歌」）

という表現に見るところに通じている筈である。この詩の中で作者は、

《みんなむかしからのきやうだいなのだから／けつしてひとりをいのつてはいけない》

とも詠っているのであるから。

詩からの引用はこれでやめにするが、この悲しみの心を抑え、それを乗り越えようとする心情がより端的に窺われるのが「手紙　四」である。これは印刷された匿名の手紙で、樺太旅行の約一ヶ月後に中学校の下駄箱などに配布されていたという。勿論賢治のした事である。その内容は、病死した幼い妹ポーセの行方を知っている人は教えてほしいと訴えた上で、自分にこの手紙を書かせた人が、「チュンセがポーセをたづねることはむだだ。」なぜなら、どんな子供も大人も、鳥も魚も虫も獣も「おたがひのきやうだいなのだから」と諭し、更に、

「チュンセがもしもポーセをほんたうにかあいさうにおもふなら大きな勇気を出してすべてのいきもののほんたうの幸福をさがさなければいけない。」

と教え、付け加えて「それはナムサダルマプフンダリカサスートラといふものである。」と言ったというものである。詩が概ね体験に即しているに対して、これは思い切り童話的フィクションを加えて書かれている。

「ナムサダルマプフンダリカサスートラ」は詩「オホーツク挽歌」の中に二度も表われている語で、そこでは祈りの言葉であり、詩に一つのリズム感を与えているものであるが、ここではそれに明確な定義が与えられている。「ナム」は「帰命」、「サッダルマプンダリーカ」は「正しい教えの白蓮」、つまり「妙法蓮華経」のことであるから（賢治の表記には多少の誤りがあるようである）、賢治後年の詩中の表現「帰命妙法蓮華経」（『疾中』の作品「一九二九年二月」）というのがそれに当るわけであるが、ずっと早く大正九年十二月の友人宛の書簡中に「絶対真理に帰命する」とあるのも、正にこの語の意味するところと考えられるから、先に見た「理智」なるものの正体が賢治に早くから明らかであったことは勿論、我々の前にもここで明らかになったわけである。

二　改稿の次第を見る

「銀河鉄道の夜」の初稿は大正十三年ころの執筆と考えられている。それが第二次稿を経て第三次稿では大幅に手を加えられ、最後的の第四次稿が昭和六、七年頃と言われているが、それでもなお完成に至っていない。しかし、この作品の主題は最初からはっきりしたものであった。作者には右の「ナムサダルマプフンダリカサスートラ」を正面に据えることが命題としてあった。そのことには疑いがない。それは表向きには明示されていないだけで、作品の構成の上に明瞭なのであるが、そのことは後に廻して、先ず作品の中で作者の鎮魂の様相が最もよく表われていると思われる箇所について述べることにしたい。

銀河の旅の終り近くでカムパネルラの姿がなくなったことを知った瞬間、ジョバンニは「力いつぱい胸をうつて叫び」、それから「もう咽喉いつぱい泣きだ」すのであるが、それは第三次稿でそう変えられたのであって、それまでは全く違う。第一、二次稿では彼が「胸をうつて叫」んだのが、

「さあ、やつぱり僕はたつたひとりだ。きつともう行くぞ。ほんたうの幸福が何だかきつとさがしあてるぞ。」

という決意であり、この叫びに続いて、

「あ、マジェランの星雲だ。さあもうきつと僕は僕のために、僕のお母さんのために、カムパネルラのためにみんなのためにほんたうの幸福をさがすぞ。」

と、また叫びながらその星雲を望んで立つ。そしてその叫びに応じたように、お前の「切符」をしっかり持って現実の世界を堂々と歩めよという声がきこえ、彼が現実の丘の上に立っている自分に気付いた所へブルカニ

ロ博士が現われ、二人が言葉を交して間もなく作品が終るということになっている。

ところが第三次稿では先述の通り決意の言葉を叫ぶのではなく、号泣する。そしてその声を聞き付けて「セロの声」が、「おまへはいつたい何を泣いてゐるの。ちょつとこつちをごらん。」と声を掛けることから始まって、かなり長い挿入がなされているのである。勿論「さあ、やつぱり僕は……」の言葉はそこにはない。「セロの声」の主が、黒い帽子の青白く痩せた姿を現わした上でジョバンニに言うことは、「手紙　四」に言うところにそっくりである。すなわち、

「おまへのともだちがどつかへ行つたのだらう。あのひとはね、ほんたうにこんや遠くへ行つたのだ。おまへはもうカムパネルラをさがしてもむだだ。……だからやつぱりおまへはさつき考へたやうにあらゆるひとのいちばんの幸福をさがしみんなと一しよに早くそこに行くがいゝ、そこでばかりおまへはほんたうにカムパネルラといつまでもいつしよに行けるのだ。」

そしてジョバンニが、

「あ、ぼくはきつとさうします。ぼくはどうしてそれをもとめたらいゝ、でせう。」

と言うと、その人は、

「あ、わたくしもそれをもとめてゐる。おまへはおまへの切符をしつかりもつておいで。そして……」

と、それから更に懇切丁寧な教えを諄々と説く部分があって挿入は終る。そしてそこから第一、二次稿と同じく「マジェランの星雲」→「セロの声」(ふたたび)→「ブルカニロ博士の出現」と続いて作品が終る。

ただ此の第三次稿でその間一寸違うところがある。「マジェランの星雲」の場面の所で「ジョバンニは唇を嚙んでそのマジェランの星雲をのぞんで立ちました。」という文は同じであるが、その文に続いて、

そのいちばん幸福なそのひとのために……

という一文が加えられ、初稿にあった天の川や大犬座の美しい光景を述べる文が削除されていることである。

　このように見て来ると、最初は別離の悲しさを踏み越えた次元で、「やっぱり僕はたったひとりだ」という表現で決意を強調したところで作品を終りに導こうと考えられたものが、第三次稿では悲しみを表現することに後戻りした上で、それからの超脱を作者自らに納得させることに力を注いでいる、と受け取らざるを得ないようである。第一、二次稿の「さあ、やっぱり僕はたつたひとりだ。きつともう行くぞ。……」が削られ、「そのいちばん幸福なそのひとのために……」が加えられているあたりが、そのことを象徴的に示していると思われ、以上の相違(注)に、まだ十分に悲しみのふっ切れていない、作者の揺れている心が覗かれるのではないかと思う。

　それが第四次稿になると、カムパネルラの姿がなくなった事に気付いて大声で泣き出したジョバンニが、自分のその声で目をさますということで銀河鉄道での世界が終るということになっており、以上に見て来た部分全体がすっかり取り去られてしまう。勿論「セロの声」も「ブルカニロ博士」も一切なくなっていて、作品は冒頭部分に呼応する形で、同じく新たに付加せられた現実の世界に戻って結ばれるのである。

　この最終形（第四次稿）執筆の時点での作者の心は、これまでとはかなり距ったところにあるのではなかろうか。執筆が昭和六、七年頃というのが通説であるが、その通りではないとしても、これまでとは違って――第二次稿は初稿にかなり接近した時期、第三次稿はそれから大分時を距てていると思われるのであるが、それ以上に――、第三次稿との間にかなりの年月の上での隔たりがあるに違いないと思われるのである。

　さて、現実に戻ったジョバンニの姿は、第四次稿で付加せられた部分に鮮やかに描かれている。すなわち、そこでの彼には悲しみを超えた一種の感動に満ちた姿があり、悲しみの感情はぐっと底の方に沈められているのだ。カムパネルラの父の前に立って、言葉にこそは出なかったものの、彼は、

「ぼくはカムパネルラの行つた方を知つてゐますぼくはカムパネルラといつしよに歩いてゐたのです。」と言おうとしているのだが、そこには割り切った、敢えて言えば、むしろ爽やかな感情が流れているように思われるのである。夢の覚め際の号泣を、妹に死なれた直後の作者のそれに重ね合わせて見た時、そこには悲しみを超脱した賢治の姿がはっきりと浮かび上ってくるように思われる。また以上のように見て来るとき、それまでのカムパネルラは、死んだ後もまだどこかにいると信じたかった妹トシとの霊的交信の具象化的対象であった、と考えることも可能なわけである。――「銀河鉄道の夜」の初稿からここに至る以上のような推敲の様相に、私は賢治の鎮魂の過程を見ることが出来ると思うのである。

周知のように賢治は一生独身であったし、恋人をも持たなかった。しかし妹トシには宗教で結ばれた深い心の、通常の兄弟愛以上の「恋愛」をしている。その烈しく純粋な「恋愛」は、軽薄な現今の若者たちの考え及ばない性格のものであった。それだけにまた、トシの死は我々の想像も及ばぬ程の深い悲しみを賢治に与えたし、それを乗り越えることが彼の宗教心を一層深く根強いものとしたと考えられる。作品の上にそれが表われたのは勿論のことである。

(注)　ここで述べた事の上に、第一次稿に既に見られる次の一項を付け加えておきたい。

第一次稿に加えられた手直しの中で最も注目せられるのは、女の子たちが汽車から降りたすぐ後でカムパネルラに呼び掛けたジョバンニの言葉の中に、第一次稿では、

「…ほんたうにみんなの幸のためならばそしておまへのさいはひのためならば僕のからだなんか…。」

とあるのだが、第二次稿でこの中の「そして…ならば」が除かれているところである。この言葉にすぐ「うん。僕だつてさうだ。」と応えているカムパネルラを指して「おまへ…」と言ったとは考えにくいし、カムパネルラを指して言

うのだったら「きみ」と呼ぶのが自然だとも思われ、前後の文脈からいってこの一句はどうも落着かない。従って作者がこれを削ったのも当然と思うのだが、この「おまへ…」は亡妹を思う作者の気持がふいと表われた生の表現であったと考えられまいか。

三　本当の幸福とは何か

「けれどもほんたうのさいはひは一体何だらう。」

とジョバンニが問い掛ける。カムパネルラは「僕わからない。」と答えた後、間もなく車中からいなくなるのであるが、その直後にもジョバンニは、

「……ほんたうの幸福が何だかきつとさがしあてるぞ。」

と言う。こうして「本当の幸福」が何であるかは作品「銀河鉄道の夜」の最後まで明かされないままである。初稿から最終稿に至るまで此の部分は同じなのであるが、その間の一部分だけが第三次稿以後換えられているところがある。

「もつとい、とこへ行く切符を僕ら持つてるんだ。天上なら行きつきりでないつて誰か云つたよ。」

とジョバンニが女の子に言った言葉が、

「……ぼくたちこゝで天上よりもつとい、とこをこさへなけあいけないつて僕の先生が云つたよ。」

と、第三次稿で換えられたのである。

この「僕の先生」の言ったという言葉が、「本当の幸福」ということとどこかで重なり合うと考えられるのであるが、ジョバンニが「本当の幸福」が何だかを知らないと言っているのは、第三次稿でも最終稿でも右の

発言の後なのであるから、彼がその二つの言葉の関係に気が付かなかっただけのことなのか、それともまたその二つの概念の間に大きな差違があるからなのであろうか。

そのことは暫くおくとして、前項で引用した「セロの声」の主の言葉は、自分も「あらゆる人のいちばんの幸福」をジョバンニ同様求めていると言い、ジョバンニにはお前の「切符」をしっかり持って行けというのであった。「切符」の本質が何であるかは彼には既に自明のことであり、汽車の中では車掌にも判っているし、それを一見しただけの鳥捕りさえも見抜いているにかかわらず、所持者のジョバンニには判らないままになっている。「本当の幸福」が何であるか知らないままの彼のことと重ねて見ると、我々にはその本質は自ら明らかになって来る筈であるが、ジョバンニがそのことを知らないのは作品の技法に属することだからいいとしても、指導者である筈の「セロの声」の主までが、「あゝわたくしもそれをもとめてゐる」と言っているのは、これをどう考えたらよいのであろうか。「セロの声」などの部分は第四次稿では一切除去されているのであるが、このことは問題として依然として残る。

この点を作者賢治に移して見ると、実は彼自身「本当の幸福」が「ナムサダルマ――」であると早くから言い切ってはいても、どうしてそれを求めたらよいのかという悩みと不安もまた、早くから彼には付き纏っていたようである。次の語句がそれを示している。

……われわれが信じわれわれの行かうとするみちが／もしまちがひであったなら／究竟の幸福にいたらないなら／いままつすぐにやつて来て／私にそれを知らせて呉れ。／みんなのほんたうの幸福を求めてなら／私たちはこのまゝこのまつくらな／海に封ぜられても悔いてはいけない。／……　（詩「宗谷挽歌」）

亡妹に呼び掛ける形で詠っているこの詩は、大正十二年の作で、不完全な草稿が現存するだけのものである。また高瀬露宛ての日付不明の書簡に、次のような文も見られる。

……宇宙には実に多くの意志がありその最終のものはあらゆる迷誤をはなれてあらゆる生物を究竟の幸福にいたらしめやうとしてゐる……ところがそれをどう実現しそれにどう動いて行つたらい丶かはまだ私にはわかりません

この方に、より明確にそのことが示されているのであるが、詩句の方では、もし我々の道が間違いであったら、自分も死んだ妹も不幸のどん底に落ちるのだ、という厳しいこころが詠われている。この点は作品の「北十字とプリオシン海岸」の章冒頭の、カムパネルラのいきなりの発言、

「ぼくはおつかさんが、ほんたうに幸になるなら、どんなことでもする。けれども、いつたいどんなことが、おつかさんのいちばんの幸なんだらう。」

「……誰だつて、ほんたうにいいことをしたら、いちばん幸なんだねえ。だから、おつかさんは、ぼくをゆるして下さると思ふ。」

の語調に表われている不安、ゆらいでいる心に通ずるものがあると私は思う。第一、二次稿とも現存するのはそれぞれこの部分のずっと後の方からの原稿なのだし、彼の母が天上にあることは第三次稿の手直しによって始めて判明するのだが、これによって考えると、右の「宗谷挽歌」の詩句のように、自分にとっても亡くなった母にとっても「いちばんの幸」とは何であろうか、その為にすべきことは何であろうかと、自らに厳しく問うているのがカムパネルラの発言であると思われる。彼は既に友人を救う為に命を投げ出している。しかし、それを「ほんたうにいいこと」と自認しようとしてなお多少のためらいを持っている、と私には思われるのである。ただカムパネルラが幸福を願う対象は主として母であるし、「ほんたうにいいこと」を行為に限定して考えてもいる。この点は次に問題として捉えてゆくし、賢治自身が早くから解決できないままに持っていたより重要な問題、悩みについても更に後のところで触れて行きたいと思う。

四　作品の構成について

カムパネルラの前項に掲げた発言が出発点となってジョバンニの精神の旅が始まり、最終的に「凡ゆる人の本当の幸福」を求めようと決意するに至るのが「銀河鉄道の夜」の旅であると私は考えるのだが、その次第を最終形によって検してみたのが別稿の「求道者ジョバンニの誕生」である。そこではその過程を五つの段階に分けて考えているが、ここで便宜上それを簡単になぞってみることにしたい。

⑴　序の段階

カムパネルラの衝撃的な発言にジョバンニは戸惑った。しかし名状し難い何かがこころの底で目をさました。本文にその描写はないが、それなしにその後の彼の精神的展開はあり得ない。

⑵　第一の段階

「見ず知らずの」鳥捕りに対して、ジョバンニの心中に俄かに訳もなく「気の毒だ」という思いが湧く。そしてこの人の幸福の為に何をしてやってもよい、鳥捕りに代って鳥を捕ってやってもよいし、持ち物でも食べ物でも何でもやってしまってもよいと思う。カムパネルラが命を棄てて友人を救い、母の幸福の為なら「どんなことでもする」と言ったのと同様に、「いいこと（行為）」をしてやりたいと思ったのである。ただカムパネルラが母という特定の人を対象として考えているのと違って、対象が「見ず知らずの」人である。といっても、カムパネルラが水に飛び込んだのは、平素から彼にも他の人に対して「気の毒」に思う心があってのことであろう。この二人に共通する、仏教の「慈悲」ともいうべき心は、ジョバンニの精神発展の根本となっているものと考えられる。

(3)　第二の段階

氷山で難破した船で、救命ボートを他の人々に譲って水に入った一行が乗り込んで来る。その次第の説明を聴いているうちに、ジョバンニは極北の海の小さな船で働いている「たれか」を想像してその苦労を思い、その人の幸福の為にどうして上げたらよいかと考え込み、判らないので塞ぎ込んでしまう。対象が想像上の人になり、具体的な行為ではどうにもならないと、悩みは一そう深刻になったのだ。

(4)　第三の段階

(a)　一行の中の女の子とカムパネルラとが楽しそうに話し合っているのを見て、ジョバンニの悩みは極点に達する。それはもはや一人では持ち耐えることが出来なくなったのである。（これが「第二時」）

(b)　すると間もなく、沸き上がるように地平の果てから「新世界交響楽」がきこえて来て、しだいに音が高まってくる。ジョバンニの心に明るさが訪れる。新しい展開の前触れである。

(5)　第四（最終）の段階

蝎座の美しく燃える星を目前にした時、女の子が蝎の物語を聞かせて呉れた。鼬に逐い詰められて井戸に落ちた蝎が死に際に、「今度又生れて来たら〈まことのみんなの幸〉の為に私の体をお使い下さい」と祈った。するといつか自分が美しい火と燃えて夜の闇を照らしているのを見た、という話。これがジョバンニを究極の決意に導いたのである。

これまでの母という特定の人、見ず知らずの鳥捕り、想像上の漁船の人は勿論、その他あらゆる人々の「ほんたうのさいはひ」の為ならば「僕のからだなんか百ぺん灼いてもかまはない」、その「さいはひ」を探しに、何ものも怖れず進んで行くのだ、という決意にである。

何事も最後の一歩は飛び越えることで完成する。その意味で(4)から(5)への感動的な飛躍はそのまま受け容れてよいであろう。かくして、「銀河鉄道の夜」の旅は終り、ジョバンニは新しい第二次の旅に出発することになるわけである。（これが「第三時」直後）以上。

右の段階説には多少の修正も必要であろうが、さりとて全くの恣意だとは自分でも思わない。その證拠として、作者自身が手直しをしている箇所を先ず一つ紹介したい。

右の(3)に当る本文の中であるが、「たれかが一生けんめいはたらいてゐる。ぼくはそのひとに……」とあるのは第三次稿で換えられた文であって、第二次稿では全く違う（第一次稿ではそれに当る部分の原稿が現存しない）。

（……そして私のお父さんは、その氷山の流れる北のはての海で、……烈しい寒さと闘つて、僕に厚い上着を着せようとしたのだ。それを心配しながらおつかさんはあの小さな丘の家で牛乳を待つていらつしやる。僕は帰らなけあいけない。けれどもどうしてここから帰れよう。いったい家はどつちだらう。）

つまり、父母のことを気遣い、心細く思うジョバンニがここにはいるのであって、(3)で見た彼とは丸っきり違う。このままでは(2)から(4)への移行は無理というもので、そこの手直しに作者の意向を知ることが出来る、と私は考える。

五　本当の「いい行い」と本当の「幸い」

更にもう一つの證拠と思われる例を挙げよう。それは前項に見たような手直しでなく、作品「学者アラムハラドの見た着物」である。作者没後に発見されたという此の作品は大正十二年の執筆と考えられており、(一)

と、未完成のままの㈡とが現存しているが、ここで取り上げるのは㈠の方である。㈠の構想が、後に執筆されたであろう「銀河鉄道の夜」の第一章「午后の授業」のそれと似ている点が先ず注意せられる。教場が林の中と教室との相違はあるけれども、先生と生徒たちとがいる。また、その問答の内容に宗教的と科学的との相違はあるけれども、先生が説明し、生徒に指名で答えさせている。教室での二人は何れも答を口には出さないのだが、ジョバンニとカムパネルラがクラスの中で優秀な生徒であることは、「学者アラムハラドの見た着物」の中での優秀なブランダとセララバアドと同じである。

さて㈠の授業の内容であるが、先ず先生のアラムハラドが火というものの性質、ついで水の性質についてこと細かに説明をし、更に鳥も魚もそれぞれの特性を持っていることに言及した上で、さて人間がどうしても「さうしないでゐられないこと」、つまり人間たることの特性は何だろうか、と問い掛けるのである。

指名された生徒は三人で、最初が大臣の子タルラ。彼は先ず「人は歩いたり物を言ったりします。」と答えるのだが、否定するいわれはないにしても、常識的で期待に添わないものであったので、アラムハラドが誘導的に切実な返答を要求すると、今度は「饑饉をなくす為なら足を切つても構ひません。」と答えた。

次がブランダ。彼は「人はよい行ひをしないではゐられません。」と、「すばやくきちんとなつて」答えた。

最後にセララバアド。彼はアラムハラドの心に最も叶っている生徒であって、その期待に背かず「人は本当のいゝ事が何であるかを考えないではいられません。」と答えた。発言を求められて「少しびつくり」はしたものの、「すぐ落ちついて」答えている。

三人三様、アラムハラドはそのどれをも肯定し、更に前向きに敷衍してそれぞれに自分の意見を加えたが、特にブランダの言う「よい行ひ」を「善と正義」、セララバアドの「本当のいゝ事」を「まこと・真理・本当の道」と言い換え、「善を愛し道を求める」のが人間の特性である、この考えを堅持して世の中を歩みなさいと諭して、授業を終えるのである。

以上を考えるに、人間だけにしか見られない特性として、タルラの言ったこととセララバアドの言ったこととの間に大きな差違のあることは明らかであり、その間にも幾つかの刻みがあることが見て取られると思う。タルラの最初の答は論外として、二度目の答の趣意は確かに「よい行ひ」の部類に入るものではあるけれども、自分を損傷しても構わないというのでは「特性」そのものとは言えないし、「饑饉」「足を切つても」は何れも具体的であるのはよいとしても、余りに限定的である。その点ブランダは特性そのものとして言っていて、具体的な「よい行ひ」の一切を含めている。これに対してセララバアドの方は「本当のい、事が何であるか」を考えずにはいられないのが人間の特性だと言っている。「本当のい、事」とは、具体的な「よい行ひ」を遥かに越えて、一切の根源たるものを指しており、これに迫ろうとするのが人間だけに具わる特性だと彼は考えているのである。この考えあって始めて「よい行ひ」は「本当のよい行ひ」たり得るものと考えられる。このような四つの段階は作品を執筆するに当って作者が想定したものであることに疑いを容れる余地はない、と私は思う。

そこで「銀河鉄道の夜」のカムパネルラをブランダに、セララバアドをジョバンニに当ててみる。カムパネルラは命を棄てて友を救った。「足を切る」どころではない。これは優等生的に「よい行ひ」をと答えたブランダの考えに沿うもので、先生も「善と正義とのためならば命を棄てる人も多い」と敷衍しているのであるが、更に根源的なものを常に考え続けていると思われるセララバアドの方が、その上を行く少数者の意見を表明している。そしてジョバンニは、その根源的なものに迫ることをはっきりと決意するに至っている。このことは作品の示す通りである。

このように見て来ると、前項の諸段階の最初にカムパネルラの発言を大きく取り上げ、最後の段階にジョバンニの決意のことを置いた理由も頷けると思う。作者自身そのように構想したに違いないのであるが、作者の胸中には仏教の道諦と滅諦との関係を作品化しようとの意図が、あるいはあったかも知れない。そしてその二つの間に幾つかの刻みを設けたについては、例えば「セロ弾きのゴーシュ」のように、次々に訪れる動物たちによって次第に演奏技術が完成に向って行くというふうな、童話創作上の技法が用いられたということが考えられてもよかろうと思う。

余談ながら、アラムハラドは名前はアラブ系のように思われるが、ラビンドラナート・タゴールがモデルだという説がある。なる程野外での教場はサンチニケタンにおけるタゴールを思わせもするが、㈡でのアラムハラドには作品「台川」等に見られる賢治その人の俤がある。私は嘗てタゴールと賢治との相似について書いたことがあるが（昭和三十六年『タゴール生誕百年祭記念論文集』所収「詩人タゴール研究序説」）、この㈠と㈡とはその両人の関係を暗示しているもののようである。

セララバアドの口にした「本当のいゝ事」は学者アラムハラドの言う「本当の道」であり「真理」であった。これはまたジョバンニの求めようとする「みんなの為のほんたうの幸福」であり、賢治の言う「宇宙の最終の意志」に他ならないのであるが、作品「マグノリアの木」では「覚者の善」と称せられているものである。大正十二年の執筆と考えられているこの作品で、それは次のように具体的に表現せられている。

……覚者の善は絶対です。それはマグノリアの木にもあらはれ、けはしい峯のつめたい巌にもあらはれ、谷の暗い密林もこの河がずうつと流れて行つて氾濫するあたりの度々の革命や饑饉や疾病やみんな覚者の善です。けれどもここではマグノリアの木が覚者の善で又私どもの善です。

同年執筆かと言われている「ビヂテリアン大祭」のなかで「私」が演説している仏教の本質もまた、これと齟齬するものでなく、翌大正十三年刊行の詩集『春と修羅』の序に、

私といふ現象は／仮定された有機交流電燈の／ひとつの青い照明です

と詠っているのも、さらに四年後『疾中』の詩篇「一九二九年二月」で、「われ」とは分子・原子の結合体であり、原子は真空の一体であって「外界もまたしかり」、要するに「畢竟法則の外の何でもない」とし、その「本原の名を妙法蓮華経と名づくといへり」、「仏もまた法なり」と端的に詠っているところも、すべてこの「覚者の善」なのである。「みんなむかしからのきやうだい」という考え方は、もちろんここに基づく。

ところが、「銀河鉄道の夜」では、ジョバンニが「きつとみんなのほんたうのさいはひをさがしに行く」と言うところで留まっている。作品中では「切符」という表現があり、鳥捕りが「ほんたうの天上へさへ行ける切符だ。」と言っているし、ジョバンニ自身「ほんたうのほんたうの神さま」という言い方をしているのだが、「みんなのほんたうのさいはひ」・「切符」・「ほんたうの神さま」の相互関係には触れられていない。そのことをどう考えたらよいのだろうか。またジョバンニの引用して言った「僕の先生の言葉」もそれとどう係わるのであろうか。

作品の未完成ということもあろうが、その多くはやはり創作上の考慮からであった、と私は考える。次のメモはそれを裏書きするものではなかろうか。

断ジテ／教化ノ考タルベカラズ！／タヾ純真ニ／法楽スベシ　（『雨ニモマケズ手帳』）

詩作品でも、余りに体験に密着したと思うものを、賢治は詩集の中に入れようとしなかったように思われる。拙論に引用した詩にそれがある。

ただ前々項で私が言い残しておいた問題がある。「究竟の幸福」や「宇宙の最終の意志」を把握したところで、それを「どう実現し」、それに「どう動いて行つたらい丶か」という問題である。次にそれについて述べて置こうと思う。

信仰がどんなに深くても、宇宙の真理を摑んだとしても、それが個人の認識内に留まる限り、それが直ちに「あらゆる人のほんたうのさいはひ」の実現に結び付かないことは当然であろう。凡ゆる人々が同様の認識を持つことで始めてそれは可能になるであろうし、賢治自身が多くの童話を書いたのもそれへの努力ではあったろうが、その理想の実現が元々至難の道であることもまた当然のことである。「銀河鉄道の夜」第一次稿執筆の年を含む農学校教師時代の四年間が最も楽しかったと回顧する賢治が、嘗ての教え子に宛てた書簡の中でその終り頃の自分について、

わづかばかりの自分の才能に慢じて、じつに虚傲な態度になつてしまつたことを悔いてももう及びません

(昭和五年四月、沢里武治宛)

と書き、また、この一ヶ月前の書簡に、

人はまはりの義理さへきちんと立つなら一番幸福です。私は今まで少し行き過ぎてゐたと思ひます。

(菊地信一宛)

と書いている。何を悔いているのかは判然としないが、少なくとも大きな理想を振りかざすことを止めた彼の姿勢が、これによって窺えるようである。最晩年昭和八年の書簡でも、嘗ての教え子に宛てて現在の病状を記した上で、右と同じ「慢」――それは若さの特権だったとも思われるのであるが――に言及し、

空想をのみ生活して却つて完全な現在の生活をば味ふこともせず、幾年かゞ空しく過ぎて漸くじぶんの築いてゐた蜃気楼の消えるのを見ては、たゞもう人を怒り世間を憤り従つて師友を失ひ憂悶病を得るとい

つたやうな順序です。……

（九月十一日柳原昌悦宛）

と書いているのである。

とはいっても、賢治の信仰そのものに変化があったわけではない。そのことは、いわゆる『雨ニモマケズ手帳』に見られるメモに、

法を先とし／父母を次とし／近縁を三とし／農村を最后の目標として／只猛進せよ

と書かれているのでも判るし、臨終の床での父への遺言が何よりもはっきりとそのことを示している。では反省することで何が変わったのか。

書簡などの中で繰返し「いちばん楽しかつた」と述べている四年間の教師生活に告別して、賢治は大正十五年（昭和元年）三月末日付で退職した。三十歳であったが、それに先立って、この年の一月以降岩手国民高等学校で十一回に渡って「農民芸術概論」の講義を行っている。生徒の筆記をもとに同年六月「農民芸術概論綱要」を書いたのであるが、生徒伊藤清一の『講演筆記帳』に、その中の一句である「われらは世界のまことの幸福をもとめやう」を賢治自らが解説して、

道を求める其の事に我等は既に正しい道を見出した。仏教で云ふ菩薩行より外に仕方があるまい。……

と述べたことがメモせられている。また書簡の中に、

生きた菩薩におなりなさい。

とも書いている。年月日宛名ともに不明の書簡であるが、恐らく右の講義の時期以後のものであろう。

「菩薩行」は悟りに至る道である。具体的には右の『手帳』に書かれた「雨ニモマケズ／風ニモマケズ」で始まる、詩のような形のメモに記された諸々の行為ということになろうが、昭和六年十一月一日に賢治がこのようなメモを記したとき、彼の心中には周知のように常不軽菩薩が切実に祈念せられていたに違いない。このような

菩薩行への思いはふいに生じたものではなかろうが、この種の記述は右の講義以前の賢治の書いたものの中に見られなかったように思う。「正しい道」として見出された「菩薩行」は、それ以後彼の心にはっきりと根を下ろし、深められて行ったものではなかろうか。

だとすれば、これこそ賢治が書簡に「それをどう表現しそれにどう動いて行ったらいゝかはまだ私にはわかりません」と告白していた、またジョバンニやカムパネルラ、あの「セロの声」の主も判らなかったことの、正にその解答ではなかったのだろうか。私にはそう思われてならないのである。

退職後折角創めた羅須地人協会を短期間で閉じてしまったり、その後の肥料設計相談の仕事が思うように捗らなかったりしたことを、賢治の挫折と見るのが一般のようである。しかし私はそれは違うと思う。

もっとも協会の仕事は当局から睨まれたこともあったようだが、「農民芸術概論綱要」を書いた年の暮に結成された農民労働党花巻支部の為に並々ならぬ尽力をしたり、友人からレーニンの説明を聞いたり、経済学を学ぶ為の東京行を計画したりした、これらの行動も凡て農村の為、農民たちの幸福を冀って「猛進」したもので、凡ゆる人々の幸福への道を捜っての「菩薩行」でなかったか、と私は思う。「万人の幸福希願はエゴイズムである」というトルストイ晩年の考え方に触れることがなかったとは言えまいが、結局は深い信仰心に裏付けられた反省によって捜り当てられた地道な行き方がそれであって、さらさら挫折などではなく、それこそ賢治の宗教思想の完成への道そのものと言うべきであろう。

人がその友のために自分の命を捨てること、これよりも大きな愛はない。

とは『聖書』の「ヨハネによる福音書」の言葉であるが、これはドキュメンタリー的映画「シンドラーのリスト」の中で「ユダヤの聖書」にあるとして語られていた、

一人の命を救う者は全世界を救うことができる。

という言葉と趣意を同じくするものと考えられる。そして又右は「農民芸術概論綱要」の、

世界がぜんたい幸福にならないうちは個人の幸福はあり得ない

と対をなすもので、併せて全円的な思想の表現となると思う。この意味で賢治の最初の大きな理想は、「菩薩行」の思想を得て始めて完全なものになったと考える。

カムパネルラの友を救ったのは正しく菩薩の行為であった。してみれば、ジョバンニの最終的な決意はそこへ円環的に立ち戻るべき性格のものと言うべきである。しかし作品がそうなっていないからといって、これが作品の不完全ということにならないことは、先に述べた如くである。

補記

「銀河鉄道の夜」の第四次稿は昭和六年頃の手入れ稿ということであるが、昭和四年末頃に高瀬露に宛てて書かれた賢治の書簡に次の文がある。

私は一人一人について特別な愛といふやうなものは持ちませんし持ちたくもありません。さういふ愛を持つものは結局じぶんの子どもだけが大切といふあたり前のことになりますから。

これはカムパネルラの母の為だけの幸福を思った最初の発言と、ジョバンニの万人の幸福を念願する最後的な決意とについて考える上での参考になると思われる。

II　ブルカニロ博士はなぜ消えたか

——第三次稿から最終稿へ

「銀河鉄道の夜」の第三次稿と第四次稿（最終稿）との決定的な違いの一つは、前者にあった数ヵ所の「セロの声」の部分と、その声の主であるブルカニロ博士のことが後者ですっかりなくなっていることである。なぜそうなったのか、作者の中で何がどう変ったのか、そのことを少し考えてみたいと思う。

この作品に完成稿はない。作者によって何度も手を加えられ、残されている第一次稿、第二次稿は欠けている部分が多く、第三次稿に至って漸く整ったものが見られるのであるが、それも第四次稿では随分変ったものになっていて、この最終稿によって作品が論じられるのが通常であるので、この両方の表現を較べることで標題のことを考えて行くことになる。

ブルカニロ博士の登場は、第一次稿の最初から姿を現わして第三次稿にまで及んでおり、何れも作品の終りの部分に実際の姿で出現するのであって、博士の発しているに違いない「セロの声」は、それに先立って作品の随所に合計五回ほど、主人公である少年の耳に聞こえているのである。この「セロの声」の発生源を博士としない説もあるにはある（村瀬学『「銀河鉄道の夜」とは何か』）のだが、私は誤解だと思うし、一般の研究者もそうは考えていない筈であるから、特にこれを問題にすることはしない。

一　ブルカニロ博士の思想

銀河鉄道の旅は第四次稿ではジョバンニの夢なのであるが、第三次稿まではブルカニロ博士の「実験」によるものとなっている。その実験というのは、ジョバンニの前に次々と地上の現実では全くあり得ない不思議を見せる、科学的なものがその殆どであった。博士が姿を現わすのはその実験を終えた直後のことであって、実験の最後の段階で姿を見せている「セロのやうな声」の主で「黒い大きな帽子をかぶつた青白い顔の瘠せた大人」も、実は博士自身の実験中の姿なのであろうが、その人がジョバンニにかなり長々と説教をする。その中に次の様な言葉がある。

おまへは化学をならつたらう。水は酸素と水素からできてゐるといふことを知つてゐる。いまはたれだつてそれを疑やしない。（中略）けれども昔はそれを水銀と塩でできてゐると云つたり、水銀と硫黄でできてゐると云つたりいろいろ議論したのだ。（後略）

つまり化学の研究で真理と考えられているものも、研究の進展によって絶対の真理でなく、その時その時のものに過ぎないことが明らかになるということである。このことは現代の科学者も言うことであって、例えば、宇宙飛行士として知られる毛利衛氏が北海道大学理学部在学中の回顧談の中で、岡不二太郎教授の次の言葉を引用している。

「大学の教科書というのは、現役の教授たちが書いているわけだからまちがいがたくさんある。いま現在正しいと思われていることも、それは現時点で矛盾がないから正しいだけであって、永遠の真理ではない。（その）真理は偉大なる誤謬である」

（『毛利衛、ふわっと宇宙へ』一九九二年十一月朝日新聞社）

この言葉を証明するごとく、毛利氏も「スペースシャトルに乗って宇宙に飛び出すということは、科学が真理を理解するための誤謬であることを確かめる営為でもあるのだ」と述べて、宇宙では「現在進行形で」「常識をくつがえすようなデータが」「続々と」「観測されているから」興味深いのだとも言っている。ジョバンニが銀河鉄道の中で度々聞いた「セロの声」は、正に誰もが信じ込んでいる常識を覆えす意味を持ったものであったし、銀河世界において新しい発想の可能性を示唆するものでもあった。

しかし「青白い顔の瘠せた大人」の言うことはそれに留まらない。彼は信仰の上で人はそれぞれの神を真剣に信仰はしているけれども、絶対普遍の神ではあり得ないのだし、心の善悪を決める絶対的な基準というものもあり得ない。辞典に書いてある地理も歴史も、その時々の具体的な様相を持ってはいるが、凡ては我々がただそう感じているに過ぎないのだ（注）とも述べるのである。そして形を持った凡ゆるものが立ち所に消えて「がらんとしたたゞそれつきりになつてしまふ」不思議な術をジョバンニの眼前で見せてもいる。このことから見ると、ブルカニロ博士は科学者ではあってもただの科学者ではない。彼が更に、

● けれどももしおまへがほんたうに勉強して実験でちゃんとほんたうの考とうその考とを分けてしまへばその実験の方法さへきまればもう信仰も化学と同じやうになる。

● おまへの実験はこのきれぎれの考のはじめから終りすべてにわたるやうでなければいけない。（中略）あのプレシオスの鎖を解かなければならない。

等と言っている部分でもそれは明らかなのだが、これは作者賢治の詩集『春と修羅』第一集「序」の冒頭の一

節、

わたくしといふ現象は
仮定された有機交流電燈の
ひとつの青い照明です
（あらゆる透明な幽霊の複合体）
風景やみんなといっしょに
せはしくせはしく明滅しながら
いかにもたしかにともりつづける
因果交流電燈の
ひとつの青い照明です
（ひかりはたもち　その電燈は失はれ）

の意味するところに共通する思想であると考えられる。つまり「わたくしといふ現象」・「風景」・「電燈」等はそれぞれ具体的なものでありながら、実はきれぎれの「透明な幽霊」なのであって、「ひかり」こそが絶対不変の真理であり、その認識に到達したところでは「信仰も化学とおなじやうになる」筈のものであるということであると考えられるのである。「ひかり」が何を指すかは、それこそ賢治の究極の信仰するところのもの以外でないことは言う迄もなかろう。

ところで、その人がそういう長い説教をする切っ掛けは、ジョバンニが消え失せたカムパネルラのことを思って泣いているのを慰めて言った、

（前略）おまへはさつき考へたやうにあらゆるひとのいちばんの幸福をさがしてみんなと一しよに早く

そこに行くがいゝ。そこでばかりおまへはほんたうにカムパネルラといつまでもいつしよに行けるのだ。

という言葉について、ジョバンニが「どうしてそれをもとめたらいゝでせう。」と尋ねたことにある。「そこ」とは、その「ひかり」の境地、つまり究極の境地のことであろうが、その人は「あゝわたくしもそれをもとめてゐる。」と言って、引続きその長い言葉を始めたのであった。ここで明らかになるのは「あらゆるひとのいちばんの幸福」が絶対の真理なる「ひかり」と不可分の思想であるということであり、科学も宗教も、その究極は万人最上の幸福を目指すものに他ならないということである。このことは「農民芸術概論綱要」の「序論」に謳われている、

近代科学の実証と求道者たちの実験とわれらの直観の一致に於て論じたい
世界がぜんたい幸福にならないうちは個人の幸福はあり得ない

ということでもあって、ブルカニロ博士は近代科学の一歩も二歩も先を考える人でありながら、このような思想の持ち主でもあったわけである。この人であってこそ、特別な「実験」によってジョバンニを導くことができたのであった。

第四次稿ではその博士が全く消去されてしまった。然しこの思想はそこでもそのまま生かされており、肝心の思想の獲得はジョバンニ自身によるものとされたのである。

(注) 戦争とか病気とか学校も家も山も雪もみな均しき一心の現象に御座候　その戦争に行きて人を殺すと云ふ事も殺す者も殺さるゝ者も皆等しく法性に御座候
(大正七年二月二十二日宮沢政次郎あて書簡)
退学も戦死もなんだ。みんな自分の中の現象ではないか。(中略)あゝ至心に帰命し奉る妙法蓮華経。世間皆是虚仮仏只真
(同年三月十四日前後保阪嘉内あて)

南無妙法蓮華経と一度叫ぶときには世界と我と共に不可思議の光に包まれるのです（三月二十日前後保阪嘉内あて）等の書簡文に見られるところがこの辺りの内容に即応する。右の最後の文には「光」の語があるが、「一心の現象」なるものと「法性」との関係不可分のことも、右の凡てから明らかであると思う。

二 「セロの声」と種々の不思議な現象

ブルカニロ博士の消えた理由の主要な点は前項に尽きていると思うが、もう少し細かいところについて述べておこうと思う。

ブルカニロ博士の陰からの「セロのやうな声」は、ジョバンニが銀河鉄道の汽車に乗って間もない「銀河ステーション」の章に集中して聞こえていて、以後の章には殆どない。その最初が、琴の星が蕈《きのこ》の形になり、その青白い光が俄に三角標の形になるのを見て、ジョバンニが「ひかりがあんなチョコレートででも組みあげたやうな三角標になるなんて」と叫ぶと、「セロの声」が、

（ひかりといふものは、ひとつのエネルギーだよ。お菓子や三角標も、みんないろいろに組みあげられたエネルギーが、またいろいろに組みあげられてできてゐる。だから規則さへさうならば、ひかりがお菓子になることもあるのだ。たゞおまへは、いままでそんな規則のとこに居なかつただけだ。ここらはまるで約束がちがふからな。）

と、「どこか遠くの遠くのもやの中から」返事の様に、聞こえたというものである。「ここらはまるで約束がちがふ」というのは、地上の常識が銀河世界では通用しないということで、

「ここの汽車は、スティームや電気でうごいてゐない。たゞうごくやうにきまつてゐるからうごいてゐ

るのだ。」

というのも、銀河鉄道が石炭を焚いてもいないのに走っていることに不審を発したジョバンニに聞こえた「セロの声」で、これはカムパネルラも聞いている。これらの他、「セロの声」はジョバンニが心中で思っている不審に直ちに反応してもいるし、ジョバンニの呟いた言葉が気に入って、声でなく、手を叩いて喜んでいることもある。勿論その現象も説明も博士の「実験」のなすところであった。

しかしこのようなことが作品の中で後々まで繰り返されたのでは、作品がQ＆A方式の千遍一律の説明調に陥り、理屈っぽくもなる。それも第一次・第二次の現存稿では一度だけ見えていたのに、第三次稿では場所を換えて別の箇処に前述の様に頻繁に見えているのである。その「セロの声」が、第四次稿で全部なくなった理由は、このような点からも考えられるのであるが、第三次稿では既にその「セロの声」に代るもののように、地上とは「まるで約束がちがふ」不思議な現象の描写の部分が、以後の部分に多く見られるようになっているのである。それは引続き第四次稿にも見られるのだが、そうした主なものを次に列挙しておく。

「銀河ステーション」の章

● 「(燐光の）三角標が見える。

● 銀河の水の美しさ。

● 汽車がスチームや電気で動いていない。(第四次稿では少年二人の問答に変っている)

「北十字とプリオシン海岸」の章

● 白い道を歩く人影が四方へ出ている。

● 銀河の岸の白く柔らかな岩を、百二十万年前に出来た厚い地層だと言う人がいる。

「鳥を捕る人」の章

●銀河の砂が凝って鷺になるという。

●鷺を押し葉にして食用にする。それがチョコレート以上にうまい菓子のようだ。また、銀河の光に十日間吊すか砂に三、四日埋めるかして、水銀を蒸発させた上でそれを食べる。

●鷺は砂に降りるとすぐに縮み、平たくなり、融けてしまう。

●両手を広げて空を仰いでいるだけで鷺が沢山舞い降りてくる。

●行きたいと思うだけですぐそこへ行ける。

「ジョバンニの切符」の章

●農業に骨を折ることがない。また作物に殻がなく、十倍も大きく、しかも匂がよい。（登場者の言葉として）

●食物に滓がない。したがって排泄の要がなく、人によって違う僅かのいい香りになって、毛孔から散ってしまう。（同右、天上のこととして）

●美しい林檎の皮も、剝いて床に落ちるまでには灰色に光って蒸発してしまう。

第一、第二次稿でもこれに類する箇処が全くないわけでないが、殆ど目立たない。或いは現存しない部分にあったのかもしれないが、とにかく第三次稿に至って以上の様に見られるのである。「セロの声」がこの様な不思議への疑問に一々答えるという手法は一切廃され、不思議は不思議のまま描写されているのである。

三　科学と宗教

先に引いた詩集『春と修羅』序の終りの方に、

おそらくこれから二千年もたつたころは
それ相当のちがつた地質学が流用され
相当した證拠もまた次次過去から現出し
みんなは二千年ぐらゐ前には
青ぞらいつぱいの無色な孔雀が居たとおもひ
新進の大学士たちは気圏のいちばんの上層
きらびやかな氷窒素のあたりから
すてきな化石を発堀《ママ》したり
あるいは自亜紀砂岩の層面に
透明な人類の巨大な足跡を
発見するかもしれません

という詩句があるが、作品ではジョバンニとカムパネルラがプリオシン海岸で見たところの記事がこれに相当する。そこでは一人の大学士が三人の助手を使って、川の崖下の白く軟らかい岩から胡桃やボスという「牛の先祖」の骨を掘り出していたのであったが、彼の説明によると、

「ぼくらからみると、ここは厚い立派な地層で、百二十万年ぐらゐ前にできたといふ証拠もいろいろあがるけれども、ぼくらとちがつたやつからみてもやつぱりこんな地層に見えるかどうか、あるひは風か水や、がらんとした空かに見えやしないかといふことなのだ。(後略)」

ということで、つまり彼は自説の証明の為に採掘しているのであった。銀河世界でこのような言動は通常考えられないことであるが、これは一般の常識が必ずしも「永遠の真理」ではないことの一例を作者自身の体験を

素材として巧まれたフィクションで、彼は科学の進歩に努力しつつあったことになる。第三次稿の終りの「青白い顔の瘠せた大人」の説教に、「水は酸素と水素からできてゐるといふことを（おまへは）知つてゐる。いまはたれだつてそれを疑やしない（中略）けれども昔は」云々と言ったとあるところにそれは相当し、大きく言って彼は銀河生成についての現代の説を誤謬として、その常識を覆す為の「実験」をしていたということが出来よう。

最終稿では冒頭の「午后の授業」の章で先生は、銀河生成の過去の説から始めて、現代科学で明らかにされたところを説明して、

「これがつまり今日の銀河の説なのです。」

と言い、それから先は生徒の観測に任せているが、その言葉からは、今日の説が真実探究の一段階に過ぎないという含みを感ずることが出来ないであろうか。ジョバンニは夢の中ではあるが、銀河空間に至って一般常識ではあり得ない種々の体験を重ねる。これはかの宇宙飛行士たちの体験したそれに似ており、空は先生の言ったような「がらんとした冷いとこ」でなく、むしろ万人の幸福を考えさせる尊いものに満ちている場所であることを知る為のものであったと考えることは出来ないであろうか。とすると、夢の銀河鉄道中の部分全体は冒頭章に対する答の部分ということになり、先に見た大学士採掘の部分を基本的構造として、これを作品全体の構造としたものであるということにもなるであろう。

ただし絶対の真実は一挙にして捉えられるものではない。例の青白い顔の大人は、

「おまへの実験は、このきれぎれの考のはじめから終りすべてにわたるやうでなければいけない。それがむづかしいことなのだ。けれどももちろんそのときだけのでもいゝのだ。」

とも言っている。その「きれぎれの考」の一つが「今日の説」なのであって、これは又、

「みんながめいめいじぶんの神さまがほんたうの神さまだといふだらう。けれどもお互ほかの神さまを信ずる大人たちのしたことでも涙がこぼれるだらう。」

と彼が言っていることにも通ずる。つまり、科学でも宗教でも、「きれぎれのもの」「めいめいのもの」も尊重すべきだが、それに留まっていてはならない、究極を目指すべきだというのが彼の言わんとするところだと考えられるのである。第四次稿では右の言葉はないが、ジョバンニと女の子との神さま論争の場に生かされている。というのは、激しい論争をしたジョバンニが女の子と別れる際に「あぶなく声をあげて泣き出さうとしました。」とあるのを見ると、女の子の信仰の対象をジョバンニは全く否定しているわけではないと思われるのである。「たつたひとりのほんたうのほんたうの神さま」を主張して譲らなかったジョバンニ、万人の幸福の思想に到達したジョバンニがである。信仰と科学とに対する作者の考え方がここに見られる。

ところで、ジョバンニにはいわゆる既視感（デジャヴュ）があったように思われる。『徒然草』第71段に、人の言うこと、目に見える物、自分の心のうち等で、同じ事が何時だったかは思い出せないけれど確かに以前あったような気がするとある、あの感覚である。銀河ステーションでカムパネルラが貰って持っている銀河鉄道の地図を、彼が「なんだかその地図をどこかで見たやうにおもひました」とあるのは、町の時計屋の店で見た星座の絵図とは全く別物であるし、カムパネルラが銀河の河原の砂を調べて「この砂は、みんな水晶だ。中で小さな火が燃えてゐる」と言うのを聞いて、どこかで習ったような気がしているが、先生はそんな事を教えていないようだ。また「セロの声」を聞いて「あの声、ぼくなんべんもどこかできいた」、「ぼくだつて、村の中や川で、何べんも聞いた」と二人が言い合うところ（第三次稿）や、鳥捕りが瞬時に河原から汽車に戻っている不思議を「なんだかあたりまへのやうな、あたりまへでないやうな、おかしな気」がしているの等は、既視感に近いものであろう。

このような感覚は、博士と旧知の関係だったら別であるが、その対象と心の深い処で密接に繋がっている故のものであろう。対象が人間である場合、その人間と一体感に近い意識が無意識裡に働いていると考えてもよかろう。ジョバンニにこの感覚があったことは、してみれば根元的にブルカニロ博士の思想、少なくとも博士の銀河空間についての科学的認識と同じものを、潜在的に彼が持っていたことになるのかも知れない。

四 「鳥捕り」の章

第三次稿ではジョバンニの銀河鉄道での体験の凡てがブルカニロ博士の実験によるものであった。ジョバンニの前に姿を現わした博士は、いきなり、

「ありがたう。私は大へんい丶実験をした。私はこんなしづかな場所で遠くから私の考を人に伝へる実験をしたいと、さつき考へてゐた。……」

と言う。「私の考」は「セロの声」を通して伝えられた「きれぎれの」ものだけでなく、ジョバンニが最後に到達した思想までの凡てに渡るもので、それを静かなこの夜の丘の様な所で行いたいと考えていたのが「さつき」のことだと言うのであるから、長いと思われたジョバンニの銀河鉄道の旅は実はごく短い時間のものであったことになる。そしてその間に汽車に乗り込んで来た人の悉くが博士の意志で動く人であり、博士の幻出によるものであったと考えられるのである。その一人を鳥捕りで観察してみることにしよう。

鳥を捕っていた河原から「いつぺんに」車内に戻ったことの不思議さに、ジョバンニがそのことを尋ねると、その人は、

「どうしてつて、来やうとしたから来たんです。」

と答えるが、これは「セロの声」が「(銀河鉄道は) ただうごくやうにきまつてゐるからうごいてゐるのだ」と言ったのと全く同じ論理である。物理的現象と意思的行為との違いはあるものの、言い方までが同じである。このような不思議が他の章以上に「鳥を捕る人」の章に一杯書かれているのであるが、次の「ジョバンニの切符」の章でも、車内検札の時にジョバンニがポケットをさぐって取り出した切符——これは彼自身持っているとは思いもしなかったもの——を鳥捕りが横から「ちらつと」見ただけで「あはてたやうに」、

「おや、これは大したもんですぜ。こいつはもう、ほんたうの天上へさへ行ける切符だ。天上どこぢやない、どこでも勝手にあるける通行券です。(中略) あなた方大したもんですね。」

と言う。「熱心にのぞいて」いた燈台看守が黙っているのに、である。一介の鳥捕りにしては不遜とも思われるこの発言は、ジョバンニが天上へ去って行く人々と別れた後どこへ行ってどういうことになるのかを既に知っている者でなければ言えないことであろう。また、右引用文で中略した部分には「こんな不完全な幻想第四次の銀河鉄道なんか、どこまででも行ける筈でさあ」という所があるが、銀河鉄道が幻想的第四次元の世界であるにしても、「不完全な」というのには些か引っ掛る。思うにこれは「実験」中のものであって真実のそれでないことを意味するのであろうか。とすると、これこそ鳥捕りがその実態を知っているブルカニロ博士その人の幻出したものであることの証しであることになる。但しこの部分はどういうわけか第四次稿でもそのままになっている。また、この時の切符が博士がジョバンニに別れ際に渡してくれた「さつきの切符」であったことに変りはない。

この一例だけでは不足であろうが、博士の幻術が鳥捕りに最も明瞭に窺われると思うので挙げてみた。博士は又ジョバンニの前に姿を現わす直前に、汽車の中で顔の青い大人となって現われ、ジョバンニに長々と自らの思想を語り聞かせた後にも、「指を一本あげておろし」て凡ゆる世界が「がらんとひらけ」又「すつと消え

る」不思議を眼前に見せるという幻術を行なっているのであるから、これは銀河鉄道そのものが幻術である中での幻術だったわけで、この二重性は、作品の構成から見て余り成功的とは思われない。

実験を完了した博士が姿を現わす時、ジョバンニは草の丘に立っている自分を意識し、「遠くからあのブルカニロ博士の足おとのしづかに近づいて来るのを」聞いたとあるが、「あの」とはジョバンニが以前から博士を知っていることを意味するもののようである。その博士は「ありがたう。私は大へんいゝ実験をした。」と自分の実験の成功を喜びジョバンニに感謝している。「僕きつとまつすぐに進みます。きつとほんたうの幸福を求めます。」というジョバンニの言葉そのものも実験の成功を示しているのであるが、博士から「さつきの切符」を渡された後、丘を走って下りたジョバンニは林の中で、切符に金貨が包んであることを知って「博士ありがたう」と叫ぶ。この「ありがたう」は家庭事情を博士が知っていてくれたことへの感謝でもあろうが、何よりも以前から博士と相識の間であったことを示しているもののようにも思われる。この関係は当然作品の冒頭に記述があるべきであろうが、その部分はない。

「お前の云つた語《ことば》はみんな私の手帳にとつてある。」という博士の言葉が単に博士の考通りに実験が進んだことの記録を指すとすれば、ジョバンニの自主性が全くなかったことになるが、私としては、次々に博士が銀河鉄道に幻出させた人々やその発言はその都度ジョバンニの判断を促すもの(注)であり、彼が結果的に博士の考と一致する思想に到達したのだというふうに考えたいのであるが、この点の記述も十分とは思われず、いろいろと第三次稿では気になる点が多いのである。従ってこの点でも第四次稿でブルカニロ博士が消えたことは、やはりよかったと思うのである。

(注)　博士の幻出させた人々は、最終稿ではジョバンニの夢の人々ということになったわけであるが、終始ジョバンニの

傍にあったカムパネルラについては、夢の中にその無意識裡の意識が感応したものと考えた。そのことは別の所で述べた。

五　ブルカニロ博士が消えて

作品の第三次稿を中心に色々述べて来たのであるが、繰り返すと、そこでは作品の主人公は少年ジョバンニでありながら、これを終始影で操るのがブルカニロ博士であった。博士は「セロの声」の内容で明らかなように科学者であり、ジョバンニを実験に使っていたことになるが、科学が永遠の誤謬であることを信じている点で卓絶した科学者であり、「わたくしもそれをもとめてゐる」と少年に向って謙虚に「あらゆるひとのいちばんの幸福」のありかを追求していることを告白する求道の人でもあった。彼の目ざす所では科学と求道（宗教）とは究極において一点に結ばれる筈で、これが作品の重要なポイントとなっている。言うまでもなくこれは作者宮沢賢治の思想であり、「農民芸術概論綱要」序論の、

近代科学の実証と求道者たちの実験とわれらの直観の一致に於て論じたい　(a)
世界がぜんたい幸福にならないうちは個人の幸福はあり得ない　(b)
自我の意識は個人から集団社会宇宙と次第に進化する　(c)
（中略）
正しく強く生きるとは銀河系を自らの中に意識してこれに応じて行くことである　(d)
われらは世界のまことの幸福を索ねよう求道すでに道である　(e)

というのがその精神なのである。(a)から(b)の命題が生れ、(c)-(d)の宇宙精神を堅持することによって(e)の実践

に踏み出そうではないかという趣旨で、ブルカニロ博士は(a)-(e)のすべてに渡って確信を抱いている人、ジョバンニは銀河鉄道内で(c)の意識過程を経て(b)の思想を得て(e)を決意し、(e)において博士との思想の合致を見ているわけで、この詩句が作品「銀河鉄道の夜」の思想を代弁していると言ってもよいと思う。顔の青い大人(ブルカニロ博士)の言う、

「ほんたうの考とうその考とを分けてしまへば、その実験の方法さへきまれば、もう信仰も化学と同じやうになる。」

は(a)に該当するのであるが、現実面では「宗教は疲れて近代科学に置換され然も科学は冷く暗い」(「綱要」第二節)。即ち宗教は形骸化し、進展を続け優位を誇る科学が人類を脅かしていることは、現今において賢治の当時以上に著しく、ジョバンニが天の野原の地平線の彼方から響いてくるのを聞いた「新世界交響楽」は未だに我々の耳に届いて来ない、というよりも、一そう遠のいているのである。銀河鉄道でジョバンニの見聞した世界が余りに美しく神秘に満ちていて、我々はともすれば作者のそこに秘めた真意を見失いがちであるが、作品の魅力が作者の優れた感性とファンタジックの技術とによるものであることを認めつつ、そこに託された厳しいメッセージを受け取らねばならないと私は考える。

思わず筆が脇に外れたが、右に述べたことは第三次稿・第四次稿に共通して言えることである。然し作品自体はその間に大きく変って、ブルカニロ博士の存在は全く消されてしまった。その理由はこれまでに述べたところで十分であろうが、念の為に繰り返すと、「セロの声」方式は作品を平板な説明的なものにするし、顔の青い学者風の瘠せた大人に語らせた長い説教の部分は、作者の思索と体験による実に貴重なところでありながら、説明的に過ぎて作品になじまない。又、科学方面のことは極力抑え、求道の面を主軸とすることで、作者の信仰の思いが却って作品に生気を与えることになった等がそれに伴う理由として考えられるし、また、それ

までには前項に述べた如き作品としての不備もあった。

そこで思い切って銀河鉄道はジョバンニの夢ということに改められ、彼が完全な主役となった。かくして作品は全く見違えるほど生気溢れる名作となったのである。なお、ブルカニロ博士と、これに関連する「セロの声」以下に代るものとして「午后の授業」の章が冒頭に構想せられ、その中にちらりと触れられたカムパネルラの父が作品の終末部にいよいよ科学者らしい姿を現わすという風に整理せられることになった。また第三次稿では冒頭の「ケンタウル祭」章の中にあった部分が加筆されて、「午后の授業」の章の後に続く「活版所」・「家」の二章に独立し、これら三つの章の現実感と銀河鉄道の夢の幻想的な部分とが作品全体の上で程よいバランスを保って、最後尾の、夢の後の現実的な場面——そこでカムパネルラの水死も明らかなものとなった——に収斂されるものとなっている。特に作者の独壇場である幻想的な主部分が豊富な色彩語、新鮮味ある比喩や擬音語擬態語等によって作品を更に極めて魅惑的でユニークなものにしているが、その最終形がなお未完のまま残されたことは非常に惜しまれる。と言っても、作者の意図がこのままでも十分に果されたものになっていることは、言うまでもない。

III　求道者ジョバンニの誕生

作者宮沢賢治は「銀河鉄道の夜」を初めは「童話」と呼び、「グスコーブドリの伝記」が書かれた後には「少年小説」に分類しているようである。作品内容から言って後者の方がふさわしいと思うし、専門家の中にもこれを「童話」と呼ぶことに躊躇している向きがあるのを当然とも思う。

此の作品についての所見の大体は既に述べた積りであるが、ここに書くのは別の視点からそれを纏めるものである。従って多少の重複が避けられないことを予め断っておきたい。また、この作品が第一次稿から第四次稿に及ぶという（それでも決定稿に至らなかった）、かなりの長期間に渡って度々手入れがなされている、その過程を考慮に入れていることをも断っておく。

一　作品の科学的側面

ところがいくら見てゐても、そのそらはひる先生の云つたやうな、がらんとした冷いとこだとは思はれませんでした。それどころでなく、見れば見るほど、そこは小さな林や牧場やらある野原のやうに考へられて仕方なかつたのです。（第四次稿「天気輪の柱」）

第三次稿にはない冒頭の「午后の授業」の章で、ジョバンニは先生から「今日の銀河の説」を聞いたのであるが、それは星や地球や太陽はみな真空の中に浮んでいるのだということであった。丘の頂の天気輪の柱の下で草に身を投げ、星空を仰ぎながら少年はこう思っていたのであるが、丘の下には町の灯が見え、町外れから「遠く黒くひろがつた野原」があり、そこへ「小さく赤い窓」を見せて汽車が現われ、その音が聞えて来る。その現実風景との境界が間もなくなくなって、彼はたちまち銀河の世界を走る汽車の中にいる自分に気付き、次いで、先刻町角で見掛け、心を残したまま別れたばかりのカムパネルラがすぐ側にいることに気付く。そして以後二人は仲よく、平素は事情があって叶わなかった会話を交しながら銀河鉄道の旅を続けるのである。

その間二人は色々と珍しく又ふしぎな体験を重ねる。「水素よりももつとすきとほつた銀河の水」に手を浸したり、「中で小さな火が燃えている水晶の砂」をつまみ上げたり、またその河岸の崖の「白い柔らかな岩の中から」獣骨を掘り出している大学士に逢い、それが「(ここが）風や水やがらんとした空かに見える」とすれば大きな誤りであることを證明する為だという説明を受けたりもする(注)（「北十字とプリオシン海岸」の章）のである。

こうして銀河世界が「ひる先生の云つたやうな」ものでなかったことを少年は悟って行くわけであるが、更に「鳥を捕る人の章」では、移動の時間ゼロで思う所へ行けるという不思議な人物に逢う。その人は実際に車内から河原へ、河原から車中へ瞬時に移動したのであるが、河原で捕る鷺にしても銀河の砂が凝ったもので、銀河の光の中に十日間吊るすか、砂に三、四日埋めて水銀を蒸発させ、平たくして食用にすると、チョコレート以上に旨いのだと彼は言う。鷺は、空を仰いで両手を広げていれば群をなして舞い降りるのを、着地寸前に抑えて捕るのだが、砂に降りたのは間もなく平たくなって融けてしまうのだともいう。何とも不思議な話だが、ここではごく当り前のことだということである。宇宙には地上で考えられない法則が働いているらしく、第三次稿だけに見えている「セロの声」――実はブルカニロ博士がジョバンニを指導する陰の声――の言う、

● ひかりといふものは、ひとつのエネルギーだよ。（中略）ひかりがお菓子になることもあるのだ。たゞおまへは、いままでそんな規則のとこに居なかつただけだ。ここらはまるで約束がちがふからな。

● ここの汽車は、スティームや電気でうごいてゐない。たゞうごくやうにきまつてゐるからうごいてゐるのだ。

（右、いずれも「銀河ステーション」の章）

等もこれと同じ性格――「ここらはまるで約束がちがふ」ものと考えられる。

以上に挙げた如き不思議は、最後まで続く長い「ジョバンニの切符」の章でも見られないことはないのだが、そこは作者が特に多彩な色彩や音楽を以てファンタジックに書き進めた部分であり、未整理のままになっている点が多いと思われるのに対して、以上の部分は、宇宙空間には地上では考えられないような法則が働いているという、いわば科学的要素の濃い部分と言えよう。

それについて思い当るのは、現在次々と行われている学術的目的の宇宙探検のことで、例えば、

● いま宇宙がおもしろいのは、続々と常識をくつがえすようなデータが現在進行形で観測されているからでもある。

（朝日新聞社『毛利衛、ふわっと宇宙へ』）

● 重力という束縛から解き放たれたとき、日常私たちが持っている上下とか逆さまという概念がなくなった空間で、新しい発想が可能になるだろう。（同右）

という報告があるが、火星に蛸様の人類がいるかもしれないという想像をする人さえもいた大正末期に、このような科学的仮説めいた作品が書かれていることは驚いてよいことではなかろうか。尤も作者は詩「生徒諸君に寄せる」の中で、

新しい時代のコペルニクスよ
余りに重苦しい重力の法則から
この銀河系統を解き放て

とも謳っているのだから、作者自身作品の中でコペルニクス的実験を試みたのかもしれない。科学者としての賢治の直観の鋭さは未来を先取りしていたとも言えようし、そのことは現代においてもなお言い得ることであるかもしれない。

教室で聞いた近代科学の一つの定説を、少年ジョバンニは一応真剣に受け止めた。そしてその後間もなく町の時計屋の店先に見た星座の絵図が一つの刺激になったらしく、星空を仰いで冒頭文の如き思いに捉われるのであるが、これは素朴ながら近代科学に対する疑問の表明であり、続いて銀河鉄道の車中で様々の珍しい体験を重ねる――第三次稿ではブルカニロ博士の「実験」的操作によるが、第四次稿では全くジョバンニ自身の夢の中のことに切り換えられている――ことによって、最後的に貴重な結論を得る、いわば、「定説の提示」↓「それへの疑問」↓「体験による解決」という図式に還元できるものではなかろうか。とすれば、我々はそこに詩人でもある科学者賢治の空想による一つの仮説設定の試みを見ることが出来ると思われる。

ここまでは作品の科学的側面を主として見たわけであるが、異次元での見聞を通してジョバンニが科学的に

宇宙の何を知ったかは十分明らかでない。然し彼は素直に凡てを受け入れており、その才能が将来科学の方面で花開くとすれば、その究極への正しい方向性を把握したであろうことは、その素質と好奇心とから言って間違いないと思われる。それについて次の宇宙体験者の言葉は興味深いものである。

宇宙体験をすると、前と同じ人間ではあり得ない。（アポロ9号宇宙飛行士　ラッセル・シェワイカート）

地球を離れてみないと、我々が地球で持っているものが何であるのか、ほんとのところはよくわからないものだ。

（アポロ13号宇宙船長　ジム・ラベル）

但し、右に言った「貴重な結論」とは、万人の真の幸福を実現しなければならないという確信を指すのであるが、第三次稿のブルカニロ博士の言葉を借りると、

その実験の方法さへきまればもう信仰も化学と同じやうになる。

つまり、正しい道を追究して行くならば宗教も科学も同様の究極に到達するということで、ジョバンニの「貴重な結論」はこの究極点への道を確実に摑んだことを意味するに他ならないのである。

宇宙空間でジョバンニが見聞きした様々の不思議は、第四次稿では彼の夢なのであって、夢は願望の表われでもあるから、少年らしい夢であったとも考えられるのだが、それにしてもその夢が彼自身に結果的に与えたものは何であったのだろうかと言えば、私は、やはり現世のような苦難や制約のない世界、人々が楽しく幸福に暮らせる世界があり得る、ということであったと思う。しかし、夢に現われた科学方面の不思議にはすべて精神的なものが欠落していたことが指摘せられよう。

（注）この場面は、作品「イギリス海岸」を読めば分かるように作者自身の体験が基になっていて、その大学士のモデルが作者自身であるとも思われるのである。北上平野には今から一、五〇〇万年～一〇〇万年ほど前の新第三紀鮮新世

とよばれる時代、海が浸入していて、それが次第に陸化して行ったので、くるみの実や巨獣の骨が残っていて当然というような賢治の仮説が、イギリス海岸一帯の調査から構築されていったこと、更に彼自身精力的にそれを実証して行き、理論となったこと等を、宮城一男氏が「宮沢賢治は科学者か」(『国文学　解釈と鑑賞』一九九三年九月号)に述べて居る。なお、作品「イギリス海岸」の記述は「銀河鉄道の夜」のあちこちに影を落している。

二 「ここよりももっといいとこ」とは

1・「博士」から「先生」へ

前項の冒頭に引用した文と同様の文が第三次稿では次のようになっている。

ところがいくら見てゐても、そこは博士の云つたやうな、がらんとした冷いとこだとは思はれませんでした。

つまり、ここでは「博士」であったのが最終稿では「先生」に変えられたのであった。右の文の「博士」はここで突然出て来るのであるが、この文の直前にあった、恐らくは作者によって廃棄せられた五枚の原稿の中にその登場の場面があったに違いない(『校本　宮沢賢治全集』第十巻「校異」参照)。その博士はブルカニロ博士であるに違いなく、作品の終りの方に「あのブルカニロ博士の足おとのしづかに近づいて来るのを(ジョバンニは)ききました」等とあるのも、この部分がなければ理解できないところである。この博士、「セロの声」を陰から発していたりして終始重要な役割を担っていた第三次稿までのブルカニロ博士が、第四次稿で全く姿を消されてしまうことについては先に述べた通りであるから、ここで新しく問題にしたいのがこの「博士」↓「先生」という変更のことである。

ところで、この第三次稿の後の所に、これと似た意味での「先生」の文字が一ヶ所出てくる。サウザンクロスで下車しようという女の子を留めようとして言うジョバンニの次の言葉の中である。

「天上へなんか行かなくたつてい、じやないか。ぼくたちこ、で天上よりももつとい、とこをこさえなけあいけないつて僕の先生が言つたよ。」（「ジョバンニの切符」の章）

第四次稿でもこれは同じで、ちなみに第一、第二次稿ではこの言葉はこれとは違って、

「天上へなんか行かなくたつてい、ぢやないか。もつとい、とこへ行く切符を僕ら持つてるんだ。天上なら行きつきりでないつて誰か云つたよ。」

となっているものである。こうして見て来ると第四次稿に至って最終的には、「午后の授業」で銀河を説明した「先生」と右の言葉の中の「先生」と、先生が二人いることになる。そこでこの二人は果して同一人物なのであろうかという疑問が生じる。ところが第四次稿ではこれとは別に、始めて一人の「博士」が登場している。ジョバンニの親友カムパネルラの父で、科学者らしい人物である。複雑になったようだから、簡単に図示しておこう。

次の図に一寸説明を加えると、「付加」は第三次稿からの改稿に当って新たに構想せられた部分であり、第四次稿での「博士」は、

- 「カムパネルラのお父さんの博士」（冒頭章）
- 「（ジョバンニが）博士の前に立つて」、「すると博士は」、「博士は堅く時計を握つたま、」、「博士はまた川下の」、「博士の前をはなれて」（最終場面）

等で、最終場面においてくどいまでに「博士」の文字が見られるのは、第三次稿までにあったブルカニロ博士と入れ替える為に作者がかなり気を使っていることを示しているのではないかと思われる。その一方で、「僕

	（付加の部分）	（所々手が加えられた部分）	（変更の部分）
第四次稿（最終形）	「先生」＝銀河宇宙の説明者 「博士」＝カムパネルラの父（冒頭章）	「ひる先生（銀河宇宙の説明者）の云つたやうな」（第五章） 「僕の先生が云つたよ」（最終章）	「博士」＝カムパネルラの父（最終章）
第三次稿		「博士（ブルカニロ博士）の云つたやうな」 僕の先生が云つたよ	「あのブルカニロ博士」

の先生が言つたよ」の「先生」がそのままなのは、その先生の言葉が極めて重要なものであり、教室で銀河宇宙の説明をする先生とは別に、その「先生」が元々存在していたことをも示すものであると思われる。

なお言い忘れたが、女の子が蝎の星のことを語るくだりに、ジョバンニが「(蝎の尾の鉤で）螫されると死ぬつて先生が云つたよ」と言うところが第一次稿の最初からある。この「先生」は作者の頭の中では第四次稿の

「教室の先生」と同一人物だったのかもしれないが、必ずしもそうとは言えないので、ここでは特に考えないことにする。

２・「ここよりももっといいとこ」

前項で触れた第四次稿での二人の先生を同一人物と見ると、どうしても違和感がある。それは第三次稿で銀河の説明をしたのが「先生」でなくて「博士」ということになっている為らしいからであるが、前述のように、博士のその説明の部分は廃棄された五枚の原稿の中に含まれていたのかもしれないのである。従って「ぼくたちこゝで天上よりももつといゝとこをこさえなけあいけない」と教えた「僕の先生」はブルカニロ博士でないことは勿論、「教室の先生」でもないことになる。「教室の先生」には科学者的色合いがあるに対して「僕の先生」には思想家の面影が感じられるし、この両者間にはジョバンニの親近感の差違もあるように思われるのである。但し、第三次稿の時点において「僕の先生」には、ある特定の人物が作者の脳裡に浮んでいたのではないかという気がするのだが、今の中学二年生くらいの感じがするジョバンニに、理想社会の建設を熱っぽく語る学校の先生が果していただろうかと考えると、「博士」も「教室の先生」も特定の同じ人物であって、思い当たるのが第三次稿までの登場人物ブルカニロ博士がその人物ではないかということである。なぜなら彼は科学者であると同時に、堅い宗教的信念の持ち主であったと考えられるからで、それは究極には作者賢治その人の「分身」ということになるし、「ここよりももっといいとこ――」と教えた「先生」、賢治に深い思想的影響を与えた人物が別にすでに存在していた、と考えるのが自然であると思われるのである。

また「ぼくたちこゝで」の「こゝ」とは実は地上のことでなければ意味が通らない。それが銀河宇宙で言われているのは穏当ではない。したがってその言葉は、平素から作者自身の心深くにあった切実な思想が生のままで出たものと考えざるを得ないのである。ジョバンニも女の子も「こゝ」の場所的矛盾に気付いていないのは、二人の切羽詰まった遣り取りの激しさを表していると同時に、その思想がジョバンニにとってきわめて切実なものであったことを表現している、と考えざるを得ないのである。そのことは、女の子の語った蝎の話に感動した彼が、

「(前略) あのさそりのやうにほんたうにみんなの幸《さいはひ》のためならば僕のからだなんか百ぺん灼いてもかまはない。」

という緊迫した心境を吐露したのがその直後のことだったことからも考えられる。女の子の蝎の話は第一次稿以来変らないのだから、ブルカニロ博士の「実験」がこの女の子をも幻出させ、語らせたことになるわけであるが、それは兎に角、この地上楽園実現の思想と万人の幸福実現の思想とが密接不可分の関係にあることがここから導き出されるし、それは他ならぬ作者自身の思想であり信条であったことは「農民芸術概論綱要」を引用するまでもなく明らかである。「綱要」には次の詩句がある。

● 世界がぜんたい幸福にならないうちは個人の幸福はあり得ない (「序論」)

● われらは世界のまことの幸福を索ねよう求道すでに道である (同)

● ……おお朋だちよ　いつしよに正しい力を併せ　われらのすべての田園とわれらのすべての生活を一つの巨きな第四次元の芸術に創りあげようでないか…… (「農民芸術の綜合」)

銀河鉄道の車内に現われた鳥捕りが「こんな不完全な幻想第四次の銀河鉄道なんか」と言うが、もともと銀河世界の住民だったらこんな醒めた事は言わないだろうし、その「不完全」は、それが地上のものでないが故の表現であったことがこれで明瞭であると思う。

さて、それでは「こゝで天上よりももつといゝとこをこさえなけあいけない」と教えた先生は誰か。つま

り、作者がどこからその思想を得たのかということになると、理想社会の実現を試みたものに賢治の当時では武者小路実篤の新しき村の建設（大正十年）、西田天香の一燈園の設立（明治三十八年）等があった。が、ここではもっと広い意味でのことと思われるので、思想や宗教上から広く諸外国、或いは過去や身辺に適当な人物がいなかったかと考えてみると、賢治自身日蓮上人を「遠い先生」と呼んでおり（大正七年三月保阪嘉内宛書簡）、国柱会の田中智学、高知尾智耀をも「先生」と呼んでいる。またユートピアを描いたり説いたりした人物にマルクスやエンゲレス、「銀河鉄道の夜」等に影響を与えたと言われている『太陽の都』の著者トマソ・カンパネルラその他がいる。あるいはこのような特定の人物ではなく、賢治が心から親しんだ経典『妙法蓮華経』そのものを想定すべきなのかも知れないのだが、大正五年以来何度も来日した詩人で思想家のタゴールの、ここに最もふさわしいと思う次の文を引用しておく。

● 世界の空にかかる、また世界にしみわたっている理想があるとわたしは確信する。それは、たんなる幻想の産物ではなく、すべての物がそこに住まい、また究極的な実在としての、あの天国の理想である。

● わたしは信じている――天国のヴィジョンは、太陽のかがやきのなかに、大地の緑のなかに、人間の美しさのなかに、人生の豊かさのなかに、そしてまた、一見、無意味で醜悪に見える物たちのなかにさえ見ることができる、と。この世界のいたるところに、天国の精神《こころ》がめざめ、その声を送ってきている。

（「芸術家の宗教」森本達雄訳）

ジョバンニが車中で燈台看守から聞いた、「この辺では」殻がなく十倍の大きさのよい米が出来るとか、実際に見た苹果《りんご》の皮が剝くあとから蒸発してなくなる等というのは、勿論「不完全な幻想第四次」の世界のことであって、先生の言う「こゝ」ではない。その点「綱要」で謳われているのはそれではなく、現実の「銀河空間の太陽日本　陸中国の野原」のことであり、ここで皆々意識を高めて右引用文の言うようなヴィジョンで現実の生活を楽しいものにしようではないか、ということなのである。

三　求道者ジョバンニの誕生

自我の意識は個人から集団社会宇宙と次第に進化する
（「序論」）

とも、

正しく強く生きるとは銀河系を自らの中に意識してこれに応じて行くことである
（同）

とも謳っている。ジョバンニは銀河の旅で右の過程を体験して、最後に「世界のまことの幸福を索ねよう」という思想に到達したのであるが、この意味で「銀河鉄道の夜」という作品は「農民芸術概論綱要」の精神の作品化であり、作品の構想は、次々に右の「進化」の過程を辿った揚句に求道者ジョバンニが誕生したというふうに組み立てられていると見ることができる。彼の意識の進化の過程は、先に概説しておいたが、ここで更にそれを詳述しておきたいと思う。

「農民芸術概論綱要」では、

1・発端

「おつかさんは、ぼくをゆるして下さるだらうか。」(イ)

あんまり突然にカムパネルラがこう言うものだから、ジョバンニには何のことだかさっぱり分からない。考えようがなくてぼんやりしていると、カムパネルラは続けてこう言った。

「ぼくはおつかさんが、ほんたうに幸になるなら、どんなことでもする。けれども、いつたいどんなこ

とが、おつかさんのいちばんの幸なんだらう。」(ロ)

ジョバンニはますます分からない。カムパネルラはしかし、何故か堪え切れなくて今にも泣き出さんばかりである。ジョバンニは勿論この友人の身にどんな異変が直前に起っていたのかを知らない。カムパネルラもその事をはっきりと言っていない。とまどったジョバンニは慌てて頓珍漢なことを言うが、カムパネルラはもとより返事を求めてはいないので、すぐにこう言う。

「ぼくわからない。けれども、誰だつて、ほんたうにいいことをしたら、いちばん幸なんだねえ。だから、おつかさんは、ぼくをゆるして下さると思ふ。」(ハ)

その表情は「なにかほんたうに決心してゐるやう」であった。

右のカムパネルラの発言の部分があるのは第三次稿以後であって、これは第四次稿の追加された冒頭部分で判ることだが、ジョバンニが遊びに行った当時、カムパネルラの家には既に彼の母はいなかったし、同様に追加された部分で、カムパネルラは友人を救う為に水に飛び込んだまま流されていたのであるが、作品の終りの方で判るように、彼の母は既に天上にあったのである。又、カムパネルラの父の博士の登場は第四次稿になってのことなのだから、彼の家庭事情はその時点でようやくはっきりしたものになっている。したがって最終形態の第四次稿で見る限り、ジョバンニはカムパネルラの母が既に死去していることを知らなかったのではなく、カムパネルラの発言が余りにも急なので、そのことがとっさに思い浮かばなかったと考えるより仕方がない。「きみのおつかさんは、なんにもひどいことないぢやないの」と言ったのも、彼の母の死がつい最近のことだったので、なお鮮やかな生前の姿をふと思い出してのことであったと考えたい。カムパネルラの発言からも、母の死がそんなに遠い以前であったとは思われないのである。

それは兎に角、(イ)では驚いて口を噤む他なかったジョバンニであるが、心中には混乱が生じていた事が想像されるし、その上で、(ロ)(ハ)の言葉が更に深く胸に刺さったであろうと思われる。そうでなかったら、最後にあの貴重な決意に到達することなど考えられない。つまりこの親しい友の意外な言葉は、彼の意識を呼び起す重要な切っ掛けであったと考うべきである。この時銀河の中流の島に白く美しい十字架が見え、俄かに明るくなった車内にハルレヤ(注)のコーラスが湧き上ったのは、この證拠と考えられるものであるが、これはカムパネルラの犠牲的行為と、これが天上の母の最大の幸福となることを願う心との美しさを称えると共に、ここを起点としてジョバンニが新しい精神の途に旅立つことを祝う序曲であった、と私は考えたい。

このコーラスと十字架は、この旅の最終段階でも顕現する。その時は、ジョバンニが求道の精神をわがものとし、殆ど時を同じくしてカムパネルラが天上へ去る直前であった。

(注)「ハルレヤ」であって「ハレルヤ」でないのは、幻想第四次の世界の賛美歌だからである。「ハレルヤ」とすれば、地上の現実世界のキリスト教のものとなる。なお、ジョバンニは最後的に女の子たちの宗教を全面的に否定しているのではない。「十字架」はキリスト教のものであるが、作者は「ハルレヤ」の表現で、特定宗教を少しばかりぼんやりさせたのだと思われる。

2・見知らぬ人の幸福を願う

ジョバンニとカムパネルラが乗っている車中に始めて乗り込んで来たのが「鳥を捕る人」である。その時ジョバンニは、汽車が出るまで「なにか大へんさびしいやうなかなしいやうな気がして」、黙って目の前の時計を見ていたというのであるが、この時の心境には看過できないものがある。というのは、彼のこの「鳥を捕る人」に対する思いが即刻次のように書かれているのを見ると、先にカムパネルラの突然の発言で心中に起った変化、これと関係があってのことと考えないわけには行かないのである。

すなわち、ジョバンニはその人から商いの鳥のことを聞いたり、菓子になった鳥の足を貰って食べたり、鳥を捕える実際を見たり、検札の時に切符をのぞかれたりもするのだが、次の鷺の停車場が近づく頃になって「なんだかわけもわからずににはかに」彼が「気の毒でたまらなく」なる。「その見ず知らずの」彼に何でも彼でもやってしまいたいような気になる。そして、

もうこの人のほんたうの幸になるなら自分があの光る天の河原に立つて百年つゞけて鳥をとつてやつてもいゝ。(イ)

という気持で黙って居られなくなって、「ほんたうにあなたのほしいものは何ですか」と訊ねようとまで思う。ところが、ちょっとためらって振りむくと彼の姿はなくなっていた。それで、

「どこへ行つたらう。一体どこでまたあふのだらう。僕はどうしても少しあの人に物を言はなかつたらう。」(ロ)

「僕はあの人が邪魔なやうな気がしたんだ。だから僕は大へんつらい。」(ハ)

とカムパネルラに訴えたり、「こんな変てこな気もちは、ほんたうにはじめてだし、こんなこと今まで云つたこともない」と思ったりするのである。

右の(イ)(ロ)(ハ)は凡て、カムパネルラが自分の母のことを一途に思っていたのとは次元を異にしている。ここで想起せられるのは、

常懐悲感　心遂醒悟　　　　（法華経「寿量品」）

親鸞は、父母の孝養のためにとて、一返にても念仏まうしたること、いまださふらはず。そのゆへは、一切の有情はみなもて世々生々の父母兄弟なり。　　　　（「歎異抄」）(注)

という言葉であり、ジョバンニの心の中にもともと人を悲しむ心があって、それがカムパネルラの発言で自然に呼び起されたものと思われるのである。作者賢治自身この本性を懐いていたことが次の書簡の言葉で明らかである。

アア人ハミンナヨクヨク聞イテミルト気ノ毒ニナルモノデハアリマセンカ

（大正七年四月　佐々木又治あて。二十二歳当時）

あなたはむかし、私の持つてゐた、人に対してのかなしい、やるせない心を知つて居られ、またじつと見つめて居られました。

（大正十年　保阪嘉内あて。二十五歳当時）

（注）この語のすぐ前に、「聖道の慈悲といふは、ものをあはれみ、かなしみ、はぐくむなり」云々ともあるが、賢治が十六歳の時、父あてに、「小生はすでに道を得候。歎異抄の第一頁を以て小生の全信仰と致し候。」と書き送っているところを見ると、仏教の根本である慈悲の心は、早くから彼の心に染み付いていたと考えられる。

3・不特定多数の人の幸福を思う

その後間もなく、難船で水死した女の子とその連れが乗り込んで来た。その家庭教師である青年が、水に入った時の情況を話すのを聞けば、彼らは同船した多くの人々に救命ボートを譲って身を犠牲にしたのであった。涙をこらえながらカムパネルラとその話を聞いているうちに、ジョバンニは極北の海で寒さや水と闘いながら働いている人のことをいつの間にか想像していた。

（ぼくはそのひとにほんたうに気の毒でそしてすまないやうな気がする。ぼくはそのひとのさいはひのためにいつたいどうしたらいゝのだらう）

こう思いながら「首を垂れて、すつかりふさぎ込んでしまう」のであるが、前の段階では「見ず知らず」ではあっても目前の人であったものが、ここでは想像上の人が対象になっている。しかも極北の海で働いている人は一人や二人ではない筈である。相手が「鳥を捕る人」であったら、その人の為にどういうことをしたらよいかは思い浮べられるのだが、こうなってくると一体どうしたらよいかが全く判らない。それで「すつかりふさぎ込んでしまう」のである。ところが、実はこの場面は第二次稿では、

（前略）そして私のお父さんは、その氷山の流れる北のはての海で、小さな船に乗つて、風や凍りつく潮水や、烈しい寒さとたたかつて、僕に厚い上着を着せようとしたのだ。それを心配しながらおつかさんはあの小さな丘の家で牛乳を待つてゐらつしやる。僕は帰らなけあいけない。けれどもどうしてここから帰れよう、いつたい家はどつちだらう。

とあって、ジョバンニが想像する対象が右のように不特定多数者でなく、「私のお父さん」であり、その父を心配しながら家で私の帰るのを待っている母の為に早く帰りたいのに、ここからどうして帰れるのか判らないのでふさぎ込んでしまうとなっていたのであるが、第三次稿では右のように全く改められ、極北の海では「たれかが一生けんめいはたらいてゐる。ぼくはそのひとに……」と、先の引用文に続くのである。どうしてこうなったか。前のままであると、カムパネルラの最初の発言当時と同じことになる。従って、ジョバンニの意識の進展ということで、これを「農民芸術概論綱要」の精神に沿うべく、改訂を加えたとより他に考えられないのである。ところで、ジョバンニがふさぎ込んでいるその傍では青年家庭教師と灯台守とが幸福について話し合っていて、灯台守は「どんなつらいことでもそれがたゞしいみちを進む中でのできごとなら（中略）みんなほんたうの幸福に近づく一あしづつ」だと慰め、青年は更に「いちばんのさいはひに至るためにいろいろのかなしみもみんなおぼしめしです」と答えていたのである。

「鳥を捕る人」はいつの間にか車中にいなくなり、やがて女の子や青年家庭教師たちも、また続いてカムパネルラまでもが天上へ去ってしまうのであるが、彼らは皆、ジョバンニの意識を次々に高めて行く為に彼の前に現われ、その役目を終えるや忽ちいなくなったのだと考えられるのである。

4・悲しみが極点に達する

汽車が琴座や孔雀座の近くを過ぎた頃、ジョバンニはまた「俄かに何とも云へずかなしい気」がしたり、「まるでたまらないほどいらいら」したりする。カムパネルラが女の子とさも楽しそうに話し合っていた時のことである。

（どうして僕はこんなにかなしいのだらう。僕はもつとこゝろもちをきれいに大きくもたなければいけない。……）

（あゝほんたうにどこまでもどこまでも僕といつしよに行くひとはないだらうか。カムパネルラだつてあんな女の子とおもしろさうに話してゐるし僕はほんたうにつらいなあ。）

と頭がほてって痛くなり、目に一ぱい涙をためるジョバンニは、もう悲しみが極点に達しようとして、一人では到底持ち堪えることが出来なくなっている。その悲しみには、勿論、人々の本当の幸福とは何か、どうしたらそれが実現できるのかという、極めて難しい思いがここでは加わっている筈である。従ってこの悲しみを共有してくれる者がほしいと思うのは当然である。然し親友のカムパネルラは話に夢中で、この心を判ってくれそうにない。求道の道は所詮一人で歩まねばならぬものなのだ。

そのうちに彼の精神に新しい境地が開けて来ることの前触れであるかのように、「新世界交響楽」の響きが地平の果てから湧き起こって来る。アメリカインディアンが駆けて来るのが見える。その頃からジョバンニの心は次第に明るくなり、発破にかけられて魚たちが水の上に跳ね上るのを見ては、心が最高に軽くなった。少年らしい心のゆらぎでもあろうが、実は悩みと悲しみが頂点に達した正にその時に、彼の心に最後的な昂揚の瞬間が訪れつつあったのである。

5・「まことのみんなの幸」を願う

最終段階は銀河鉄道の旅の終り、サウザンクロスに汽車が着く寸前に訪れた。

蝎座の美しく赤い火を見ながら女の子の語ってくれた「蝎の祈りの物語」――鼬に追い詰められて井戸に溺れ死ぬ蝎が死に際に、

「どうかこの次にはまことのみんなの幸のために私のからだをおつかひ下さい。」

と神に祈った、そして、今目の前に見ているのが、その蝎が天に昇って夜の闇を照らしている「うつくしい火」なのだという物語、これがジョバンニの心に決定的な衝撃を与えたのであった。彼は目から鱗の落ちる思いをしたに違いない。

「まことのみんなの幸」という言葉、又その実現の為に「私のからだ」を捧げるという決意、これはジョバンニが初めて耳にしたものであった。悲しみが極点に達した彼の目前に開示されたものは、実にこの一筋の道に他ならなかったのである。

この蝎の話は女の子が父から聞いたのをジョバンニに語ったまでであった。語り終えると間もなく女の子たちは天上へ去っていくのであるが、深い意味のある言葉を伝えてくれたこの女の子こそは掛け替えのない協力者だと思ったジョバンニは、極力彼女を引きとめようとした。そして自分でも思い掛けずに口から出たのが、あの「僕の先生」の言葉であった。「まことのみんなの幸」は、天上で実現できるものではないのだ!

その閃きの直後の事である。最初の段階でのよりももっと見事な十字架が輝いて立ち、よろこびの声や明るいハルレヤの響きが起ったのは。それは前にも言ったように、先にはカムパネルラとジョバンニとに対する神の賛歌であったものが、今度は天上に赴こうとする女の子たちとカムパネルラ、輝かしい精神的境地に到達し、求道の道に新しく一歩踏み出そうとするジョバンニの悉くに対する神の賛歌であったに違いない。それは女の子たちの考えとは別に、キリスト教の神からも祝福されてよい「まことの道」だったのだから。

私はここにベートーヴェンの第九交響曲の終楽章の「歓喜の歌」を聴く思いをするのであるが、まさしくこの時点で、求道者ジョバンニが誕生したのである。

このところは第一次稿の最初からあるのだが、女の子が去った以上、ジョバンニには頼りになるのはカムパネルラただ一人である。その友に語りかける言葉に、第一次稿では何故か「みんなの幸のためならば」の次に「そしておまへのさいはひのためならば」とあるのだが、第二次稿以降ではこれが除かれて、

「僕はあのさそりのやうにほんたうにみんなの幸のためならば僕のからだなんか百ぺん灼いてもかまはない。」

「僕もうあんな大きな暗の中だつてこわくない。きつとみんなのほんたうのさいはいをさがしに行く。……」

と確乎たる決意が語られる。更に「僕たちしつかりやらうねえ」と「胸いつぱい新しい力が湧くやうに息をしながら云う」ジョバンニの姿はこれまでに見られなかったものである。「けれどもほんたうのさいはひは何だらう。」新しい疑問にカムパネルラも「僕わからない。」と答えるが、彼の眼にも「きれいな涙」が浮んでいる。といってもその直後、彼の姿は眼前から消え去ってしまう。(注)母のいる天上へ去ったのであろうが、要は先述のように、ジョバンニをここまで導いて来た役目を果してのことであろう。かくしてジョバンニはひとり求

道の道に就いたのである。

求道すでに道である。

（「農民芸術概論綱要」）

（注）カムパネルラが消え去ることについて、私は、第四次稿に際して新らしく構想追加せられた作品の最後の場面を手掛りに、彼は友人を救う為に水にとび込んだまま流され、ジョバンニの眼前から消えたこの時点で遂に息絶えたのだと考えている。従って、それまでの銀河鉄道でのジョバンニとの旅は、気を失ったまま流れて行く間の彼の魂の、ジョバンニが受けたテレパシーということになる。そして殆どの場合彼がジョバンニの言うことに同意しているのは、彼の魂がジョバンニのここまでの道順をその都度肯定し、それを支えて来たものと考えられるのである。作者はメモに「カムパネルラをぼんやり出すこと」と書いている。なお、カムパネルラが天上へ去ったとすれば、彼の思想は、かの女の子たちと同様のものであったことになる。水死した点も共通しているのだが、これについては、そのことを指摘するだけに留めておく。

四　「ほんたうの神さま」

前項では、心やさしく素直な少年に過ぎなかったジョバンニが、親友カムパネルラの悲痛な言葉に衝撃を受けたことに端を発して、一人の素晴らしい求道者となったその過程を見て来た。次々に彼の前に現われては去って行った人たちは、その都度彼の意識を深めて行く働をしたのであったが、それにしても、ジョバンニが意識を高めて行くには、人に対しての「かなしい、やるせない心」が根底にあったからこそで、それぞれの段階に、

● なにかたいへんさびしいやうなかなしいやうな気がして（第一の段階）
● そのひとにほんたうに気の毒でそしてすまないやうな気がする（第二の段階）
● 俄かに何とも云へずかなしい気がして（第三の段階）

という表現が見られたのであった。意識を高めるのはジョバンニ自身なのであるから、人々の出現に対応できるだけの素質が彼にあったことも当然考えられるわけで、女の子との「ほんたうの神さま」論争の際に、自分でも思い掛けないのに「僕の先生」の言葉が口を衝いて出たのもその表われであろう。然しもっと大切なのは、彼の心中に真実への方向性といったものがあったということではなかろうか。車内検札の時にポケットを捜って取り出した緑色の紙切れ、彼自身それが何だか判らなかったが、横から覗き込んだ鳥捕りが「こいつはもう、ほんたうの天上へさへ行ける切符だ」と驚いて言ったという切符がその象徴であろうが、彼自身は女の子との論争を終えて別れる時でも「(天上より) もっとい、とこへ行く切符を僕ら持つてるんだ」と、それを「切符」としか思い込んでいないのであるが、実は自分でも気付いていない自分自身の可能性であったのである。(第三次稿までは、このすべてがブルカニロ博士の「実験」の操作ということになっていたのだが、夢となっている最終稿では、当然のことながら一切が、ショバンニの深く潜在する精神とテレパシーによるカムパネルラの誘導との相乗とが夢となったものと見るべきであろう。)

その有名な神様論争は第三次稿で始めて見られるのであるが、その中で「たったひとりのほんたうのほんたうの神さま」という言葉が出て来る。第二次稿以降に見られる「ほんたうの天上へさへ行ける切符」という言葉、第四次稿で始めて出る「僕の先生」の「こ、で天上よりももっとい、とこをこさへ」るという言葉に共通する通常の「天上」以上の存在ということから、「ほんたうのほんたうの神さま」の正体が見えて来るように思われるのであるが、ではそれはどんな神様なのであろうか。

先には仮に「真実」と呼んでみたが、それ以外の呼び方はないのであろうか。女の子が特定の宗教を固執するに対してジョバンニが「そんなんでなしにほんたうの」と言っていることから、特定の宗教の神様でないことは明らかであり、「ほんたうのたつた一人の」と言っているところから「絶対者」であることも推測できるが、「ぼくほんたうはよく知りません」と言うのは、それをどう名付けてよいのか判らないからなのであろう。然し彼の心の中にこの「神さま」がしっかりと意識されていたことは疑いないし、だからこそ辛さを耐えて女の子と訣別もしているのである。そしてこの心が、女の子の話した蝎のことと結び付いたからこそ最後的に「あのさそりのやうにほんたうにみんなの幸《さいはひ》のためならば僕のからだなんか百ぺん灼いてもかまはない」という決意が生じたのであった。その時ジョバンニは「胸いつぱい新らしい力が湧くやうにふうと息を」したのであるが、ここで、「正しく強く生きる」一人の少年が誕生したのであった。

正しく強く生きるとは銀河系を自らの中に意識してこれに応じて行くことである（「農民芸術概論綱要」）ここで言われている「銀河系」とは科学で説明される暗く冷たい宇宙空間ではないし、「銀河系を自らの中に意識」するとは、「ほんたうのほんたうの神さま」を意識することに他ならないのだから、その神様とは、言わば宇宙の根源的な唯一の存在者、あるいは不思議な宇宙の法則、又はエネルギーといったものなのではなかろうか。賢治の他の作品「めくらぶだうと虹」での表現を借りると、「まことのちから」「かぎりないいのち」「まことのひかり」というのがそれであり、「すべて私に来て、私をかがやかすものは、あなたをもきらめかします」というその光なのであろう。とすると、それはインドの仏教をも生み出した古典『ウパニシャッド』に言われているブラフマン（梵）に相当すると思われるし、それを自分の中に意識されたものがアートマン（我）で、「梵我一如」の思想がそこに見られることになると考えられるのである。その梵我一如の境地に達するところに死生一如の第四次元の世界が開ける、というのがここに言われている思想である、と私は考える。

それでは第三次稿の終りの方で現われる、ブルカニロ博士の「実験」中の仮の姿である「青白い顔の瘠せた大人」の言う、

「あらゆるひとのいちばんの幸福をさがしみんなと一しよに早くそこに行くがいゝ、そこでばかりおまへはほんたうにカムパネルラといつまでもいつしよに行けるのだ。」

の、「そこ」とはどこか、ということになると、やはり「まことのひかり」のある所であろう。

「すべてまことのひかりのなかに、いつしよにすむ人は、いつでもいつしよに行くのです。いつまでもほろびるといふことはありません。」（「めくらぶだうと虹」）

つまり宇宙の絶対的存在と一体化することにおいて永遠の生命が保証されるということである。「どうしてそれを求めたらよいのか」というジョバンニの問いに対して、その人は「あゝ、わたくしもそれをもとめてゐる」と答えている。つまり梵我一如の境地は万人の求めるべきところであり、指導者である博士にしてもそう考えることに謙虚だ、というよりも、彼自身の思想がそれだったのである。彼はまた、

「ほんたうに勉強して実験でちやんとほんたうの考とうその考とを分けてしまへばその実験の方法さへきまればもう信仰も化学と同じやうになる」

と教えている。信仰と化学、言い換えれば宗教と科学とは究極において同じものになるということであるが、到達点は「まことのひかり」「まことのちから」であるべきだということで、「切符」はそこへ導く為のもの、ジョバンニの心奥に潜在している方向性だと考えてよかろう。そしてそこでの宗教は既成の特定の宗教でなく、化学が冷たく暗い近代科学のままであってならないことは言うまでもないことである。

宗教も科学も人類の幸福を目指すのが本来の在り方である以上、究極には同様の到達点に帰着する筈である

と思われるが、一般には両者は全く別々のものであって、相交わることなど永遠にあり得ないと考えられている。しかし敬虔な宗教家や科学者は必ずしもそうではなさそうで、先ずローマ法王ヨハネ・パウロ二世の言葉を引くが、彼は、バチカン科学アカデミー総会の閉会式（九二年十月三十一日）で次の様に述べている。

「神学者は常に科学の成果に目を向け、必要なら神学の解釈と教えを再検討する義務がある。」

これは三百五十九年前地動説支持で教会から破門せられていたガリレオ・ガリレイの名誉回復決定の為の演説中の言葉である（「朝日新聞」92・11・2朝刊参照）。また「銀河鉄道の夜」の冒頭部分で教室の先生が説明する銀河の事項は、賢治が熟読していた邦訳のJ・Aトムソンの「The Outline of Science（科学大系）」第一巻中「星の宇宙」の中の記事に拠ったことが知られているが、そのトムソン（英国の動物学者）が同書第八巻の終りを全篇の結論として、次のベーコンの言葉の引用で結んでいる。

「（前略）浅薄な自然哲学の知識と入門程度の知識とは無神論を誘導すること、なるが併し、豊富な自然哲学の知識と深淵を探《さ》ぐる底《てい》の穿鑿程度の知識とは人の心を宗教に導くものである」

（「ベーコン瞑想録」北川三郎・小倉謙訳）

しかもトムソン自身が「科学の限界」の項で、「（科学の説明は）事実のいろ〳〵な言い現しに過ぎない。」「いくら斯《か》のやうな飜訳的解釈をしようとも宇宙の基本的神秘性の本体には少しも触れることにならない」とも述べているし、「科学的範疇は吾人自身の作れる心理的概念である」という言葉もそこに見られる。このことから、「教室の先生」の銀河の説明の箇所以外でも賢治がこの書から学んだところがあったに違いないし、その先生に定説を絶対のものと考えていない様な口ぶりの感じられるのもその故かもしれない。先生の説明の中に、

「太陽も地球もやつぱりそのなかに浮んでゐるのです。つまりは私どもも天の川の水の中に棲んでゐる

わけです。(後略)」

という言葉があるが、事実の説明だけに終らないで「人間」を持ち込んでいるし、「今日はその銀河のお祭なのですから」本当のことは自分の目で見てごらん、と言わんばかりの言い方に、少年たちのイメージを脹らませるものが感じられもする。が、右の説明は、中学校に入ったばかりの頃の兄を回想して宮沢清六氏が、

また、私達は毎日地球という乗物に乗っていつも銀河の中を旅行しているのだというようなことや天文上のはなしや、自分の考えなども話してくれたのですが、難しくて、幼い私にはよくわからなかったのです。

(草下英明『宮沢賢治と星』「虫と星と」)

と語っている中の、賢治の言葉に通じているようにも思われる。

五 「天上よりもいいとこ」の実現

ところでジョバンニが言う「天上よりももつとい丶とこ」「みんなのほんたうのさいはひ」とは具体的にはどんなイメージなのだろうか。

少年にとっては先ず身近なことが問題である。それでジョバンニの家庭を考えてみると、父は北海の漁に出て永らく便りもなく、母は病臥し、一人の姉は他家にあり、少年自らが家計を助ける為に新聞配達や活版所の文選をやっていて、自然、友達と交わる機会がなくなっている。つまり、家計や父の事故や母の病気への不安、自分の孤独感等は日常のものなのである。それに彼は、すでに社会や宗教や農業のことやそのほか色々のことを、ある程度直接間接に学んだり聞いたりはしているであろうが、自分の生活が楽でないだけにそれらは単に知識としてでなく、身に直接ひびいている筈である。そのジョバンニが銀河鉄道の旅をすることで色々の

不思議を見聞し、それに伴って漸次意識を深めて行った結果、「銀河系を自らの中に意識し」「世界のまことの幸福を索ね」る求道者となったわけであるが、現実の世界におけるこの「意識」の実現はそう簡単なものではない。そのことは作者自身の晩年の苦闘を思えば明らかであるが、ジョバンニに即して言えば、鳥捕りのように思った所へさっと行けることよりも、生活そのものの方が肝心で、その方面で最もショックを与えたのが、車中で聞いていた、大きな美しい林檎を呉れた人が青年に語っていた話だと思われる。これについては先にも触れたが、その話を引用しておく。

「この辺ではもちろん農業はいたしますけれども大ていひとりでにできるやうな約束になって居ります。農業だつてそんなに骨は折れはしません。たいてい自分の望む種子さへ播けばひとりでにどんどんできます。米だつて（中略）殻もないし十倍も大きくて匂もいいのです。けれどもあなたがたのいらつしやる方なら農業はもうありません。苹菓だつてお菓子だつてかすが少しもありませんからみんなそのひとそのひとによつてちがつたわづかのいゝかほりになつて毛あなからちらけてしまふのです。」[注]

林檎を剥くと、その皮がくるくる丸まって床の上に落ちるまでに灰色に光って蒸発してしまうのをもジョバンニは見たのであった。天上界のこんな、それこそ夢のようなことでなくてもよいから、農事の苦労、天象の不安と飢饉、排泄と塵芥、こういったもの一切がなく、その上に食べる物が豊富で美味であること、こんな世界であったらどんなにか楽しいことだろう、とその話を聞きながら彼は思ったに違いない。しかし、「なべての悩みをたきぎと燃やし」「風とゆききし　雲からエネルギーを」とり、「芸術をもてあの灰色の労働を燃」やすという意識の改革が農民に、また広く凡ての人にあってこそ第四次元の世界が招来される、これこそが現実世界のものでなければならない、それが死んでから行く天上よりも「もつとい、とこ」だと、彼は思い返したに違いないのである。

初めから見て来たように、「銀河鉄道の夜」という作品には科学的要素と宗教的要素との両方が濃く、それが併行して話が進められている。ジョバンニが最後に到達した境地はその究極の一致でありながら、どちらかというと宗教的である。然し特定の宗教を超越したものであり、一般に考えられている宗教とは違って、現世をも天上のようにしようという思想であって、本来の宗教はかくあるべきものであるに違いない。この思想を確実に把握したジョバンニの課題は、この思想を現世にどう具現させてゆくかということでなければならない。それはブルカニロ博士もその問題を抱えていたし、実際には作者自身の晩年のように苦難に満ちたものではあろうが、ジョバンニはきっと「本当の世界の火やはげしい波の中を大股にまっすぐに歩いて行」(ブルカニロ博士の言葉)ったに違いないと私は信じたい。

(注) 賢治の詩「北いっぱいの星ぞらに」(一九二四・八・一七)の下書稿の中に「天人たちの恋は／相見てえん然としてわらつてやみ／食も多くは精緻であつて／香気となつて毛孔から発する」という表現がある。

Ⅳ　ジョバンニとその父母のことなど

「銀河鉄道の夜」の現存する最終稿である第四次稿では、第三次稿になかった付加部分が冒頭と終末にあり、他でもかなり大きな手入れによる違いが見られるが、その冒頭部分でジョバンニは、共に暮している病弱の母に献身的で、不在の父のことをも色々と慮っており、終末部分でカムパネルラの父と対話もしている。共に日常生活の面における描写であるが、銀河鉄道の夢の部分になると、ジョバンニの母もカムパネルラの父も登場しない。前者について言うと、そこでジョバンニが母のことを思うのはただ一度だけであり、それもカムパネルラが銀河鉄道の中で、

「おっかさんは、ぼくをゆるして下さるだらうか。」

と突然言い出した時で、それも遠い存在としてぼんやりと思い出しただけであった。カムパネルラが、泣き出したいのを懸命に堪えるようにしてこう言ったのは、現実では彼が気を失ったまま水に流されて死へ向っていて、無意識中の意識で、天上にいる母が自分の夭死を許してくれるだろうかと思ってのことであったと考えら

れるのだが、彼の水難の場にいなかったジョバンニにはもとよりその意味が判ろう筈もなく、「ぼんやりしてだまつて」いたのであった。しかし、カムパネルラが続いて「誰だつて、ほんたうにいいことをしたら、いちばん幸なんだねえ」等と言ったことが切っ掛けになって、ジョバンニは次第に万人の幸福という重大な問題へと深く係わって行くことになるのであって、それ以後自分の母のことも父のことをも思うことなく、勿論口に出すこともないのである。

母を慮ることで右のように口火を切ったカムパネルラは、ジョバンニが最後的に万人の真の幸福が何かを捜しに行こうという決意を洩らす迄の間じゅう、ずっとジョバンニの意見に同調してばかりいて、いよいよの時になって天上にいる母を見つけ、途端に姿を消してしまう。恐らく彼も母の許へ去ったのであろうが、つまり彼は自主的にはジョバンニの思想展開の始めと終りとに母を思っていただけの存在ということになる。ただ彼の銀河鉄道の中での存在の貴重さは、ジョバンニの思想の起爆剤的発言をした点にあるので、その名の通りCampanello（イタリヤ語の小さな鐘、呼鈴）の役目を果したことになる。

一人は特定の母に終始関心を持ち、一人は不特定の人、あるいは万人の幸福を念願するというこの相違について想起されるのは、作者賢治の書簡文に見られる次のような考え方である。

私は一人一人について特別な愛といふやうなものは持ちませんし持ちたくもありません。さういふ愛を持つものは結局じぶんの子どもだけが大切といふあたり前のことになりますから。

（昭和四年末ごろ高瀬露あて書簡）

「あたり前」の愛を否定しているのではなく、特定の人への愛に固執することなく、万人に及ぼすのが真の愛なのであるということであろうから、この思想は取りも直さずジョバンニの思想ということになる。

然し現実の日常生活における賢治は深く母を思う人であった。ただ母の恩愛に報いる道についての考え方に独自のものがあり、そのことは、彼のシュトゥルム・ウント・ドラング時代の学友に宛てた次の書簡文の一部で窺うことが出来る。少々長くなるが引用しておこう。

私の母は私を二十のときに持ちました。(イ)何から何までどこの母よりもよく私を育て、呉れました。(中略)そして居て自分は肺を痛めて居るのです　私は自分で稼いだ御金でこの母親に伊勢詣りがさせたいと永い間思つてゐました　けれども又私はかた意地な子供ですから何にでも逆らつてばかり居ます　(ロ)この母に私は何を酬へ《ママ》たらい、のでせうか。それ処ではない。全体どうすればい、のでせうか。(改行)私の家には一つの信仰が満ちてゐます　私はけれどもその信仰をあきたらず思ひます。勿体のない申し分ながらこの様な信仰はみんなの中に居る間だけです。(ハ)早く自らの出離の道を明らめ、人をも導き自ら神力をも具へ人をも法楽に入らしめる。それより外に私には私の母に対する道がありません。それですから不孝の事ですが私は妻を貰つて母を安心させ又母の劬労を軽くすると云ふ事を致しません。

(大正七年六月二十日ごろ保阪嘉内あて)(傍線私)

傍線(イ)には母の恩愛の重さを重々承知のこと、(ロ)にはそれにどう報いたらよいかを痛切に思っていること、(ハ)には報ずるに「あたり前」の道を以てはしないという決意などを窺うことが出来る。とるべきその道は家の宗教によるのではなく、断じて「南無妙法蓮華経」でなければならぬということは、この書簡の最後に此の七文字が上下一行で繰り返し十四行も書かれていることで明らかである。先の引用書簡文は右の書簡より十余年も後なのであるが、そこに「農業わづかばかりの技術や芸術で村が明るくなるかどうかやつて見て半途で自分が倒れた」旨が書かれているのを見ると、ジョバンニが「ぼくたちこ、で天上よりももつとい、とこをこさへなけあいけない」云々と言った、その具体的な内容が何であるかが判る一方で、母への報恩の為でもあったであろう事業に、身を賭しながら挫折した無念の思いが伝わって来るようにも思われるのである。

それはそれとして、右の長い引用書簡文は、作品との係わりの上で(イ)ジョバンニの母の病弱とその母への思い、(ロ)カムパネルラの泣き出したい程切迫した思い、(ハ)ジョバンニの決意といったものにそれぞれ相通じているように思われる。つまり作品構想の原点はここに示されている作者の思いではなかったかと思うのである。そして傍線(イ)は、付加された作品の初めの方の日常生活におけるジョバンニとその母に、(ロ)は夢に入ってからのカムパネルラの言葉に、(ハ)は終りのところに生かされたのでないかと考えられる。夢の中で母が登場しないのは、ジョバンニが不特定の人から始まって万人の幸福を冀うという路線を専ら進むからということになる。

ところで、ジョバンニは夢以前の部分、つまり現実日常の場面で父のことを母との話題にしているのだが、夢の中で父は影さえも見せない。但し第二次稿では、船が氷山にぶつかって水に沈んだ人たちの話を聞くうちに、「私のお父さん」も氷山の流れる北方の海で苦労していることを思い、又、母がそれを心配しながら自分の帰宅するのを待っていることを思い、早く帰りたいが家の方角も帰る方法も判らないと、ふさぎ込んでしまうジョバンニであった。それが第三次稿では全く変えられて、母のことも父のことも思うことがなく、北の海で働いているのは父でなくて「たれか」であり、「ぼくはそのひとにほんたうに気の毒でそしてすまないやうな気がする。ぼくはそのひとのさいはひのためにいったいどうしたらいゝのだらう。」とふさぎ込むジョバンニになっているのであるが、その理由は先述の通りで繰り返さない。

ジョバンニの父はこのようにジョバンニの心の中にも現われなくなっているのであるが、これに対して、父親で作品に登場するのは第四次稿の最後のところで川べりに立つカムパネルラの父である。水に沈んだ息子の生死を案じてじっと立っている彼は、科学者らしくその生死を時間の長さで判断すべく「右手に持つた時計をじつと見つめて」いるのであるが、その姿は賢治の歌、

父よ父よなどて舎監の前にして大なる銀の時計を捲きし

を連想させる。この歌は賢治が盛岡中学校に入学した時、父と共に寄宿舎の自彊寮で舎監等に挨拶に伺った折の印象を歌ったもので、父の行動の異様さが忘れ難かったことを示している。歌詞の「大なる」を後に「かのとき」に改めていることが一層その思いを強くさせるのであるが、カムパネルラの父の姿はこれを生かしたものではなかろうか。既に指摘されている事かも知れないが、私もそう思う。

駈け寄ったジョバンニに優しい言葉を掛けるカムパネルラの父は、科学者らしい謹直さの中にも慈愛深い父を感じさせるが、この人と親しいと思われるジョバンニの父も、漁で働いている北の海から動物たちの資料を学校に寄贈する人であり、ジョバンニに「らつこの上着」を持って帰ってくれるともいう、厳しい仕事に耐えながらも優しい父性の持主であることが、作品の初めの方のジョバンニと母との対話から察せられる。この点を作者賢治の父について見るに、父政次郎は家は商家であったが早くから種々の公職を歴任する一方、篤信家で、裏庭の小屋は仏教書で埋まる位の読書家であったという。また賢治に対して実に慈愛深い父であったことは、賢治自身の書簡文、

二度も死ぬ迄の病気にて殊に伝染病等に罹り色々と御心配相掛ケ候のみか父上迄も御感染なされ（中略）只今とても高等の学校に入るのみならず他の生徒にては思ふに任せぬ書籍など迄求め得て何の不足ありて色々御諭しに逆らひ候や（後略）　（大正七年二月二日付父宮沢政次郎あて）

でも窺うことが出来るが、一方では賢治に厳しく、「きさまはとうとう人生の第一義を忘れて邪道にふみ入ったな」（大正八年八月二十日頃保阪嘉内あて賢治書簡）等と叱責する厳父でもあり、滅多に誉めることをしなかったことは賢治が臨終の遺言で「おれもとうとうおとうさんにほめられたもな」と、喜んだ言葉でも推察できる。宗教上で激しく確執対立した頃があったこともよく知られているが、とにかく厳しい中にも慈愛深い父であったことは確かで、この父のイメージがカムパネルラの父に生かされていると私は思うのだが。

先にも書いたことであるが、ジョバンニの夢の中でのカムパネルラは、ジョバンニの思想の進展にずっと同調している。このことから両人は同一人格と考えられるし、ジョバンニの思想は即ち作者賢治の思想である。つまりジョバンニもカムパネルラも作者自身の仮託造形された人物ということになるが、そう考えると、先にジョバンニやカムパネルラの母に対する思いが、同じく賢治の母への思いを基に描かれていると考えたように、両者の父の造型もまた、賢治の父のイメージの上にあると考えることに無理がないように思うが、どうであろうか。

V　ジョバンニは孤独だろうか

ジョバンニは孤独な少年であったとよく言われる。が、果してそうだろうか。

「銀河鉄道の夜」は何度も改稿せられていて、最後的な完成稿はなかったが、現存最後の第四次稿はそれまでのとは決定的な違いがある。というのは、第三次稿まではジョバンニの銀河鉄道での体験がブルカニロ博士の実験によるものであって、ジョバンニが「みんなのほんたうのさいはひ」を探しに行くことを決意することも博士の考が伝えられたのであったに対して、第四次稿では凡てジョバンニ自身の夢の中のことであり、従って右の決意も彼自身の自立を示すものである点、全く次元を異にする相違と考えられるのである。

このことによって第四次稿では作品の方々に大きな手を加えられた箇処が著しい。ジョバンニの孤独感に係わることで先ず第三次稿にあって第四次稿で削除せられた主な部分を取り出してみると次の通りで、先ずジョバンニが夢に入る以前のところで孤独を訴える箇処が多い。

1　家庭事情の急変によってジョバンニが新聞配達や活版所で文選の仕事をする様になった為に思う（もう

いまは、誰もぼくと遊ばない。ぼくはたつたひとりになつてしまつた。）という、この部分が、時計屋の店先で星座絵図を見ながら空想に耽けるという文にとって変わった。

2　（ぼくはどこへもあそびに行くとこがない。ぼくはみんなから、まるで狐のやうに見えるんだ。）、夜の川の方へ行く友達の一連れを見た後で小川の橋の上で泣きそうになっているジョバンニの、このところが全く削除されている。この孤独感は容貌の醜さで仲間外れにされている「よだかの星」の夜鷹のそれに似ている。次もそうである。

3　（ぼくはもう、遠くへ行つてしまひたい。みんなからはなれて、どこまでもどこまでも行つてしまひたい。（中略）ぼくは、どんなに友だちがほしいだらう。（中略）ぼくはもう、空の遠くの遠くの方へ、たつた一人で飛んで行つてしまひたい）。天気輪の柱の下でのジョバンニの思いである。その思いの中でカムパネルラとの交友を切望しながら事情がそれを許さないことを歎いてもいるのだから、全くの孤独感とは言えまい。然しその全体が削除されているのである。

4　カムパネルラの姿が消え、夢さめてジョバンニが号泣しているところで、セロの声の主である青白い顔の大人が現われて長々と言う中に、「おまへのともだちがどこかへ行つたのだらう。（中略）おまへはもうカムパネルラをさがしてもむだだ」という言葉があるが、これを含む長文が全く削除されている。ブルカニロ博士の一切が削除されたので当然だが、そこでは「みんなと一しよに早く」「あらゆるひとのいちばんの幸福」の場所へ行ったら、そこでこそカムパネルラと「いつまでも一しよに行けるのだ」と諭されてもいる。

ところで、第四次稿で始めて付け加えられた冒頭の教室の場面で、ジョバンニが先生の質問に答えられず、答えられる筈のカムパネルラも答えなかったのを、自分を「気の毒がってわざと返事をしなかったのだ」と思い、それで自分もカムパネルラも「あはれなやうな気」がしたという辺りは、二人の心が通じ合っていたことを思わせる。それは又、夜の川へ行く友達の中のカムパネルラが町の角でジョバンニを見て、「気の毒さうに、だまつて少しわらつて、怒らないだらうかといふ」感じを与えていたという所でも窺われる。ここでジョバンニが皆と一緒に行動ができなかったのは、家の事情で時間が許さなかったのが第一の理由だったのである。母の牛乳を取りに行くついでに川へも寄って来ると言ったジョバンニに、カムパネルラと心の底でつながっていることを知っている母は、「カムパネルさんと一緒なら心配はないから」ゆっくり遊んで来てもいいよと言ってもいる。

それだからこそ、夢の中でジョバンニはカムパネルラと銀河の旅を共にしているのだし、これも新しく付け加えられた終りの川ばたでの部分で、ジョバンニはカムパネルラの父の博士に駈け寄っている。そして「ぼくはカムパネルラの行つた方を知つてゐますぼくはカムパネルラといつしよに歩いてゐたのです」と言おうとしているのである。銀河の旅を共にしたのは、気を失ったまま流れて行ったカムパネルラの無意識の中での魂の交信であったと私は考えるのだが、つまりは時間的に付き合うことは出来ないにしても、お互い心と心は通じ合っていたのであって、ジョバンニはその点で孤独ではなかったと思うのである。

作品中のただ一人の悪役は級友のザネリである。彼は教室で立ったまま答えられないでいるジョバンニを前の席から振り返って「くすつと笑」ったり、道で逢う度に「ジョバンニ、お父さんから、らつこの上着が来るよ」と冷やかし、他の級友たちも同調するのであるが、夢に入って始めて現われたカムパネルラが、「ザネリも随分走つたが汽車に乗れなかつた、父に迎えられてもう帰つた」と、ザネリのことをいち早くジョバンニに告げている。――実はザネリが誤って舟から落ち、それを救おうとしたカムパネルラの方が水死したのであった。ザネリも水死するところを危く免れたわけで、死に至るまで気を失っている間のカムパネルラの霊魂が夢の中でこういう形でジョバンニに語ったのであった。——以上のことからザネリを考えると、「走るときはまるで 𡚴のやうなくせに。ぼくがなんにもしないのにあんなことを云ふのはザネリがばかなからだ。」とジョバンニが思っているように、彼は軽く立ち廻る単純な少年だったし、それ丈に皆の中では目立ち、その意味では人気者だったのであろう。こんなのは少年仲間の中にはどこにも一人ぐらいはいるもので、少なくとも今時の意地悪い苛めの子供ではなかったと思われる。

また一人、丘での夢からさめて川に来たジョバンニに走り寄って、いち早く友達の上に起った事の顚末を説明してくれたのは、級友のマルソであった。彼との問答の様子を見ても、少年たちの間が冷たいものではなかったことが推察できる。

「孤独」というとすぐ精神的の孤独を思うのが普通であるが、このように見てくるとジョバンニは仲間外れにされたのでもなく、精神的に級友との間が冷えていたのでもなく、特にクラスの中心でもあるカムパネルラとは心の深い所で繫がっていたことが明らかである。繰り返すが、行動を共にすることが出来なかったのは、凡て家庭の事情から、経済面やら母の看病の為やらで時間的な余猶がなかったことに原因するのであった。それを外面から見ただけで孤独というのは当を得たものでは決してないと思うのである。

ジョバンニがアルバイト先の活版所で「よう、虫めがね君、お早う」と声を掛けられ、四五人が黙って「こっちを向かずに冷くわら」ったというのは、大人たちが馬鹿にしたのでなく、皆が皆手を休めずに働いている中では一々構って居られない中での、真面目に仕事をしているジョバンニへの一種の好意ある挨拶と見るべきであろう。又、カムパネルラの父から優しい言葉を掛けられ、自分の父が近々船で帰って来ると聞かされ、「あした放課後みなさんとうちへ遊びに来てくださいね」と言われて、牛乳をとって母の許へ一刻も早くと「一目散に河原を街の方へ走」って行ったジョバンニには、少しの暗い翳もないのである。

なお別の事を付け加えるが、ザネリやマルソなどの少年の名は、語感から言ってその性格にそれぞれふさわしいものだと思われる。すなわち、ザネリには一寸だけ引っ掛るものが、マルソ(注)には温和な性格が感じられる。書簡の中で賢治が、

リルラといふ名前が滑らかすぎて性の悪いこどもの性格容貌が出ないと一応考へられます。どの字かをマ行、サ行、ハ行などの一音とかへてはいかがでせうか。　（母木光あて。昭和七年六月二十一日付）

と童話批判を乞われて書いているところを見ると、音感に鋭い賢治のこと故、ジョバンニ・カムパネルラについてもその性格や容貌にふさわしい命名がなされているに違いない。即ちジョバンニには思慮深い性格とそれが表われた容貌、カムパネルラには明るく品のよい性格とそれが表れた容貌が感じられる。ジョバンニの性格には、更に、沈着にして意志が強く、逆境にあっても怯《ひる》むことなく、たとえ仲間外れにされるようなことがあっても憶しない強靭さがあるように思われるし、友達の方でも彼のその性格は子供なりに感じ取られるものではなかったろうか。名前の音感にはそう思わせるものがあるに違いないと私には思われるのである。

（注）『校本　宮澤賢治全集』の「校異」によると、最初「マルテ」と書きかけたものをすぐに「マルソ」に直したとある。「マルテ」というとリルケの「マルテの手記」が有名であるが、これは一九〇四～一九一〇の執筆で、邦訳はかなり後であろうから賢治がこれを知らなかったとは言えまい。知っていた可能性は薄いようにも思うが、それにしてもリルケと賢治には思想や文体などの上で似通ったところがあるように思われる。ただし語感から言って「マルテ」よりも「マルソ」の方が作品に登場する人物の性格に似付かわしい。

VI 雑記

ここでは作品の素材となっていると思われるいくつかの事柄を取り挙げて、作者の生活経験に照らし合わせて考えてみたい。このような試みは余りよい趣味であるとは思わないが、一応は避けて通れないこととも思うので敢えて書き記してみる。

作業に当っては『校本　宮澤賢治全集』第十四巻の「年譜」を多く使用した。堀尾青史氏担当で編まれた此の「年譜」は、極めて多くの文献が参考せられていて、有益だと考えたからである。一々断らないが、「年譜」と書くのは凡てこれである。

一　ラッコの上着

「ジョバンニ、お父さんから、らつこの上着が来るよ。」

「ジョバンニ、らつこの上着が来るよ。」

行き合う度にザネリがこんな意地悪い言葉を投げ掛けるし、ザネリが仲間と一緒の時はみんなも声を揃えて同じように叫ぶので、ジョバンニは情けない思いに耐えている。

ジョバンニの父は作品の第三次稿（初期形）によると、らっこや海豹を穫る密猟船に乗っており、その上、何でも人を傷付けたということで海峡の町の監獄に入っているらしい。はっきりした事ではないが、ジョバンニも母もそのことを心配している。ただし最終形態の第四次稿では、北方の海へ漁に出かけていて監獄に入っているらしいということだけにしていて、むしろ巨きな蟹の甲羅やトナカイの角等（初期形では鮭の皮製の大きな靴やトナカイの角等とある）を学校に寄贈した奇特な人物のイメージを持たせてあるようである。ことを最終稿の叙述に限って考えるとして、ジョバンニの友人達の理解がどの程度のものであったのかは不明であるが、恐らくは今度帰る時にはらっこの上着を土産に持って来てやろうと言った父の言葉を、嬉しさの余りジョバンニが友人に語ったのが伝わって、ラッコという耳馴れぬアイヌ語の響の珍妙さ、余り見掛けぬ高価な品が現在のジョバンニにひどく不似合であることから来るおかしさが、近頃遊び仲間から遠ざかってその圏外にいるジョバンニへのからかいの言葉になったもので、別に深い意味で言っているのではないと思われる。何れにせよ、此の言葉はジョバンニの置かれている特種な環境を語る上で、また作品の主人公としての彼に読者の目をより引き付ける上で効果的であり、「らっこ」はその意味で重要な道具立ての一つである。

ところで『広辞苑』によれば、「らっこ」は北太平洋の近海に棲み岩や海藻の上で休む体長約一メートルの獣で、濃褐色の毛は柔らかく光沢があるので、毛皮は珍重されるという。ただし一産に一子ゆえ捕獲は厳禁されているというから、ジョバンニの父は土産の品をどうして手に入れるのであろうか。（第三次稿での「らつこや海豹をとる、それも密猟船に乗つてゐて」等を次の最終稿で削除したのは、そのことをはっきりというのを避けようという配慮からであろう。)

「年譜」によると賢治の――「啄木」などのペンネームとは違って実の名でこう表現することは不遜に思われ、わが意ではないのだが――母方の祖父宮澤善治は、賢治没後六年も生きて八五歳で死んだ人であるが、生来虚弱の体質で、年中綿入れを着、らっこの帽子を被っていたという。その当時はまだらっこの捕獲禁止はなかったと見えるが、それにしてもこういったものを使用する人はごく稀であったに違いない。賢治はこの祖父の帽子を見馴れており、「らっこ」というものをこれを通して知ったのではなかろうか。そしてこれを贅沢品と見る人々の目が「らつこの上着が来るよ。」という冷やかしの言葉を生ませたのではなかろうか。

余談であるが、同じ作者による短篇「氷河鼡の毛皮」(大正十二年四月岩手毎日新聞に発表)に「ラツコ裏の内外套」、「海狸の中外套」、「黒狐表裏の外外套《そと》」、「氷河鼡の頸の毛皮で作つた上着」を防寒用に持っていると豪語する田舎紳士が登場する。この紳士はベーリング行の汽車に乗っているのであるが、同じ頃の作かと思われる習作「氷と後光」(大正十三年頃清書か)もベーリング行でこそないが、やはり北方へ向って走っている車内を舞台にしている。後者の内容は銀河鉄道の車内を主な舞台とした「銀河鉄道の夜」と性格的に近似していることもあって、以上の二つの作品の執筆時期から「銀河鉄道の夜」の大凡の執筆時期も推測できるのではなかろうかと思う。

二　活版所

ジョバンニは学校からすぐに家に帰らないで活版所に行き、活字を拾う仕事をしている。友達が遊んでいるであろう時に働いているのは、家計を助ける為である。この他に新聞配達もしているのだが、これは別として、活版所の着想も作者の体験と切り離せまい。

賢治は二十五歳になった年の一月、突然決心して上京する。激しい宗教感情に衝き動かされての事であるが、東京では生活費を得る為に文信社という小印刷所に校正係として勤めた。そこではガリ版切りの仕事をした(「年譜」)が、そこは謄写印刷だけではなく活字印刷もやる印刷所ではなかったかと思われる。「書簡」によると「謄写版で大学ノートを出す」「小さな出版所」とはあるものの、「もう今の仕事(出版、校正、著述)からはどんな目にあつてもはなれません」とも書いているから、小さいながら活字印刷機も動いていたのではないかと想像される。そこには「どてら一つで主人の食客になつてゐる人やら沢山の苦学生、辯(ベンゴシの事なさうです)にならうとする男」等が働いていたとも「書簡」にはある。

それから三年後の大正十三年四月に心象スケッチと称する詩集『春と修羅』を自費出版する(発行所は東京関根書店)が、実際の印刷の行われたのは花巻の吉田印刷所で、賢治は出版までに毎日そこへ出掛けて行って校正やその他様々の手伝いをしたという(「年譜」)。『春と修羅』は勿論立派な活字印刷である。

ところでその「小さな出版所」のことが、別の書簡では「或る印刷所」と書かれている。印刷所とあるからには、やはり活字印刷が行われていたことを思わせるのであるが、ジョバンニが活字を拾ったのは「活版所(処)」と表現せられている。現代的には「印刷所」とあるのが普通であるが、「活版所」としたのは、思うに作品の所内風景のいかにもむさくるしい雰囲気にふさわしく選ばれた表現ではなかろうか。

中にはまだ昼なのに電燈がついてたくさんの輪転器がぱたりぱたりとまはり、きれで頭をしばつたりラムプシェードをかけたりした人たちが、何か歌ふやうに読んだり数へたりしながらたくさん働いて居りました。

と作品にはある。それはまた、ジョバンニが少年には不似合な、他の友人たちには想像し難い状況の中に置かれていることを印象的に描く為でもあったと考えられる。余談ながら私の少年時代、というと大正末年頃であるが、私の住んでいた田舎町の私の家の近くに「カッパンショ」があって、時々その狭い内部を覗き込んだものである。印刷された紙片が、鋤状の送り具によって一枚一枚と反対側へ翻るように送られ重ねられてゆく機械の横に一人の男が付きっ切りで、機械は絶えずガチャンバタン大きな音を立てていたのを今も思い出す。その機械はせいぜい一、二台ぐらいだったように思うが。

なお、作品「ポラーノの広場」（最終形が昭和二年以後らしい）の終りの方に、モリーオの市を去ったレオーノキュースト が「友だちのないにぎやかなながら荒さんだトキーオの市のはげしい輪転器の音のとなりの室で」原稿を書いているというところがある。これも賢治の東京での体験に基づくものであるに違いない。

三　母

活版所を出たジョバンニは、パン屋に寄って小さな買物をすませると急いで家に帰る。家では母が窓にカーテンを下ろしたまま白い巾を被って寝ている。体の具合がよくないからである。といっても、重い病気という程ではない。夫が漁に出ていて長く不在であり、家の経済状態がよくない等から来る心労、あるいは生来の体質以外にその原因は考えようがないのであるが、何れにしてもジョバンニの置かれている状況の厳しさを効果的に読者に知らしめる一つの設定ではあろう。

ここで作者賢治の母イチのことを「年譜」等で見ると、彼女は舅や姑の世話、謹厳な夫や子供たちへの絶え間ない心配りなど、主婦としての気苦労と労働がもとで心臓病や神経痛に苦しむことが多かったようである。具体例としては賢治のノート（『校本　宮澤賢治全集』第十二巻上で〈「文語詩篇」ノート〉と仮称している）中の

「和歌　年月索引」中に、

　「夏休母病ム」

とメモせられているところがあり、これは賢治の中学一年生（十三歳）の夏のことで、この時母は温泉で保養している。

　また賢治が高等農林学校二年生（二十歳）の夏、思う所があって暫く上京した時の書簡に、

　御存知の通り祖父は病気で母も病気で（心配と身体の労れとを加へた、）……私は母と一緒に温泉へでも行けば母も心丈夫に思ふし、暑い所に出て行つてどうとかの心配もないしそれに加ふるに祖父の機嫌が好いし非常に明るくなるのです。

と書き、同じ書簡の後半部には、

　三十日の朝母の病気は心臓でなくて神経病が一時的に心臓の近くに起つたのだと医者が断言しました。そして母はよくなつて床の上に座れるやうになりました。とにかく出て来たのです。云々

と書いている。

　以上の二例が何れも夏のことであるのは、母の為に牛乳をとりに行くことが書かれている「ケンタウル祭の夜」の章が夏であることと合致しているし、病気の程度もジョバンニの母と同等のように思われる。更に母に対する思いにしても、高農研究生の時（二十二歳）の書簡に、母が家庭内における苦労のせいで「肺を病めて居るのです」と書きながら、

　けれども又私はかた意地な子供ですから何にでも逆らつてばかり居ます　この母に私は何を酬へ《ママ》たらいいのでせうか。云々

と書いているのは、ジョバンニの母に対する深いいたわりの気持に通ずるものと思われるし、カムパネルラの

言った「おつかさん、ぼくをゆるして下さるだらうか」を初めとする一連の言葉にも即応するものである。

四　時計屋とレコード

家から出たジョバンニは、牛乳屋に立ち寄った上で夜の暗い丘に登るのであるが、その前に町の時計屋の店先で星座早見や星座の絵図に見とれるのである。これが丘の上でのあの美しい夢に展開してくる重要なプロローグともいうべき部分なのであるが、この時計屋は賢治になじみの深い小原繁造時計店がモデルではないかと思われる。ただし『證言　宮沢賢治先生』によると、花巻にはビクターを扱う萩野時計店、ポリドールを扱う高橋時計店もあって、賢治は友人藤原嘉藤治と共に、ここで新譜を聞くのを楽しみとしたというから（278ページ）、一概にきめてしまうわけにはいかない。

私の少年時代を想起すると、町の時計屋はビクトロラとかコロムビア等の蓄音機やレコードの販売をも兼ねていて、かなり豪華な感じを与えたものである。「年譜」によると、大正十三年の夏のある夜、賢治（二十八歳）は閉店後の小原時計店を訪ねて輸入盤のレコードを聴かせて貰っている。前夜立ち聞きした曲を落ち着いて聴きたかったからであるが、翌日お礼に『春と修羅』を届け、あとで同店からビクターの蓄音機やレコードを買ったという。もっとも賢治のレコード収集はこれより先大正十一年二月頃かららしいし、洋楽レコードを聞き始めたのはもっと遡って大正七年頃だったらしいが、自分でレコードを買うのは、何といっても大正十年十二月に農学校に就職して俸給を貰うようになってからのことと思われる。彼は忽ち花巻随一のレコードコレクターになり、販売した楽器店（高橋時計店の兼業）がポリドール会社から感謝状を貰うくらいだったという。

大正末年に至って羅須地人協会での資金繰りに困って蓄音器を手放すことになるが、買ってくれたのが十字屋だったという。蓄音機を買うまではどの様にしてレコードを聴いていたのかは不明であるが、祖父が義太夫のレコードを聴いていた「朝顔ラッパの蓄音器」が家にあったから、これではないかと思われる。十字屋に売った蓄音器は、賢治に頼まれてこれを売って来た地人協会での同居者千葉恭氏によると、「実に立派な蓄音器でオルガンくらいの大きさ」であったというから、恐らく当時ビクターの最高級品のビクトロラでなかったかと思われる。勿論手廻しではあるが、それだけの高級品を所持する家は、一般では花巻に一、二軒ぐらいのものではなかったろうか。作品「イギリス海岸」の中に「町の洋品屋の蓄音機」で生徒たちが聞き覚えたメロディを口笛で吹くという所があるが、その洋品店では客寄せに置いたものと思われる（機種不明）。

ついでに言うと、当時は外国の著名な演奏家がボツボツ訪日するようになってはいたが、彼らが田舎廻りの演奏をすることは先ずなかったと言ってよい。賢治十八歳の大正三年から十年間盛岡で活躍した太田クワルテットを高農時代に聴いているに違いないのだが、賢治が東京や仙台で音楽会を聞きに行ったという記事は見当らない。実際にはオーケストラなどきいたことがあると思われるのだが。賢治が青年たちでオーケストラを組織したり、自分もチェロやオルガンを習うようになったりしたのも、とりわけレコードによって意欲をそそられたのがそもそもだったに違いない。それにしても、新交響楽団員の大津三郎を訪れたのはどういう機縁だったのであろうか。

ところで、ジョバンニが時計屋の店先で我を忘れて見入ったという「円い黒い星座早見」のことであるが、これは日本天文学会編『星座早見』（三省堂発行）を指すものと思われる。野尻抱影の『星座巡礼』（大正十四年十一月発行）「序」によれば、「厚紙の円盤で、それをぐるぐる廻して外框の目盛りと一致さすと或る月或る時刻の空が分るやうな工夫に成ってゐます。僕も十数年来これを使ってゐます。」とあるから、大正初期には既にこれが発行せられていたことになる。カムパネルラが銀河ステーションでもらったという黒曜石製の立派な地図、「(彼は) その円い板のやうになつた地図を、しきりにぐるぐるまはして見てゐました。」とある地図も、その星座早見のイメージそのもののように思われる。

五 流灯会

「午后の授業」の章で先生の言った「銀河の祭」は、別のところで「ケンタウル祭」と言い替えられている。作品「銀河鉄道の夜」は終始その祭の日の午後から夜にかけての物語なのである。

生徒たちは放課後に用意した烏瓜のあかりを手に手に川に行き、その「青いあかり」を水に流して楽しむのであるが、ジョバンニは家庭の事情でその仲間に入ることが出来ない。せめて眺めるだけでもと思ったけれども、友達に道でからかわれたので、やめにして丘へ上ってしまった。その後の作品の叙述はジョバンニを逐ってなされているので、流灯の美しさ、川舟の行き交い、子供達の楽しそうな声など、一年に一度のその賑わいの情景は描かれていない。

ところでこのケンタウル祭の行事のことは、七夕送りに灯籠流しのイメージを加えた、作者の創作によるものと思われる。棚機祭は「銀河の祭」ではないし、「銀河の祭」は盆の終りの日の精霊を送る灯籠流しではない。しかしそれは、結果的にはカムパネルラの魂を送る夜ということになるし、星の祭でもあるのだ。

流灯会ということでは、「年譜」によると賢治三十歳(大正十五年)の夏、お盆の中日は折からの快晴で花巻の各町内は祭日の様な賑わいを見せ、「夜は松庵寺の流灯会、そのあと花火の打上げが北上川であり、黒山の人」であったという。松庵寺は宮沢家の近くで、流灯会は寺の近くの豊沢川で行われたのであろう。この頃賢治は下根子桜の別宅で自炊生活に入っていたのであるが、見に行かなかったとも思われないし、花火は朝日橋へわざわざ行かなくても見えた筈である。

しかし、この流灯会――それは右の年に限って行われたものではなかろうが――よりももっと鮮烈な印象が賢治にはあった筈である。それは明治三十七年、八歳の夏のこと、豊沢川の北上川に合流する辺りで泳いでいた子供二人が渦に巻き込まれ、一人は助かり一人は行方不明になったので、町全体が大騒ぎとなったのである。同じ町の子供だったから賢治も無関心ではいられなかった筈で、「夜になっても舟がいくつも出て探索した。その舟の灯のぺかぺか光るさまを橋上から見たのが深い印象として残る。」と「年譜」は記している。このような異常事は年を経ても視覚的に鮮明な記憶として残るもので、私自身幼少時によく似た経験がある。まして賢治のことであるから、この記憶が作品発想に深く係わっているであろうことは十分に考えられる。ジョバンニが丘から下りて来た時には、もう川には「烏瓜のあかり」もなく、

　魚をとるときのアセチレンランプがたくさんせわしく行つたり来たりして黒い川の水はちらちら小さな波をたて、流れてゐるのが見えるのでした。

というカムパネルラ捜索の状景は、子供の水死の事と共に賢治幼年時のその印象そっくりのものではなかったろうか。

なお北上川には若い者の水難事件が時々あって、その都度賢治は見聞きもし、身辺に係わることもあったようであるから、それらのすべてがカムパネルラ水死の発想に重なったということも考え得ると思う。

六　汽車に急ぐ

作品には銀河鉄道の汽車に乗り遅れまいと急ぐところが二ヶ所ある。

一つはカムパネルラとその仲間との場合で、

「みんなはね、ずゐぶん走つたけれども遅れてしまつたよ。ザネリもね、ずゐぶん走つたけれども追ひつかなかつた。」

とジョバンニにいうカムパネルラの言葉でその状況が判る。カムパネルラだけがようやく間に合って、既にジョバンニの乗っていた車室に姿を現わすのだが、あんまり急いだので水筒やスケッチ帳等を忘れて来たと言うのである。そう言う彼の顔いろがなぜか「青ざめて、どこか苦しいというふう」であったのは、息せき切って走って来たことを示す以外に、もっと切実な別の理由があったことは言うまでもない。

もう一ヶ所は「白鳥の停車場」での二十分の停車時間に、ジョバンニとカムパネルラの二人がプリオシン海岸まで足をのばした時の事。

「もう時間だよ。行かう。」と、カムパネルラが地図と腕時計とを——この二つをジョバンニは持っていない——見較べながら言い、二人は「白い岩の上を、一生けん命汽車におくれないやうに走」って戻るのである。ところが「息も切れず膝もあつく」ならずに「風のやうに走れた」というのは、そこが銀河空間という地上とは違う世界だったからであろう。（カムパネルラは銀河系の地図を持っていて、時々位置と見較べている。腕時計をも持っていることから、自分の行く先のことを気にしているのだと思われる。）

以上の二例であるが、何でもないように見えても、作品中に二度も汽車に急ぐ場面が描かれていることは、やはり見過せないと思う。私達もバスに乗り遅れまいとして走ったり、時間ギリギリにタクシーで駅に乗り付けたりすることはよくあるが、当時は今と違って汽車の本数が極めて少なく、殊に田舎では一旦乗り遅れると大変困ることが多かった。この作品の場合も、それぞれの汽車を逃がすわけにはいかない事情があるのだから、これには作者の体験が基になっているのではないかと「年譜」を見ると、大正十四年（賢治二十九歳）九月中旬のこと、賢治が入営中の弟清六を青森県鯵ヶ沢近郊の山田野演習廠舎に学校を休んで訪れた時、上等兵の弟と静かに話し合っているうちに面会時間も切れたので、「賢治は汽車におくれては大変と馳けて駅へいったが、いい具合に間に合うことができた。」という清六氏の文章が引かれているのが目に入った。その後で弟に宛てた賢治の書簡（同年九月二十一日付）に、「先頃は走つてやつと汽車に間に合ひました」と書かれているところを見ると、賢治にとってもこういった事は忘れ難いことであったに違いない。

なお、右の書簡に、

もし風や光のなかに自分を忘れ世界がじぶんの庭になり、あるひは惚として銀河系全体をひとりのじぶんだと感ずるときはたのしいことではありませんか。

と書かれているのは、私が別の所で述べた「梵我一如」の思想を表白するものとして注意せられる。

七　プリオシン海岸で

プリオシンとは地質学上の年代を示す用語であるが、ジョバンニとカムパネルラとが訪れた「プリオシン海岸」とは作者の名付けたものであり、これも作者の命名による「イギリス海岸」の作品中の別称である。それは猿ヶ石川の流れ込む地点から少し下った北上川の西岸のことで、二人の少年が汽車に遅れまいと走った「白い岩」の泥岩層がずっと続いており、そこから作者自身くるみの化石を拾ったり、生徒たちとプリオシン紀（第三紀）の偶蹄類の足跡の付いた岩を採集したりしている。そのことは大正十一年（二十六歳）八月に書かれたとされているノンフィクション「イギリス海岸」に詳しいが、更に大正十四年十一月にも東北大学の早坂教授を案内してバタグルミの化石を採集したことが「年譜」に詳記されている。

これら化石採集のこと等が「銀河鉄道の夜」にフィクションされているのは周知の事であるが、他のことで右の「イギリス海岸」の中の文章を二つそれとの関係で取り上げてみたい。

先ず、

それからしばらくたつて、ふと私は川の向ふ岸を見ました。せいの高い二本のでんしんばしらが、互によりかゝるやうにして一本の腕木でつらねられてありました。

（「イギリス海岸」）

その二本の電信柱のすぐ下の青い草の崖の上に水馬演習の将校が馬に乗って現われるという、ただそれだけの部分なのであるが、これに対して、ジョバンニが「カムパネルラ、僕たち一緒に行かうねえ。」と呼びかけた直後にカムパネルラの姿は車内にもうなかったという、ジョバンニの夢の覚め際の文、

向ふの河岸に二本の電信ばしらが丁度両方から腕を組んだやうに赤い腕木をつらねて立つてゐました。

（「銀河鉄道の夜」）

という文は、前者と同じ風景でありながら、「銀河鉄道の夜」では極めて重要な箇処である。というのは、この風景を作中にとり入れるということでそれが作者にとってかなり印象的であったことを示すと同時に、作品においてはカムパネルラと自分との心からの深い結び付きを象徴するものとして、ジョバンニに強く印象付けられたことを意味するものと思われるからである。更に、それが「向ふ岸」に見える風景であることは、二人の関係がカムパネルラがいなくなっても変らないことをジョバンニが確認したことを示すもので、そう解することによって、カムパネルラがいなくなったその瞬間にジョバンニは孤独になったという通説に私は賛成しかねるのである。

「イギリス海岸」のも一つの文は、子供の水死を防ぐ救助隊の男の周到な言動に心から感心した作者が、自らを反省したことを書いた部分、

（前略）実は私はその日までもし溺れる生徒ができたら、こつちはとても助けることもできないし、たゞ飛び込んで行つて一緒に溺れてやらう、死ぬことの向ふ側まで一緒について行つてやらうと思つてゐただけでした。（中略）そして私は、それが悪いことだとは決して思ひませんでした。（「イギリス海岸」）

とある所で、結局はその考え方が安易で悪かったというのであるが、その賢治の考え方そのものが既に立派で、「自己犠牲」などという概念を遙かに越えたものである。そしてこの考え方は、ザネリが舟から落ちた瞬間に、カムパネルラがすかさず水に飛び込んだ行為として作品に結晶されているのではないかと考えるのである。

なお、これは言わでもの事であろうが、銀河世界のプリオシン海岸が「白鳥の停車場（Deneb であろう）」から程近い所にあるということは、地上のイギリス海岸の真上あたりに白鳥座の Deneb が見えていることになる。しかもイギリス海岸の対岸に、先述の二本の電柱が見えているというのであるから、銀河鉄道の出発点近くが即ち銀河鉄道帰着点の近くでもあるということになる。ジョバンニの夢を見ていたのは終始同じ丘の上であるから、これは当然であるとして、その丘は恐らくイギリス海岸の近くにあったのであろう。そういう事になる。

八　新世界交響楽

大正十一年二月頃から始めたといわれる賢治のレコード収集の内容は、現在判明しているものだけを見てもベートーヴェンの「運命交響楽」・「第九交響楽」、シューベルトの「未完成交響楽」、チャイコフスキーの「第四交響楽」、ハイドンの弦楽四重奏曲「雲雀」などを始めとして多岐に渡り、しかも選択のよさを思わせる。

コレクションの中にはドボルザークの「新世界交響楽」の全曲レコードもあって、この曲の第二楽章ラルゴーに歌詞を付けてもいる。

その後昭和二年十月に賢治が、ある羅須地人協会員の職業としてレコード交換会を発案し、自分のレコードを提供したと「年譜」にあるが、交換用紙の一番先に記入されているのがこの曲で、コロンビアの青の十二吋盤五枚。ハミルトンハーティ指揮ホールオーケストラの新しいもので、市価二十七円五十銭を十二円で売る旨の記載があるが、これが実際に売れたかどうかは判らない。それにしても賢治がこの曲を飽きて手放したのだとは私には思えない。むしろこの曲が好きだったので二種のレコードを所持していて、その一組を売り、もう一組の方、Josef Pasternack 指揮ビクター・コンサート・オーケストラの方を残したのではないかと考えられる。この指揮者の名は詩「冬と銀河ステーション」の中に見えている。

ともあれ「新世界交響楽」の音楽は「銀河鉄道の夜」の中での重要なポイントの一つとして効果的に用いられている。というわけは、それまで真の幸福とは何かについて深刻に悩んでいたジョバンニの心にようやく曙光が差し始めるという箇処に、この曲が「いよいよはっきり地平線のはてから湧き」というふうに用いられているのであるから。作品の後の方で、天上へ去ろうという女の子を引き止めようとしてジョバンニが言う、

　　ぼくたちこゝで天上よりももつといゝとこをこさえなけあいけないつて僕の先生が云つたよ

と、それは緊密に呼応すると考えられるのだが、先に「天上よりももつといゝ世界」と書きかけていたのを「天上よりももつといゝとこ」と変えたところを見ると、この新世界交響楽のことが作者の胸中に先には強くあったのではないかと思われる。第二次稿以前は「僕の先生」云々の表現がなく、「もつといゝとこへ行く切符を僕ら持つてるんだ。（後略）」とあるだけであったが、新世界交響楽の部分は第一次稿以来殆どそのままであったのである。

新世界交響楽の「新世界」とはアメリカ大陸のこと。ドボルザークがアメリカへ招かれた折に聞いた民謡の精神を生かしたのがこの曲で、彼の交響曲第九番（一八九三年作）であるが、既製の文明文化に汚染されない大陸の未知の世界から洋々たる夜明けの声が響いてくるような曲想を持っていて、その点は同じ作曲者の弦楽四重奏曲「アメリカ」も同様である。「銀河鉄道の夜」では、その音楽の高まるにつれて白い鳥の羽根を頭に付けた一人のインデアンが、踊る様な格好で一散に汽車を追って来るという、原アメリカ大陸を思わせる光景が描かれ、その頃から汽車は高原を下り、ジョバンニの憂鬱も吹き飛んでしまうことになっている。

余計なことかも知れないが、その少し前の、汽車が小さな停車場に停った時の描写で、「その正面の青じろい時計はかつきり第二時を示しその振子は（中略）しづかなしづかな野原のなかにカチツカチツと正しく時を刻んで行くのでした。／そしてそのころなら汽車は新世界交響楽のやうに鳴りました。（後略）」というところでは、振子の音の絶え間を、遠く野の果てから音楽が幽かに流れて来るのを聞いた女の子が独り言のようにその曲名を口にしたというのであるが、この辺りを執筆した時の賢治は、柱時計の振子の音だけが絶え間なくきこえている深夜の暗い部屋の中で、この曲の旋律を頭の中に思い浮べていたのではなかろうか。その時、遠くの停車場に停っている汽車の蒸気を吐く音が聞えていたのかも知れない。文章に感じられる一種神秘的な雰囲気から、私にはそんな気がしてならないのである。

九　工兵の架橋演習

新世界交響楽が聞こえ、汽車が崖から一気に下って河原を走るようになった頃、ジョバンニたちには川の両岸に立っている工兵の旗と鉄の舟とが目に入り、続いて発破で水が高く上って「どお」という烈しい音がするのを聞いた。兵隊の姿はない。しかし、その発破で空中に抛り出された大きな鮭や鱒を見て、ジョバンニは無性に嬉しくなったのである。

「年譜」の明治四十一年（賢治十二歳・小学校六年生）の所を見ると、「花巻・岩手関係事項」の項に、

六月五日　工兵第八大隊、弘前より盛岡に転営

七月　（前略）桜（後の羅須地人協会の付近）に工兵廠舎建つ

とある。「廠舎」は演習先で軍隊が泊る為の簡素な建物の事なのであるから、盛岡から演習に来た工兵がこの施設を使用することがそれ以来屢々あり、賢治はその演習の状況を何度も見ていたと思われるし、それは少年には面白い見ものであった筈でもある。したがって右の作品中の記事はその思い出をもとにしたものであると考えられる。

昭和三年（三十二歳）九月二十三日付の、盛岡の師範学校寄宿舎に入っている農学校での教え子に宛てた書簡の文中に、

（現在は豊沢町の実家に居るのであるが）演習が終るころはまた根子へ戻つて今度は主に書く方へかゝります。

という部分があり、この時の「演習」も、「年譜」では「盛岡の兵隊がきて架橋演習などをしていた」と注している。演習中は、羅須地人協会の方にいても何かとざわざわしていて気の散ることが多いから、その期間は避けて、それが終る頃に又そちらへ行って創作などにとりかかろうというのであろう。工兵演習の廠舎と下根子桜とは共に北上川に近く、目と鼻の近距離にあるのである。

なお作品「イギリス海岸」には、騎兵の一隊が朝日橋を渡って対岸の河原に下り、川の真中の二隻の舟の所まで馬を牽いて行く演習をすることが書かれている。それは下流の工兵廠舎のある辺りと朝日橋を挟んで丁度

等距離の上流に当る所であるが、当時北上川のこの辺りは軍隊の演習にふさわしい場所だったのであろう。盛岡市の西北近郊に騎兵の連隊のあったことが詩「風林」で知られる。

十　「一緒に行かう」

ジョバンニは銀河鉄道の旅の終りに「みんなのほんたうの幸い」を求めていかなる危難をも恐れずに進まねばならないという決意を堅めるのであるが、カムパネルラにも、「どこまでもどこまでも一緒に行かう。」と切望し、カムパネルラも同意する。しかし重ねて、

「カムパネルラ、僕たち一緒に行かうねえ。」

と声を掛けて振り返った時、カムパネルラの姿はもうそこにはなかったのである。

作品の最も感動的な幕切れの場面であるが、ここに作者自身の創作時に抱いていた思想の全き表現が見られる。ただし宗教上の信念を生のままで表出していないところに、

断ジテ／教化ノ考タルベカラズ！／タゞ純真ニ／法楽スベシ。（後略）　（『雨ニモマケズ手帳』）

と晩年に書き記した考え方が当時にも働いていたことを知り得るし、作品が文学作品として、より多くの人々に感銘を与える所以がそこにあるとも思う。

それはそれとして、賢治自身が求道の道に伴侶を求めていたことは事実で、その対象として真先に挙げられるのが妹トシであり、よく知られているのが学友保阪嘉内である。保阪への書簡（大正七年三月二十日前後）に、

保阪さん、みんなと一緒でなくても仕方がありません。どうか諸共に私共丈けでも、暫くの間は静に深く無上の法を得る為に一心に旅をして行かうではありませんか。

と書かれた所があり、彼に対しては同趣旨の書簡を何度も送るのであるが、そのうち、

さて憚らず申し上げます。あなたは何でも、何かの型に入らなければ御満足ができないのですか。又は何でも高く叫んで居なければ不足なのですか。(中略)只諸共に至心に自らの道を求めやうではありませんか。

(大正七年七月十七日)

という具合になり、はては保阪は賢治の心から離れてしまうことになる。それはそれから三年後あたりで決定的になるようであるが、妹も大正十一年の冬に病死してしまう。

妹は別として、友人は保阪に限らない。賢治は大正四年(十九歳)盛岡高等農林学校に首席入学するが、そこで仏教青年会(会員約二十名)が出来たのも、学友によると賢治が主唱してのことらしいし、教会へ牧師の講義を聴きに学友を誘ったこともあるようである。しかし、これら学友が賢治と同じように強い宗教心を持つに至ったとは到底思えない。農学校の教諭時代にも、同僚の堀籠文之進と信仰上の話をした折に、

「どうしてもあなたは私と一緒に歩んで行けませんか。わたくしとしてはどうにも耐えられない。……」

と語ったことも「年譜」大正十二年(二十七歳)のところに記されているのである。この気持は、保阪への後年の書簡(大正十年七月下旬)に、

今あなたはどの道を進むとも人のあわれさを見つめこの人たちと共にかならずかの山の頂に至らんと誓ひ給ふならば何とて私とあなたとは行く道を異にして居りませうや。(中略)どうか一所に参らして下さい。

と訴え、終りの方に、

そうでなかつたら私はあなたと一緒に最早、一足も行けないのです。云々

と述べているのと似ている。

賢治は詩人肌であり、強い信念の人で、たえず人々の先頭に立ち、これはと思う人はぐいぐいと引き付けようとしたように思われるが、人はそれぞれの考えを持つので、その願いが叶えられなかったのは当然である。彼に声をかけられ、親しく交った堀籠氏にしても、

詩人は「孤独」であると多くの人がいうが、たしかに彼も「孤独」の一人であったことはいなめない。（中略）彼は宇宙全体が彼の友であり、仲間であるとしての人生観を持っていた。

（川原仁左衛門編『宮沢賢治とその周辺』）

と評しているが、その通りであろう。ただ羅須地人協会で面倒を見てやった高橋慶吾が、賢治の影響でキリスト教から仏教に移って無寺托鉢僧の境涯に入ったという例がある。しかし年令が十歳違うし、出家したのが賢治没して二十数年後の事である。

なおジョバンニの追求した「ほんたうのさいはひ」は、賢治の実際の言動にもそのままの表現で見られる。「年譜」大正七年（二十二歳）三月、保阪が過激な思想の持主ということで高農を除籍された時の項に、これを撤回させようとした賢治についての妹シゲの回想を紹介しているが、それによると、賢治は一人で教授たちの前に何事かを宣言して来た。その言葉の中に「ほんとうの幸せ」という言葉があったらしく、校長があとで、「ほんとうの幸せとは何か。宮沢君からそれを聞こうじゃないか。」と言ったということである。

また農学校で教えた菊池信一に宛てた短信（昭和六年一月九日）に、母を失った彼を慰めた上で、

この上は古いことを云ふやうですが、逝かれたお母様のほんたうの幸をこそお索ねになつて新たに強く正しく一切のための大願を命として進まれるならばこの度のご不幸も結局ご不幸ではなくなると信じます。

と書いている。この例など「銀河鉄道の夜」の精神が晩年にも変らないでいたことを示すものであろう。

十一　銀河ステーション

作者自身のメモの中に、それぞれ何の為に何時書かれたかは不明であるが、草稿の裏などに「銀河鉄道の夜」の題名の見える三種類のメモがあって、この題名は「少年小説」の見出しで書かれたもの（a）では「銀河ステーション」、「長篇」として括られたもの（b）では「銀河」、見出しのないもの（c）では「銀河鉄道」という表記になっている。どのメモも（b）に例をとれば「ポラン」「風野」「銀河」「グスコ」の四つの作品名を列挙したものでありながら題名の表記がそれぞれに違っている中で、「銀河鉄道の夜」は最も甚だしい相違を見せており、四作品の並べられた中での順番も（a）と（b）では三番目、（c）では二番目というふうに変っている。これについて考えるのも面白いと思うが、ここではそれが最初題名が不定であったことを示しているという点を指摘するに留めておく。ところで、作品題名の「銀河鉄道の夜」は第四次稿において初めて明記せられたものであるが、第三次稿にも第四次稿にも章題としての「銀河ステーション」がある。この章題の表現についての面白いエピソードが、賢治が農学校の生徒達を連れて岩手山に登った時に同行したという宮沢貫一氏の「覚え書」にあるので、その記事を又引きながら記すと、夜空の星を見ながら賢治の星の話を聞きながらおしゃべりをしていた生徒の一人が、

「先生、天の河の光る星、停車場にすればいいナッス」

と発言した。賢治は「さうだ。面白いナッス。」と言って喜び、みんなは、

「天の河ステーション」

と言ってふざけ騒いだ、という（草下英明『宮澤賢治と星』「賢治の天文知識について」参照）。

賢治は在職中何度も生徒を引率して岩手山に登っており、同僚の談話では夏休み毎に必ず登っていたということであるが、右がその中の何時のことかは明らかでない。ただし大正十二年四月八日の岩手毎日新聞に掲載され、後『春と修羅』に収録せられた長詩「東岩手火山」には、生徒達も色々の星座も銀河も出て来るし、午前四時近くの明るい月光で遠くの黒い山々や火口の盛り上りなどが見えてもいることから、この詩は「年譜」にある大正十一年九月十七日の午后から翌日にかけての登山の時のことであると思われる。この夜は十五夜の満月だったという。『宮澤賢治語彙辞典』の「年譜」ではこの詩の日付を九月十八日としているが、根拠は判らない。

さて、右のエピソードが事実であるならば、生徒の言い出した「天の河ステーション」が賢治の共感するところとなって「銀河ステーション」となり、そこから「銀河鉄道」という表現も生まれたと考えるのが自然であろう。早速賢治には詩「冬と銀河鉄道」（大正十二年十二月）の作がある。

さらに大正十五年一月に詩「岩手軽便鉄道の一月」が作られ、これが翌年十二月に「銀河鉄道の一月」と改題発表せられたところからは「銀河鉄道」＝「岩手軽便鉄道」ということが言えるわけで、そうなると作品「銀河鉄道の夜」における銀河鉄道の始発駅と見られる「銀河ステーション」は、岩手軽便鉄道の始発駅花巻駅に当ることになる。ただし、この鉄道は発車後しばらくして北上川のイギリス海岸近くを東北に走り、やがて東方の遠野へ向うので、北から南へ流れる銀河とは方向を異にする。

十二　霊と感応について

銀河鉄道の旅を通じてジョバンニとカムパネルラとの二人の少年は、殆どあらゆる場合に感情や心理を共有しているようである。一々の具体例は省くが、それは現実の時間である午后の教室で一緒の時や、町角で行き違った時にも、お互いに言葉をこそ交わしていないが、それだけに心の通じ合いが強く行われているように描かれている。ところが銀河鉄道の中では現実面での抑制がとり外されて、実に自由に語り合うので、その様子には全く異体同心の感があるのである。心理学者の河合隼雄氏はこのことを「共生感」とか「透明度」とかいう言葉で捉えようとしている（『国文学』第31巻九号「瀕死状態と銀河鉄道」）が、二人の関係にまでは十分言及されていない。

カムパネルラは友人を助けようとして水に飛び込み、友人は助かったが彼自身はそれきり水から出て来なかった。しかしその瞬間、あるいは直後に死んだということにはならない。作品の終りの部分で、カムパネルラの父がじっと時間を計っていた揚句に「もう駄目です。四十五分たちましたから。」ときっぱりと言うところを見ると、この言葉には死までの時間の科学的判断に基づく宣告めいたものが感じられる。この感じは私の恣意的なものでなく、作者の意図したものであると思うのであるが、そこから考えられることは、カムパネルラの決定的な死は水に入ってから少なくとも三十分ほど経ってから訪れたであろうということ、その間彼は暫く苦しんだ後に意識を失ったまま川を流れ下って行ったであろうということである。そしてその時間の長さは、彼がジョバンニと共に銀河鉄道にあった時間と重なることになる。

そういうことになると、カムパネルラの右の無意識下における霊性と、ジョバンニのレム睡眠中の無意識の意識とが感応し合っていたということが新たに考えられることになる。この辺りのことはもっと詳しく述べるべきであろうが、ここではこの位に留めることにして、この感応も実は作者自身の創作上企図したものであった、と私は考えたいのである。こう考えることで此の作品の意味はより明らかになる筈で、一例を示せば、従来は余り問題にされなかったジョバンニの夢の終り、つまりカムパネルラの姿が車中になくなる直前にジョバ

ンニが見たもの、すなわち前にも引用した、

向ふの河岸に二本の電信ばしらが丁度両方から腕を組んだやうに赤い腕木をつらねて立つてゐました。

という光景の描写が、ただそれだけのものとして見過せない意味を持ってくる。

私はこれを二人の心の結び付きの象徴の表現として受け取る。二本の電柱がジョバンニとカムパネルラを対象化したものであることは勿論ながら、ジョバンニがそれを「向ふの河岸」に見ているということは、つまり生死を越えた境における二人の在りようを見たということであり、電気の力で通信を行う「電信ばしら」であることにも意味があろう。ここで童話「シグナルとシグナレス」の結末を想起してもよい。そこでは本線と軽便鉄道のそれぞれのシグナル柱は男性と女性ということになっていて、

『ええ、たうたう、僕たち二人きりですね』
『まあ、青じろい火が燃えてますわ。まあ地面と海も。けど熱くないわ。』
『ここは空ですよ。これは星の中の霧の火ですよ。僕たちのねがひが叶つたんです。ああ、さんたまりや』

というふうに、相寄る心は遂に星の中に生れることになるのである。

それではその直後にカムパネルラがいなくなったというのは何を意味するかといえば、先にも述べたように、彼の決定的な死の瞬間が訪れて、無意識の交信――恐らくは彼が発信源――が途絶えたことを意味するものであり、ジョバンニの号泣はそれによって、相互に相見、相語らうことがなくなったことの悲しみと直前の大きな感動とが重なったが故と考えたいのである。

ここで作者賢治のこの種の言葉を見ることにするが、先ず大正十五年（三十歳）一月に開設せられた岩手国民高等学校（花巻農学校に約三ヶ月間開設）で行われた講演を生徒の伊藤清一が筆記したもののうち、賢治の講演「農民芸術」の中には、

(霊智教)／現在の学問、科学では霊媒を認めないが精神感応だけは認める様になつた
(「トルストイの芸術批評」)
世界の発見等や、真実の学問等は有識部からで無くして皆無意識部から出で丶くるのである
(「農民(地人)芸術概論」)

等という言葉があるし、何時のメモかは不明であるが、ある草稿の裏に書かれた、

一、異空間の実在　天と餓鬼、　分子―原子―電子―真空

幻想及夢と実在、

(二一〜四、及び右の前行にある表現は省略)

というメモもある。

また、「年譜」大正十四年(二十九歳)「秋」のところに、当時の岩手県の視学新井正市郎が、農業教育研究会の折に賢治と初めて逢って語り合った時の印象が記されているが、それによると、「(賢治は)肉眼に見えない霊の存在については固い信念を持って居られた。」ということである。

大正十四年の四月と六月の書簡に見える「来春は教師をやめて本統の百姓になります」という文面の通り賢治は翌十五年三月末に退職し、「岩手日報」四月一日朝刊の記事によると「新しき農村の建設に努力することに」なるが、その六月頃には作品「銀河鉄道の夜」の内容的核心と緊密な関係を持つ「農民芸術概論綱要」が書かれる。伊藤清一の筆記した「農民芸術」はそれを前以て講じたものである。

なお「銀河鉄道の夜」の初稿は大正十三年(一九二四)頃に書かれ、次々と手を加えられた後、昭和六、七年(一九三一、二)頃に第四次稿、即ち最終稿といわれるものが出来たと考えられている。

これという纏まりもなく、順序も思い付くままに十二の項を並べて来たが、振り返ってみると、大体作品内容の進行に沿っているように思う。それぞれ作品の素材に作者自身の印象深かったことや特殊の思い出などが用いられているらしいことを見て来たわけであるが、これらを通して作者の幼少年期から大正末年ごろまでの間に心に刻まれた事々がその殆どであったように思う。そういった点で以上に書いて来たことは作品の成立を考える上での一助にもなろうかと思われる。

また、それぞれの項にはこの「銀河鉄道の夜」という作品に対する私の理解の一端を織り込んだつもりであるが、それが正しいかどうかは別として、私には今のところそうとしか読解できないのである。以上の十二項以外に取り挙ぐべき問題も色々とあるが、それは又別の機会ということにしたい。

追記

本稿七で「イギリス海岸」の文を引いて述べたと同じ趣旨のことが既に入澤康夫氏によって書かれていることを後で知った。筑摩の全集別巻『宮澤賢治研究』所収「《銀河鉄道の夜》の発想について」の中にその部分がある。

また右の論文中には本稿十二に述べた「二本の電信ばしら」の光景について天沢退二郎氏の文、

(前略) カムパネルラとジョバンニの〃ありうべかりし〃姿のゆうれいであるというふうに賢治の意識にとらえられていたとは信じられないにしても、そのような正体の暗示を見ないならば、たとえば腕木の赤さのもついいようのない不吉な恐怖的な悲傷の演出に、まったく目をつぶることになるのは明らかである。

(『宮澤賢治の彼方へ』)

を共感的に引用しているが、「赤さ」をそのように解していいものかどうか。とにかくそういう捉え方もあるということで紹介しておく。

第二部　作品の周辺

宮沢賢治における現実と創作

──「蜘蛛となめくぢと狸」から「グスコーブドリの伝記」へ

はじめに

宮沢清六氏によると、兄の賢治が自分の書いた二つの童話を始めて読んで聞かせてくれたのが、大正七年の夏のことだったという（昭和三十一年五月初版角川文庫『注文の多い料理店』所収「兄、宮沢賢治の生涯」）。それは「蜘蛛となめくぢと狸」「双子の星」の二篇で、これが処女作と言ってもよいかと思われるが、内容から言って「双子の星」の方が先に書かれていたように私には思われる。

大正七年というと賢治にとって極めて多事な年だったようで、(注)三月に高等農林学校卒業、続いて研究生として在学し、五月には実験助手になったものの八月に退職している。この間法華経を読んで忽ち深入りした宗教上のことで父と論争するようになり、父が延期を望んだ徴兵検査を四月に受けて兵役免除になってからは、将来の職業について一層深く思い巡らすようになっている。また六月には肋膜炎で静養を余儀なくされ、年末には大学卒業年の妹トシの入院で、看病の為に上京しなければならなかった。こんなに多事の年に二篇の童話を書いているらしいのであるが、これを読んで聞かせた時は「赤黒く日に焼けて」いたということであるから、七月下旬から八月上旬にかけて研究生として林業調査に出歩いた後でなかったかと想像せられる。執筆は病気静養の間であったのかも知れない。

（注）　書簡の数からも窺われる。昭和六年が最も多いが、東北砕石工場主鈴木東蔵宛ての事務上のものが大半だから、それを別にすると、生涯で最も書簡の字数の多いのが大正七年で、同八年がこれに次ぎ、この二年間のものは他の年に較べて桁違いに多い。但し大正八年は東京から妹トシの病状をこまめに父に報告するものが大半を占める。

ところで此の頃の国際状勢と東北地方の状況を瞥見するに、大正三年以来の第一次世界大戦が同七年の十一月に終結しているが、八月にはシベリヤ出兵が宣言されていて、二月の賢治書簡に、

今晩等も日露国交危殆等と折角評判有之　　（大正七年二月二十三日付、盛岡より父宛）

とあり、「五月に兵役に採らる、事（中略）殊によれば戦争に出づる事を御覚悟下され」云々と父に申し送り、「仮令シベリヤに倒れても瞑すべく」（三月十日付、盛岡より父宛）という心境を洩らしてもいるが、徴兵検査の結果この心配はなくなっている。

一方、賢治の家の近くの松庵寺の境内に江戸中期の「餓死供養塔」が数基建てられている事でも判るように、この地方の農作や食糧事情の悪いことは古くからで、賢治が生れてからも飢饉と凶作の年が続いている。

例えば十七歳の大正二年には「縣下農作半減」（「岩手日報」九月二十七日）で農家は悲惨の極に達しており、二十歳の大正五年は旱魃、六年七年は未曽有の豊作であったが米価騰貴の為に窮民が増えるばかりであったという。加うるに大正七年十月からはスペイン風邪が流行して、県下に多くの死者が出たということである。晩年のいわゆる『雨ニモマケズ手帳』に鉛筆で書かれた祈りの言葉の中に、

　東ニ病気ノコドモアレバ行ツテ看病シテヤリ／西ニツカレタ母アレバ行ツテソノ稲ノ束ヲ負ヒ／（中略）／ヒデリノトキハナミダヲナガシ／サムサノナツハオロオロアルキ／（以下略）

とあるのは、こうした農民たちの窮状を正視してのものに他ならないのである。「ケンクワヤソシヨウ」もまた農作事情に伴う農民の日常であったと考えられる。八月に富山県から始まった米騒動が全国に波及したのがこの年のことであった。

決して安泰とは言えない以上の様な状勢や状況の中で、然も多事の最中《さなか》に発想し書かれた賢治の処女作に、こうした環境が反映しない筈はないし、その後の作品についても同様であると思うので、些か概観を試みたいと思う。

一　「蜘蛛となめくぢと狸」の着想と「よだかの星」

「蜘蛛となめくぢと狸」が、二度目の手入れで「洞熊学校を卒業した三人」に改作せられたのは大正十三年以降のことらしい。作品としては同じ処女作の「双子の星」が多少の手入れがなされたままであるのと較べて、作者がかなり力を入れていると思われるが、改作されたとはいうもののテーマ自体に変りはない。テーマは飢渇に苦しむ相手を、やはり餓えている者が騙し込んで食い、最後は自業自得で死ぬというもので、原稿用

紙の表紙には「寓話集中」と書いてあるということで、何を寓したかについて諸説があるようだが、発想が当時の食糧事情からであることは明らかであろう。

話の進め方はユーモラスで、蜘蛛・蛞蝓《なめくじ》・狸の三人三様の騙し方は、蜘蛛はわが巣を宿屋と騙して泊め、蛞蝓は相手に「兄弟」と言い掛けて相撲を挑み、狸は布教師まがいの有難そうな説教で（注）という工合い。犠牲になるのはそれぞれ蚊や蜉蝣《かげろう》、蝸牛や雨蛙、兎や狼で、食われる迄騙されたことを知らないことが共通する。童話の作り方に、少しずつ変化させながら同様の繰り返しで進める、例えば桃太郎に犬・猿・雉が次々に家来になる経緯を重ねるといった方法があるが、その行き方が採用せられている。このテーマと騙しの方法が後に作品「注文の多い料理店」で再び用いられ、形を変えて更に「饑餓陣営」などの劇にも表われているのであるが、この事は後述するとして、これらが当時の窮迫した食糧事情を踏まえた作であることは先ず疑えまい。

（注）　狸が「山猫大明神」を引合いに、「なまねこ、なまねこ」と「念猫（念仏）」を唱えたり、「生き物の命をとったことを懺悔せよ」等と言いながら兎や狼を食うのは、真宗の僧侶を諷刺していると考えられる点で、他の蜘蛛や蛞蝓の場合とは多少趣を異にしている。

「双子の星」は㈠㈡の二部構成であるが、㈠のテーマは闘争と救いというところにある。話の運び役である賢治と妹トシとを思わせる双子の星のチュンセとポウセの二童子が天の川近くの「空の泉」までやって来るが、その泉とその泉から流れ出る美しい水が「霽れた晩には、下からはっきり見えます。」として、

　私共の世界が旱《ひでり》の時、瘠せてしまつた夜鷹やほととぎすなどが、それをだまつて見上げて、残念さうに咽喉をくびくびさせてゐるのを時々見ることがあるではありませんか。どんな鳥でもとてもあそこまでは

行けません。けれども、天の大烏の星や蠍の星や兎の星ならもちろんすぐ行けます。

とあるのは、他の所で泉が「井戸」と表現されているところもあって、下界の人々が旱魃で困っているのを比喩的に描いたものと見ることが出来る。大烏や蠍が咽喉を鳴らしながらさもうまそうに水を飲むところも描かれているが、羽根のある鳥さえそこまでは行けないのだから、まして人間は、夜空に清冽な水のように流れる銀河を空しく見上げるばかりなのである。

旱魃時の情況がこのようにさりげなく織り込まれたこの作品が、殆ど前掲の作品と同じ頃に作られていることは、前掲の作品がやはり同じ現実の下に発想せられていることを示していると考うべきであろう。また、大烏の星と蠍の星がこの泉まで来ていながら喧嘩し、共に大怪我をするというところからは、水のことで争う農民を連想することも可能であろう。

ところで話が一寸横に外れるが、夜鷹が憧れの空に上って星になったというのが、「よだかの星」（大正十年頃の作か）である。有名な作品であるから、内容の説明は簡単にするが、「蜘蛛となめくぢと狸」の蜘蛛が蚊や蜉蝣を、なめくじが蝸牛や雨蛙を食うように、夜鷹は羽虫を食って生きるというのが話の前提になっている。容貌が醜いということで他の鳥たちから仲間外れにされている孤独の身である上に、鷹に「殺すぞ」と脅迫されて全く窮地に追い込まれた時点で、その自分がいつも沢山の羽虫を嚥み込んで生きていることに気付くのである。そこで同様に魚を取って生きる弟の川蟬に、「必要以外の魚を取らないでくれ」と言い残して、空の上の上へ去ろうとするのだが、お日様にも東西南北の星たちにも相手にされず、最後の力をふり絞って上昇を続けるうちに気を失い、再び気が付いてみたらカシオペア座の隣の星になっていたというのである。

羽虫を食って生きることを罪と思うことがなかったら、そのまま生きて行く事も出来たであろうと考えられるのだが、その点「蜘蛛となめくぢと狸」では、その各々が他の生き物を捕えて食うことを罪と思わなかったばかりでなく、騙して捕えていたのである。つまり他を憐む心のかけらもない生き方の故に、慈悲の心に目ざめた夜鷹が星になったのとは対照的に、最後には皆惨めな死を迎えなければならなかったのである。

ところで、日頃何とも思わずに魚や獣の肉食をするのが我々の一般であるが、当時の賢治は、その友人への長い手紙の中で、

●私は春から生物のからだを食ふのをやめました。けれども先日「社会」と「連絡」を「とる」おゝ、、、まじなゐにまぐろのさしみを数切たべました。

●私は前にさかなだつたことがあつて食はれたにちがひありません。／又屠殺場の紅く染まつた床の上を豚がひきずられて全身あかく血がつきました。（中略）これらを食べる人とても何とて幸福でありませうや。

（共に大7・5・19　保阪嘉内宛、岩手県稗貫郡大迫町より）

と書いており、大正九年三月には会食した学友が、親子丼の卵と鶏肉とを掻き退けて食べる賢治を見ている。又大正十年八月には「七月の始め頃から二十五日頃へかけて一寸肉食しました」と東京から関徳弥へわざわざ書き送ってもいるから、このところずっと賢治は極力肉食を避けていたことが窺われるのである。この事は作品「ビヂテリアン大祭」（大正十二年の草稿と考えられている）に、

（ビヂテリアンは）結局はほかの動物がかあいさうだからたべないのだ。（中略）もしたくさんのいのちの為に、どうしても一つのいのちが入用なときは、仕方ないから泣きながらでも食べてもいゝ、そのかはりもしその一人が自分になった場合でも敢て避けない

と書き、その理由を「我々のまはりの生物はみな永い間の親子兄弟である。」としているところに繋がる。「一九三一年（昭和六年）度極東ビヂテリアン大会見聞録」の考え方も、「ビヂテリアン大祭」と大きく異なるものでないと考えられるが、この中に、

魚でも、鮎のごときは硅藻をたべてゐるのでじつに可哀さうなもの
とあるのを見ると、かの夜鷹の発想もこのようなところにあったかと思われる。
こうして見ると、「よだかの星」も「蜘蛛となめくぢと狸」を書くことで発展的に着想せられた作品でないかと思われるのである。ただし「蜘蛛と――」にユーモラスな表現が多かったに対して、これは至極大真面目に正面切った作品であった。何れにしても両作品とも農村の事情を直接扱ってはいないが、凶作のもたらす窮迫した当時の食生活が作品の着想を促したものと考えざるを得ないのである。

二　「注文の多い料理店」の着想

大正七年夏に作者自身読み聞かせたという「蜘蛛となめくぢと狸」の清書されたのが大正十年秋であり、「よだかの星」も大正十年頃の作と考えられている。前者に更に手入れが加えられ題名が決ったのが大正十二年頃ということなので、これらの系統の上に同じ頃に作られている、「注文の多い料理店」(大10・11・10)と戯曲「饑餓陣営」(大11初上演)の二作を取り上げてみることにしたい。

「注文の多い料理店」は、大正十二年十二月二十日付の自序で、その翌年に出版された同名の童話集に収録されているが、この童話集の「新刊案内」に作者自身この作品を、

糧《かて》に乏しい村のこどもらが、都会文明と放恣な階級とに対するやむにやまれない反感です。

と説明しているところから考えると、「蜘蛛と――」もまた、「糧に乏しい村」の食糧事情を基に発想せられたものであることを逆に証明していることにもなっていると考えられる。但し同様のテーマであっても、勿論そこには新しい工夫が見られるのである。

新しい工夫の跡を見るに、「蜘蛛と――」（これを便宜上「前作」と呼ぶ）では、食う者の側から書かれているのを、反対に食われる者の側から書いていることが一つ、前作では食う側が蜘蛛以下の三者であったのを一者の山猫だけにしていることが一つ、更に前作では三者の話を並列させているのに対して、ここでは話を直線的に段階を逐って進めているということ等がある。著名な作品であるから一々の説明は省略するが、山猫は都会から来た二人の紳士を巧みに誘い込んで、巧みな表現を用いて次々におびき寄せ、これを自分の手を加えないでうまく食べようとするが、結局は意外なことで不成功に終る。おびき寄せる諸段階の狡猾なトリック、半信半疑で最後の段階まで釣られてゆく二人の紳士の姿にこの作品の面白さ、ユーモアがあるのだが、トリックというのは、食おうとする者、食われる側の双方のどちらともとられる山猫側の巧みな表現のことであって、このところに作者独自の工夫が見られるのである。一例を挙げれば、山猫軒の入口の扉に金文字で書かれた、

どなたもどうかおはいりください。決してご遠慮はありません

は、「自分は遠慮はしないのだ」とも「遠慮なしにお入り下さい」とも読めるといったもので、相手が自分の都合のよいように受け取りさえしなければ最初から問題はなかったものである。とすれば、厳密に言ってこれは騙しとは言えないものかも知れないのである。

飽食で肥え太った都会の二人の紳士がこの山奥に来たのは、暇にまかせて趣味の猟をする為であったが、鳥も獣も全くいなかったのは、恐らく食べ物を求めて皆どこかへ行ってしまって、山猫だけがようやく飢えながら留まっていたのに違いない。そこへ二人も現われたので「西洋料理店」を幻出させて釣ったわけである。その幻出させた山猫軒は、前作で言えば蜘蛛の「宿屋」、蛞蝓の「立派なおうち」に当るものである。また、蛞蝓が蝸牛に相撲をしかけ、これを投げつけては「もう一ぺんやりませう。ハツハハ」と順次に弱らせて、仕舞いに食ってしまうというのが、いくらか山猫の段階を追って行くやり方に似ているが、山猫の方は相手を自分

の手で食べ易いように仕向けた上で一気に食ってしまおうという点、より知的であった。

連れて来た犬のお蔭で命拾いをした二人が猟師から団子を貰って食べ、収穫に見せ掛ける山鳥を買って帰るというのはユーモラスを通り越して痛烈な皮肉であるが、それにしても、山猫が人間を食うという思い切った発想はどこから得られたものであろうか。陸奥《みちのく》には謡曲「安達原（黒塚）」に見る如き鬼女の伝説が古来語り伝えられており、近世の『老媼茶話』（一七四二年序）の中にも、舞台を木曽山中にとった「山中の鬼女」と「舌長姥」なる類話があって、後者の「今迄ありし庵もなく消て」、「遠き叢に骸骨ばかり残りたり」という最後部分は、山猫軒が煙の様に消え、叢に紳士たちの身の廻りのものが散らばっていたというところとよく似てもいる。従って賢治がこれら古来の伝説を踏まえ、前作の趣向を生かして作り上げたのが此の作品であったのかも知れない。東北地方の「安達原」も木曽山中も、共に食糧事情の劣悪だったことからあのような伝説が生まれたのであろう。

それにしても、深刻である筈の食糧事情を背後に持つ作品がどうしてユーモラスに書かれ得たのであろうか。それは状況に密着した所からは生れず、いくらかの距離があって始めて可能になるものと考えられるのであるが、もしそうだとすれば、その理由として、賢治の生れ育った家庭が花巻の市中でもかなり裕福であったことと、賢治自身が激しい宗教熱に燃え始めて（注）いた頃であったこととの二つが考えられる。前者は自然身に付くことであるから別として、賢治がもし宗教に情熱を注ぐことがなかったとすれば、忽ち当時盛んになりつつあった社会主義の擒になったことも考えられる。彼がこの方面に関心を持ちながら深入りせず、深い宗教観を支えに農事運動に真剣に向うようになったのは、勿論彼の資質にも依ることではあるが、農学校に奉職する頃以後のことであって、それが晩年に及んだことは余りにも有名である。

（注）「戦争とか病気とか学校も家も山も雪もみな均しき一心の現象に御座候」（大正七年二月二十三日付父宛の書簡）、「退学も戦死もなんだ　みんな自分の中の現象ではないか（中略）あゝ至心に帰命し奉る妙法蓮華経。世間皆是虚仮仏只真。」（同三月、保阪嘉内あて書簡）等が参考になる。また「度々の革命や饑饉や疾病やみんな覚者の善です」（大正十二年？「マグノリアの木」）には、饑饉よりも宗教を優先的に考えていたことが窺われる。同様の思想は「学者アラムハラドの見た着物」(一)（大正十二年？）にも見える。

三　二つの戯曲

1

大正十年一月に賢治は突然上京した。国柱会で修養したいという目的であったが断られ、その奉仕活動に従事しながら馬鈴薯を主食にしたりして創作に打ち込んでいて、十月頃には帰郷する積りでいたところ、トシ喀血の電報に接して飛んで帰ったのが八月中旬のことであったが、その直前の八月十一日に関徳弥に近況などを書いた書簡の追伸に、「こわしてしまつた芝居です」と表現した短い戯曲もどきのものを紙背に書いている。「蒼冷と純黒」の見出しで校本全集に収録されているのがそれで、断片二枚が残されているだけだという。郷里を懐かしみながらも東京に留まっていたいという純黒と、帰郷して農事に就きたいという蒼冷との対話形式で当時の賢治の心の裡を表現したものであるが、これが、同年十二月花巻農学校に奉職後四つの劇を作って、大正十三年九月学校演劇禁止令が出るまで生徒たちと上演を楽しむことのきっかけになったと思われるのであって、その第一作が「饑餓陣営」（大正十一年九月農学校で上演）、第二作が「植物医師」（大正十二年五月、前作と併せて昼夜二回上演）、ついで「ポランの広場」「種山ヶ原の夜」の二作（大正十三年八月、先の二作と共に昼夜二回二日間上演）が作られている。なお賢治の学校退職は大正十五年三月であった。

右の四作のうち農村事情をもろに反映させているのが前の二作であって、賢治がいよいよ農村問題に正面から向き合っていることを明白に示すものと思われるのであるが、何れも一幕物である。――賢治のメモによるとこの他に「農民劇　肥料設計」四幕（冬・夏・夏・冬）も考えられていたらしい。原稿が現存しないし上演の記録もないが、この問題を更に追求して行こうとする姿勢は窺い知ることはできよう。――これがどれもユーモラスな要素十分であるのは、これまでのような深刻さを避け、明るいものにすることによって生徒に希望を持たせようという配慮によるものと考えられる。

第一作の「饑餓陣営」は生徒たちに最も好まれたらしいが、舞台が「辛くも全滅を免かれし」軍団の「砲弾にて破損せる古き穀倉の内部」に設定（「マルトン原の臨時幕営」に穀倉があるというのは些か不審ではあるが）されていて、穀倉なのに食糧が全くない為に兵士たちが飢えに飢えているということになっている。朝から夜の八時頃まで兵士たちが頻りに軍団長のバナナン大将の帰りを待っているのは、大将が食料を持って帰るのを期待してのことなのであろう。とに角飢えと「四月の寒さ」とで倒れるまでになっている所へやっと帰って来た大将は、疲れ切ってはいるが何処かで十分飲み食いして来たらしい。しかも「バナナのエボレットを飾り菓子の勲章を胸に満せり」という姿である。「この世のなごりに」一切れでもよいから「バナナかなにかを」食べたいと思っていた兵士たちが早速それに目をつけるのは当然で、そこは特務曹長（後の準尉に当るのであろう）と曹長との計らいでそれをすっかりせしめることに成功するのだが、その成功までの経緯の表現にこの作の主眼がありユーモアが発揮されているのである。最初に盗もうという提案がなされたが、「いや正々堂々とやろう」ということになり、特務曹長が表に立ち、大将の勲功をほめ称えた上で勲章拝見を願い出て、勲章を一々手にとって、授与された由来を尋ねては次々にそれを兵に渡し、兵はそれを「嚥下」する。この繰り返しで勲章とエボレットの悉くをせしめ、兵士たち・曹長・特務曹長の胃の中にそれが納まってしまうのであるが、この辺りは段階的前進的に相手を食って行くという前作の騙しの手法の変形であり、踏襲と言ってもよいものである。しかも勲章の由来についての大将の説明には「六十銭で買った」「豚と交換した」「ゴロツキ組合から貰った」「拾った」等という噴飯ものが多いのは、一層ユーモア感を盛り立てるのである。

以上が劇の主要部分だと思われるのであるが、更に、すっかり騙し取られた大将が、尊大ぶりはそっちのけで大泣きをし、特務曹長と曹長が「責任者」ゆえにピストル自殺を図るところ――この辺りは狂言「附子」を思わせるところである――を見届けた上で、「神の目から見ればあれ（注、取られたもの）は瓦礫に等しいもの」と言い、大将自ら号令を掛けて、神に賜わったという「新式生産体操」なるものを指導するという部分が続くのである。――この作品の最初の題が「コミックオペレット生産体操」であったということだから、作者にはこの部分がより重要だったと思われるのだが、体操には「果樹整技法」第一から第六まであって、最後は、兵士たちが腕を組み合って棚作りをした下を大将が果実を採集して廻るということになっている。ところがその果実たるや宝石の琥珀で出来ているのである。大将自身それを賞めて、

「実に立派ぢや、この実はみな琥珀でつくつてある。それでゐて琥珀のやうにおかしな匂でもない。甘いつめたい汁でいつぱいぢや。新鮮なエステルにみちてゐる。しかもこの宝石は数も多く人をもなやまさないぢや。来年もまたみのるぢや。ありがたい。又この葉の美しいことはまさに黄金ぢや。日光来りて葉緑を照徹すれば葉緑黄金を生ずるぢや。讃ふべき神よ。」

と言うのであるが、これを見ると追加と思われる部分は単なる追加でなく、凶作による食糧事情の窮迫も、楽しい体操に似た農作業をすることによって救われるのだという思想を高らかに歌い上げ、生徒たちを激励して前途に希望を抱かせた部分ではなかったかと思われるのである。「芸術をもてあの灰色の労働を燃せ」「詞は詩

であり　動作は舞踊」という「農民芸術概論綱要」の表現がここで想い起されるのであるが、同時に銀河鉄道の汽車の中でジョバンニたちが聞いた燈台看守の、

「この辺では（中略）農業だつてそんなに骨は折れはしません。たいてい自分の望む種子《たね》さへ播けばひとりでにどんどんできます。米だつてパシフヰツク辺のやうに殻もないし十倍も大きくて匂もい、のです。（中略、天上界では）苹果だつてお菓子だつてかすが少しもありませんから（後略）」

という言葉も思い合わされる。

2

さて次の作「植物医師」は、いよいよ多数の農民を登場させる「郷土喜劇」で、大正十二年上演では一九二〇（大正九）年代のアメリカでという事になっていて、英語の科白であったとのことであるが、この原稿は現存しない。翌十三年上演の台本では処が盛岡郊外とされており、トマトであったのを陸稲にしたり、後半に金持ちや強盗が出るのを削ったり等、内容に多少改められた所はあるが趣旨は変えられていないようであるので、それに依って見ることにするが、この作品は賢治が農村事情に始めて真正面から取り組んだことを示す劇作品である。「饑餓陣営」の「生産体操」の部分がその前哨的意義を持つかと思われるが、そこではまだ事の深刻さに触れていなかった。ところが、ここではズバリその深刻な面に切り込んでいるのである。但しなお笑いの要素を強く残している。とはいうものの、それが却って深刻さを印象付ける効果になっていると思われるのである。

劇の内容をかい摘んで言うと、作らせた看板の代金さえ払えぬ男が農民を騙して一儲けしようと「植物病院」の看板と新聞広告とを出したところが、早速枯れた陸稲を持って次々と農民がやって来た。確かな知識も

ない丈に格好だけは付けて応対し、どれもこれも「根切虫のせいだ」「針金虫のせいだ」と断定して亜砒酸を掛けることを勧め、一つだけ持っていた薬を売り付けた後は、薬屋で購入する為の證明書を書いて渡し、その代金と診察料とをせしめる。しまいには農民の訴えの言葉を聞きもせずに、いきなり同様にやる。農民は皆が皆有難がって帰って行ったのであるが、このインチキ医師がホクホクしている間もなく、言われた通りにして陸稲が枯れてしまったことを訴える農民が次々にやって来て終に怒り出す。「虫も死ぬ位だから亜砒酸は陸稲にも悪い筈だ」「春から汗水たらして漸く物にしたのをすっかり駄目にしてしまった」、「この野郎、山師、たかりだ」等という声も出て、インチキ男は悄然となってしまう。それを見た農民は気の毒になり、稲の枯れたのは諦めることにして男を元気付け、「さあ、行ぐべ。どうもおありがどごあんすた。」と言って帰って行く、といった内容である。

つまり、ここにも従前の騙しの手法が用いられているわけであるが、騙される方がこれまでと違って農民であり、その無知と愚直と善良さに付け込んだ騙しであることに許し難いものがあるのである。インチキぶりが忽ちバレるという当然のことが判らなかった男はむしろ哀れであるが、実は彼も収入の道を失った状態にあって、陸稲を枯らした農民と立場こそは違うものの、どちらも困った立場であったのである。その点では処女作の「蜘蛛となめくぢと狸」などで、食う方も食われる方も空腹でいたのと似ている。

似ているといえば、「蜘蛛と——」にあった騙しの手法、次々と違った者を相手とする横並びの構成法、ユーモアで包む作法等までも似ていると考えられるのであるが、ここに至って擬人法を用いず、現実をそのまま映し出しているところに此の作の特殊性があると思われるのである。その故か、「蜘蛛と——」の様な作品はこれ切りになって、以後は見られなくなるようである。つまり農村事情を背後に踏まえるのではなく、現実を現実としてそのままに扱う傾向が以後の作品に見られるようになるのである。深刻な現実はユーモラスに描かるべきではないと作者が考えるに至ったからであろうか。

なお賢治が晩年に農民の為に無料の肥料設計相談所を開いたことは周知のことで、作品に登場する「植物医師」はこれと対極にあるものである。余りにもそのことが明確であることを思うと、この戯曲を構想した時の賢治の胸には、農民の為に無料相談所なるものを設けようとの考えが既に形をなしていたのではないかと考えざるを得ないのである。劇の最後に、騙されてひどい痛手を蒙りながら相手を慰め、「有難う」とまで言って帰って行く農民たちの善良さ、その姿を「見送る」医師、そこには農民の真実をしかと見届けた賢治がいたように私には思われる。

戯曲の作品は以上であるが、これらの他に構想だけに終っているものが十篇あることが「創作メモ」（『校本宮澤賢治全集』第十二巻(上)で窺われる。そのうち農民劇が喜劇「夜水引き」、同「大旱魃の最后の夜」、「肥料設計」の三篇で、他に宗教性のもの軍隊もの等があるが、構想の立てられた時期は不詳。或いは「喜劇」とある先述の二篇が「植物医師」などと同時期のものかもしれない。

3

作品以前の作品と思われるものに「或る農学生の日誌」というのがある。日記形式で書かれ、日付が「一九二五年（大正十四年）四月一日」から「一千九百二十七年（昭和二年）八月廿一日」――執筆は当然それ以後であろう――に及ぶその間は飛び飛びになっているが、農事の実際が書かれている所が多いし、劇にある「塩水撰」(注)という言葉も出てくるので、参考に一寸引いてみる（引用文の日付の「　」内は原文のまま）。

高橋君のところは去年の旱魃がいちばんひどかったさうだから今年はずゐぶん難儀するだらう。

（一九二五年「四月四日」）

耕地整理になつてゐるところがやつぱり旱魃で稲は殆んど仕付からなかつたらしく赤いみぢかい雑草が生えておまけに一ぱいにひゞわれてゐた。／やつと仕付かつた所も少しも分蘖せず赤くなつて実のはいらない稲がそのまゝ刈りとられずに立つてゐた。

（「一千九百廿五年十月廿五日」）

塩水撰をやつた。（中略）本にある通りの比重でやつたら亀の尾は半分も残らなかつた。去年の旱害はいちばんよかつた所でもこんな工合だったのだ。

（「一千九百二十六年三月廿　日」）

あれぐらゐ手入をしてあれぐらゐ肥料を与へてやつてそれでこんなになるのならもう村はどこももつとよくなる見込はないのだ。ぼくはどこへも相談に行くとこがない。学校へ行つたつてだめだ。

（「一九二七年八月廿一日」）

（注）塩水撰＝一定濃度の食塩水に入れて沈んだ分だけを種籾にする方法。亀の尾＝味はよいが稲熱病に弱い品種の稲。一九三五年に陸羽一三二号に代えられたという。

農学校教師時代のメモを元にして書かれたらしい此の作品の右のような記事からは、賢治が当時の農村の現実を的確に把握していたことが窺われると思う。また、右引用文のうち最後の日付に近い頃の詩「稲作挿話」（二七・七・一〇）には彼の稲作指導の実際を具体的に窺うことが出来るが、この頃は既に学校退職一年後で、実際の農村指導の時期に入っているのである。

劇「植物医師」に描かれた善良なだけに余計痛ましい農民の姿、右に見られる悲惨な農事の現実、これらに直面した賢治が明るい農村の将来を真剣に祈願し、立ち上がる為に教師生活を打ち切ろうとしたのは至極当然であろう。その手始めが岩手国民高等学校の講義での「農民芸術論」の発表（大正十五年一月―三月、六回）

で、これがその約三ヶ月後に「農民芸術概論綱要」として纏められたのであるが、これによってその精神は明瞭に我々にも伝わることになった。その主要な箇処を摘記して置こう。

● おれたちはみな農民である　ずゐぶん忙がしく仕事もつらい／もつと明るく生き生きと生活する道を見付けたい　（「序論」）

● いまわれらには労働が　生存があるばかりである／（中略）／芸術をもてあの灰色の労働を燃せ　（「農民芸術の興隆」）

● 世界に対する大なる希願をまづ起せ／強く正しく生活せよ　苦難を避けず直進せよ　（「農民芸術の製作」）

● ……おお朋だちよ　いつしよに正しい力を併せ　われらのすべての田園とわれらのすべての生活を一つの巨きな第四次元の芸術に創りあげようでないか……　（「農民芸術の綜合」）

● ここは銀河の空間の太陽日本　陸中国の野原である／青い松並　萱の花　古いみちのくの断片を保て／『つめくさ灯ともす宵のひろば　たがひのラルゴをうたひかはし／雲をもどよもし夜風にわすれて　とりいれまぢかに歳よ熟れぬ』／詞は詩であり　動作は舞踊　音は天楽　四方はかがやく風景画　（「農民芸術の綜合」）

広く宇宙意識で地方を捉え、辛い労働を舞踊と考えることで地上の楽園を築こうではないかという呼び掛けであろう。バナナン大将の指導した「生産体操」も既にこの精神の表われであったし、ジョバンニが「僕の先生が云つたよ」と言った「天上よりももつといゝとこをこさえなけあいけない」というのも正にこのことなのであった。そして先に触れた「農業だつてそんなに骨は折れはしません」云々という燈台看守の言葉も、「第四次元」の世界の一つの理想なのである。

賢治自身がこの理想境の実現に苦闘するその後のことは周知の通りで、羅須地人協会の試みや無料の肥料設計相談所の開設など、己れを空しくして農民の為に尽くす行動は、三十七歳で世を終えるまで続く。彼の死は昭和八年九月二十一日のことであるが、その前日の夜肥料の事で相談に訪れた農民があって、病床にあった彼は衣服を改めて二階から下り、玄関の板の間に正座して長時間の訴えに対して丁寧に応対したという。辞世とも思われる二首、

方十里稗貫のみかも稲熟れてみ祭三日そらはれわたる
病《いたづき》のゆゑにもくち《(朽)》んいのちなりみのりに棄てなばうれしからまし

を半紙に認めたのはその日のうちであったが、稗貫郡を含むこの地方の豊作を祝うかのように祭礼の三日間空が晴れ渡ったことを喜ぶのが第一作、病床にあって死の近い自分だが農作の稔りに身を捧げたと考えることが出来たら嬉しいだろうに、というのが第二作である。

(注)『定本　宮沢賢治全集』第十二巻（上）の「創作メモ」に、明治四十二年八月一日生れの栂沢舜一稗貫農学校第三学年の一九二五年（十七才）の四月から始まって、一九二七年（十九才）十二月までの各月におけるメモの記載がなされているものがある。これが基になっているのではないかと思われる。

四　「グスコーブドリの伝記」

処女作といわれる「蜘蛛となめくぢと狸」で凶作に起因する歎かわしい状況をユーモラスに描いて以来、同じ農村事情を背景に色々の童話や戯曲を創作した賢治の歩みの末が右の様であったわけであるが、作品としてこれがもろに表現されたのが「グスコーブドリの伝記」であったことは言う迄もない。童話でなく、作者自ら

「少年小説」と呼んだ此の作品は、昭和六年頃成立の「グスコンブドリの伝記」に手を加えて昭和七年三月に発表されたものであるが、原型は大正十、十一年頃に書かれたらしい「ペンネンネンネンネン・ネネムの伝記」であるから、作者が長年に渡って手がけていた作品であることが判る。その間の大正十二年に書かれたと言われている「二十六夜」にも、「小禽や螺蛤の類」を食っている梟などの鳥が今度は強鳥を恐れるという「よだかの星」と同様の話や、一羽の雀が飢饉に遭遇した人間の親子を救った功徳で菩薩になったという話などが、高僧の梟の説教の中で語られる部分もあるけれども、それがそれぞれ挿話に留まっているのに対して、「グスコーブドリの伝記」は全篇が飢饉のことで始まり飢饉のことで終る作品である。

冒頭の飢饉の部分の記事などは同様でありながら、原型の「ネネムの伝記」はばけもの国の話なのであるから、これとはかなり違ったものになっているのであるが、この作品は大略次のような内容である。——森の中で生れ育ったブドリが十歳の年は冷夏で一粒の稲もとれず、父と母が相ついで家を出て森の中で死んでいる。又七歳の妹ネリは人攫いに攫われるのだが、これを追っ掛けて気絶したブドリは、我が家を乗っ取られた「てぐす工場」で働かされ、火山灰でそこが駄目になった後はそこを出て、六年間百姓仕事の手伝いをするが、「たびたびの寒さと旱魃」、その上肥料もなくなると百姓の下を去り、農夫たちが安心して稲作ができるように火山灰や旱魃や冷害を除く為の勉強をしたいとの思いでイーハトーブ市にクーボー博士を訪ね、才能を認めてくれた博士の紹介で火山局に勤めることになったのである。そこの老技師と協力して先ず行なったのが火山を人工爆破することでサンムトリ市を火山爆発による被害から救うという仕事で、これは成功した。五年後イーハトブ火山頂上の小屋でのある操作で窒素肥料を降らせ、十年来の豊作を齎すことができたが、指示通りの分量の肥料を入れなかった為に稲を駄目にして了った農民たちの逆恨みで大怪我を負って入院の破目になり、それが却って妹と再会する機縁になったりもする。二十七歳の年、早くから冷害が予測されたので、空気中の炭酸瓦斯を増やす為にカルボナード島の火山爆発を人工的に早めるという危険な仕事を提案し、自分からそれを敢行して最期を遂げる。お蔭でその年の作柄は例年なみで、人々はその恩恵に与ったという。

ざっと以上の様な内容であるが、全篇農村事情にまつわる作品であることがこれで判ると思う。私は何度読んでも、「最後の一人はどうしても（島から）遁げられない」仕事に「私にそれをやらしてください」と申し出たブドリに対して博士が、「それはいけない。きみはまだ若いし、いまのきみの仕事に代れるものはさうはない」と言うと、ブドリが、

「私のやうなものは、これから沢山できます。私よりもっともっと何でもできる人が、私よりもっと立派にもっと美しく、仕事をしたり笑ったりして行くのですから。」

と決然と述べるところで涙が溢れてくるのである。ブドリの農村救済の方法についていろいろと研究者の間で議論がなされているようであるが、肝心なことはブドリの態度と決意で、これは作者賢治の意志の表明に他ならないのである。現実の賢治はこの作品を手がけている頃に、

根子では私は農業わづかばかりの技術や芸術で村が明るくなるかどうかやって見て半途で自分が倒れた訳ですがこんどは場所と方法を全く変へてもう一度やってみたいと思って居ります

（昭和四年十二月ごろ高瀬露あて）

と書簡に書いているのであるが、この年は旱魃で不作、賢治は肥料相談を続けてはいるものの、体力は既に限界を越していたようである。病気がちの彼のメモに、有名な「雨ニモマケズ」（昭和六年十一月三日）がある。この年も凶作であったが、

ヒドリノトキハナミダヲナガシ／サムサノナツハオロオロアルキ／ミンナニデクノボートヨバレ／ホメラレモセズクニモサレズ／サウイフモノニワタシハナリタイ

と念じ祈っている。身を挺して農民の為に行動し、その歎きを自分の歎きとし、その喜びを自分の喜びとする人だったのである。

（補注）「グスコンブドリの伝記」にはサンムトリ火山の人工爆破成功の後クーボー大博士が、「沼ばたけ（水田）」での体験から何が最も肝心かと尋ねるが、これに対するブドリの答弁の中に次のような所がある。

●「いちばんつらいのは夏の寒さでした。そのために幾万人の人が飢え幾万のこどもが孤児になつたかわかりません。」

●「次はひでりで雨の降らないことです。幾万の百姓たちがその為に土地をなくしたり馬を売つたりいたしました。」

●「次はこやしのないことです。百姓たちはもう遠くから肥料を買ふだけ力がないのです。」

これを聞いて博士は沿岸に海力（潮汐）発電所を配置する計画を建てたりするのであるが、右の答弁にある冷夏・旱魃・肥料の不足は実態を語るものであり、「蜘蛛となめくぢと狸」以来この種の作品の背後にあったものと考うべきである。また、この作品中には木の皮などを食べるような食料事情のことも書かれているが、「もうパンを焼いたかな」と博士が呟く言葉は、改作前の「ペンネンネンネンネン・ネネムの伝記」では「もう藁のオムレツが出来あがつた頃だな」となっている（決定稿「グスコーブドリの伝記」では「何だ。ごみを焼いてるのかな。」）。敗戦後の日本国中もこの通りで、「藁のオムレツ」に至っては、私も札幌のデパートの食堂で、藁で作ったという「北海団子」なるものを食べた経験がある。当時は身欠き鰊が私の常食で、馬鈴薯さえ滅多になかった。

追記

処女作の一つの「双子の星」㈠について、先に大烏の星と蠍の星との喧嘩は農民の争いごとを比喩的に物語化したものかと述べたが、やはり戦争を踏まえたものと考えた方がよさそうである。というのは、これの発展的な作品が「烏の北斗七星」（童話集『注文の多い料理店』所収。大正十年十二月二十一日作）だと考えられるからである。もちろん他の新しい要素が色々と加えられてはいるが、この作品は、戦争を明日に控えての夜に若い艦隊長である烏の大尉が敵の山烏を仕留めるという功績で少佐に昇進するということを骨子とするもので、山烏の頭に鋭い一突きを食らわせてこれを殺すという点が「双子の星」㈠との唯一の類似箇処である。「双子の星」では空の泉の水を飲みに来た大烏の星と蠍の星とが喧嘩して、大烏が蠍の頭に一撃を食らわして深い傷を負わせるが、同時に蠍の毒の鉤に胸を刺され、双方とも気絶するということになっているのだが、これを烏同志の戦争に仕立てたのが「烏の北斗七星」である。この様に考えることで両作品ともに戦争が発想の背後にあると私は考えるのであるが、「烏の北斗七星」には作者の思想が大きく係わっているので、先ず戦争についての部分を賢治の書簡の記述と比較してみることにする。

烏の大尉は愛する許嫁がありながら「おれはあした戦死するのだ」と覚悟した上で、明日の戦闘でどちらが勝つかは凡て「七つのマヂエルの星（北斗七星）」の「お考のとほりです。わたくしはわたくしにきまつたやうに力いつぱいたゝかひます」と祈り、山烏を一撃の下に斃して昇進した後も、(注1)

「あゝ、マヂエル様、どうか憎むことのできない敵を殺さないでいゝやうに早くこの世界がなりますやうに、そのためならば、わたくしのからだなどは、何べん引き裂かれてもかまひません」

と心から祈っているのである。「双子の星」では大烏は二童子に救って貰った礼を述べて立ち去り、蠍は家の途中まで送ってくれた二童子に許しを乞い、改心を約束することになっているが、この大烏と蠍とが姿を変えてそれぞれ後の作品「烏の北斗七星」「銀河鉄道の夜」に登場することは、夜鷹が「よだかの星」に登場するのと似ているのである。

さて賢治の書簡であるが、

(前略)その戦争に行きて人を殺すと云ふ事も殺す者も殺さるゝ者も皆等しく法性に御座候

(大正七年二月二十三日付、宮沢政次郎宛)

(入営した場合は)仮令シベリヤに倒れても瞑すべく若し入営の義務無之節は更に明るく愉快に吾れ人の為に勉励仕るべく候

(同年三月十日付、宮沢政次郎宛)

(前略)御互ニ唯一ノ目的ノ為ニ一切ノ衆生ノ為ニ進ンデ行クナラバ、悲シミハ悲シミデモアリマセン。

(同年四月十八日、学友成瀬金太郎宛)

戦争も飢饉も病気も山も川も一切が「一心の現象」であり「法性」(注2)であるという思想の持主は、徴兵延期を考えた時は「従来に思ひもつかざる放縦なる心のみ起り」惰落するばかりだとも云い(右三月十日付)、父には「戦争に出づる事を御覚悟下され」たいとも言っている(二月二十三日付)のである。この一途な考え方は烏の大尉のそれと全く同じものであって、それは戦争に対すると、世界平和を希願すると、その双方について言えると思うのである。なお烏の大尉の仰ぐ「七つのマヂエルの星」とは、賢治にあっては妙法蓮華経に他ならない。

烏の大尉の許嫁が、夢に大尉と共に夜の空をどこまでもどこまでも北斗七星の近くまで昇ってゆくというのは「よだかの星」の最後場面を生かしたものであろうが、同じく夢に敵の山烏が握手を求めて来たというのは、本来憎み合うことのない相手とも戦わねばならないのも「法性」であり、「名もなき戦」（前掲三月十日付書簡）というべきだという考えなのであろう。なお、「烏の北斗七星」の作られた大正十年は、第一次世界大戦が同七年末頃に終結したばかりであるが、日本がシベリヤ派遣軍を撤退させたのは同十一年のことであった。

戦争ということを離れた点で、「双子の星」は更に後の「銀河鉄道の夜」に多く引き継がれる点を持っている。簡単に箇条書きにそれを纏めておくことにする。

1　ポンセとチュンセの二童子（双子の星）はそれぞれカムパネルラとジョバンニとして登場する。

2　空の泉から流れ出る美しい川はジョバンニとカムパネルラが汽車から降りて見に行ったプリオシン海岸の下流の美しい流れに。

3　途中で汽車に乗り込んで来た女の子と弟とが星を見ながら問答するところに、作品「双子の星」の内容をちらつかせている。

4　蠍の改心が右の書簡の文にも見える宗教上の願望の念と結合して、女の子の語る蠍座についての話が、ジョバンニの決意を促すという部分になったと考えられる。(注3)

5　烏の大尉が「マヂエル様」を仰いで祈るところは、ジョバンニが「マジェランの星雲」を仰いで誓うところ（第三次稿）に似ている。

（注）　1　「結局はほかの動物がかあいさうだからたべないのだ。もしある動物がほかのたくさんの動物の敵であるといふときはそれを食つてもいゝといふことになつてゐて（後略）」（「一九三一年極東ビヂテリアン大会見聞録」昭和六年）、「我々のまはりの生物はみな永い間の親子兄弟である」（「ビヂテリアン大祭」大正十二年）が参考になろ

う。

2　「法性」が戦争とか飢饉等の重大事にも優先するという考え方は、共に現存草稿の執筆が大正十二年と考えられている作品「マグノリアの木」「学者アラムハラドの見た着物」㈠の何れも終りの方の文に示されている。

3　蠍が追いつめられて井戸という窮地に逃げ込んだという話は、鳩摩羅什訳『衆経撰雑譬喩』巻上、義浄訳『仏説譬喩経』等に拠ったものか。これらは共に象に追いかけられて逃げ込んだのに、井戸の中には更なる危険が待ち受けていたという話で、この種の話は説教僧の話に屡々出て来る譬喩譚だから、賢治も聞いていたのではなかろうか。

宮沢賢治における「幻想」と「幻燈」

一

宮沢賢治は叡知の人であると共に、類稀な感性の持ち主でもあった。彼はその鋭敏な感覚を十分に働かせることによって、当時まだ新鮮であった外来の異文化をもろに吸収し、天分を最高度に生かすことによって、日本の文学史に嘗てなかった程の新鮮な文学を創造したのであった。異文化の吸収は東京のような混沌とした都会を経過することなく、東北という僻陬で純粋に行われた。このことも彼の文学の新鮮さを保証する上で重要な点であろうと思う。

拙論では、しかしこの事を取り上げるのではなく、彼の「幻想」を中心として考えることで、彼独自の「幻燈」ということにまで及んで行きたいと思うのである。

さて、私には父の思い出というものが殆どない。父は三十歳で私が八つの年に死んだからだが、それが、極寒の満州で初年兵の私が軍馬の蹄洗をやらされていた最中に、全く不意に、父と一緒にいた時の二、三の場面が、それぞれ一つの画としてはっきりと眼前に浮んだのである。後でその事を人に語る時、それは「幻燈の絵のようだった」と、いつも言ったし、今もそう思っている。

単なる思い出であるそれは「幻想」とは言えないと思うのだが、然し、いくらかは賢治の「幻想」に似たところもあるようだ。賢治は小岩井農場のある地点を歩いていた時、突然二つの巨龍が自分のすぐ左右を歩いているのを現実のように見たという（『春と修羅』「小岩井農場」パート九）。そして、

《幻想が向ふから迫つてくるときは
　もうにんげんの壊れるときだ》

と思い、《あんまりひどい幻想だ》とも思う。「はつきり眼をあいてあるいてゐる」のにこれを見て、「びくびく」と怖れてもいるのである。ここで「幻想」という言葉を用いているのであるが、彼はそこに来るまでに真暗な森林の中を通っていて、恐龍が出そうだと思っていたということであるし（パート四）、以前から恐竜の足跡の化石を探していたということもあるのだから、その幻想は偶然のものとは言えない。また、はっきりと現実のように見たと言っている点で、それは幻想の域を越してもいる。尤もここには賢治の感性が働いていると思われるのであるが、「向ふから迫つてくる」幻想がこのような性格のものであれば、彼のいう幻想は、常にこれと同様に理解されてもよいのではなかろうか。又、「幻聴」というのもこれに準じて考えてよいのではないか。ちなみに、「幻想」「幻聴」を標題に持つ賢治の詩作品に次のようなのがある（『春と修羅』第二集の作が殆ど）。

・旅程幻想・測候所幻想・初冬幻想・霜林幻想・幻想・僧園幻想・阿耨達池幻想曲

・痘瘡（幻聴）・比叡・冬・雲・鬼言（以上のどれにも（幻聴）とある。）
但し、彼の作品では特に題名にその語はなくても、幻想を扱ったものは多いし、詩句で二字分ほど下げて括弧で囲んだりしたところに、独言または幻聴と思われるものもよくある。

ところで、賢治が花巻農学校教諭時代、生徒や同僚に語ったという言葉が佐藤成著『證言　宮沢賢治先生』（以後『證言』と略記する）に紹介せられていて参考になる所が多いので、次に屢々引用したいが、先ず生徒の一人に、

自分のものは詩とは異質である。詩の形態ではあるけれども、正しくいえば「心象スケッチ」である。（中略）頭の中に画かれたものを語句であらわすので、あたかも画家が人物、風景などを描写するのと同じなのだ。（中略）直接事物、現象をありのままに表現してこそ感銘を深め、共感を与えうるのだ。（42頁）

と語っている。「心象スケッチ」を解説している点、基本的な問題点として注意せられるが、ここで大切なのは「頭の中に画かれたもの」がどういうものか、という点で、それが必ずしも「絵画」と言い切ってよいものでないにしても、かなり絵画的と言えるようなものであると思われるし、右引用文で省略したところに比喩を極力排しようという姿勢が見えているのも、同様に重要と思われる。

次に同僚の白藤慈秀に語ったという言葉。（これは白藤の著書からの引用とされている。）


詩歌は想像力の旺盛な青春時代に作らなければ駄目で、老年の時代になれば詩想はもう枯渇して不活発となる。（『證言』42頁）

これは一般論ではあろうが、賢治自身が語っている以上、彼自身の反省を籠めたものとして受け取るべきで、そうだとすると、彼の主要な詩作品の多くは「旺盛な想像力」によるものとも考えることができよう。つまり、感性に裏付けされたこの「旺盛な想像」が絵画的性格の濃い彼の「幻想」なのであって、その「幻想」

が語句で表現せられるのが「心象スケッチ」、具体的には詩であり、「多少再度の内省と分析と」（『注文の多い料理店』広告文）をこれに加えたものが彼の童話でもあるということになるのだと思う。なお、詩でも更に「mental sketch modified」と断られたいくつかの作品（「春と修羅」「青い槍の葉」「原体剣舞連」等）があるが、この modify は童話で言われている「内省と分析」に当るものと思われる。

二

「心象スケッチ」を「幻想」ということとの関連から、一応前項のように考えてみたのであるが、大きく言って「心象スケッチ」とも言える次のような表現はどうだろうか。

わたくしといふ現象は／仮定された有機交流電燈の／ひとつの青い照明です　（『春と修羅』序）(a)

そらの散乱反射のなかに／古ぼけて黒くゑぐるもの／ひかりの微塵系列の底に／きたなくしろく澱むもの　（「岩手山」）(b)

わが雲に関心し／風に関心あるは／たゞに観念の故のみにはあらず／そは新なる人への力／はてしなき力の源なればなり　（「兄妹像手帳」）(c)

目に付くままに挙げたのであるが、これらの詩句（(b)(c)は詩の全部）は、ある意味では心象スケッチであるとしても、即「幻想」とは言えまい。特に(c)は一つの思想の表明であり、(a)は背後に思想があっての表現、(b)も確乎たる考え方から照射されたものである。然しこの三つは本来的に別々のものではないのである。

先に引用した詩「小岩井農場（パート九）」の中で賢治は、通常の考え方を「まるで銅板のやう」と言い、それに対して「ちがつた空間にはいろいろちがつたものがゐる」という言い方をしているが、そこでの「ちが

つた空間」とは、同じ農場内での空間を異次元の視点から言っているのであって、同じ詩の中で、

ちひさな自分を劃ることのできない／この不可思議な大きな心象宙宇のなかで

等という詩句もあるように、宇宙的視野が彼の精神を支配していて、心象スケッチはこのことを離れては考えられないということになる。この点をもう少し敷衍すると、平たくは弟清六への書簡に彼は、

もし風や光のなかに自分を忘れ世界がじぶんの底になり、あるひは惚として銀河系全体をひとりのじぶんだと感ずるときはたのしいことではありませんか　（大正14・9・21）

と書いているし、「農民芸術概論綱要」の中で、

正しく強く生きるとは銀河系を自らの中に意識してこれに応じて行くことである　（「序論」）

と断じてもいるが、傍線部分（共に私）は全く同じ意味である。先に引用した詩句(a)(b)(c)もこの思想なしにはあり得ないもので、更に言えば、この(a)の少し後の詩句に、

●（すべてわたくしと明滅し／みんなが同時に感ずるもの）

●（すべてがわたくしの中のみんなであるやうに／みんなのおのおののなかのすべてですから）

等とあるのは、童話集『注文の多い料理店』の広告文に、所収の童話の凡てについて、

たしかにこの通りその時心象に現はれたものである。故にそれは、どんなに馬鹿げてゐても、難解でも必ず心の深部に於て万人の共通である。（前後略）

と述べているのとも同じ思想で、同じことは、また童話「めくらぶだうと虹」に、

すべて私に来て、私をかゞやかすものは、あなたをもきらめかします。

とあって、その本体を「まことのちから」「かぎりないいのち」とそこで呼んでいるもの、これがその根源だという思想なのである。

賢治の宇宙精神といわれているのがこれで、法華経に基づいた賢治独自の思想のように言われているけれども、端的には当時日本に何度も来ていて、詩聖とも称えられていたインドのラビンドラナート・タゴールが力説していた「梵我一如」の思想と全く同じ思想である。タゴールはこれを「詩人の宗教」「芸術家の宗教」と自称しており、その思想を説いた著書『Sādhanā《サーダナー》』の邦訳書『生の実現』が大正四年、『Personality』の邦訳書『タゴールの人生論』が大正十二年にそれぞれ出版され、識者間に広く熱読されたのであった。

賢治もこれらの書に無関心ではなかったと私は思うのであるが、少なくとも妹トシ、愛読の雑誌「中央公論」、及び「詩聖」タゴールの来朝と動静を報じた新聞記事等を通してタゴールのことを知っていたことは確かと思われる。それはとも角として、賢治の詩や童話にこの梵我一如的宇宙観が一貫して流れていることは疑えない。従って「旺盛な想像」といっても、この思想が重要な要素として基底をなしていると考えざるを得ないし、従って「幻想」についても同様のことが言えると思うのである。賢治と生前歿後とも関わりを持った詩人高村光太郎が、

> その詩魂の厖大で親密で源泉的で、まったく、わきめもふらぬ一宇宙的存在である事を知って驚いたのであるが、彼の死後、（中略）その詩篇の由来する所が遥かに遠く深い事を痛感する。
>
> （草野心平篇『宮沢賢治研究』「宮沢賢治に就いて」）

と『春と修羅』を評しているが、よく言い得ていると思う。

三

賢治の幻想的表現の一切を「幻覚」として一括し、これを心理学上の直観像ということで説明しようとする

境忠一の『評伝　宮澤賢治』の説が不十分であることは、これまでに述べたところで明らかであると思うが、賢治の「幻想」成立の契機としては、なお彼の鋭い直観力や感覚、優れた記憶力や連想力、更には創作上の手法、語感、隠喩の用法などを挙げなければならない。これらの一々についてここで述べることは出来ないから、指摘だけに留めたいが、彼の「幻想」の在り方の種々について思い付くままに少し列挙してみようと思う。

先ず拙論の冒頭で引用した詩「小岩井農場」では、幻想が「向ふから迫つてくる」ものであった。その地点を作者は「der heilige Punkt と／呼びたいやうな気がします」と言い、その時を「どうしてもさびしくてたまらないとき」として特定しようとしているのであるが、どの幻想もこのようではなかろう。そうでない例の一つに、音楽を聴いての場合がある。

賢治に音楽的天分があったことは、彼の文章の行間からも感じ取ることが出来るが、彼の親友で音楽教師だった藤原嘉藤治が既に、

賢治には音楽の素質が十分にあった。彼は音楽を鑑賞するのに聴覚ばかりでなく、視覚でとらえた。すぐ色をとらえ形をとらえた。（『證言』36頁）

と語っているし、賢治自身も教え子に、

音楽の鑑賞は耳で聴くより心で聴くものだ。頭の中に図形があらわれるから、それによって連想、感性が生まれる。図形は視覚だが、その視覚の単純、複雑、交錯、種々の現象から、もろもろの感情が湧いてくる。このことは、我々が景色を見、または事物の現象を見て哀感をそそられることと同じではあるまいか。（同右）

と教えている。「図形」というのは、化学などの授業や講義で自身よく用い、生徒たちにもよく書かせたとい

う（『證言』98頁）から、賢治とは不可分の関係のものである。この引用文の限りでは音楽と絵画性との関連に留まってはいるが、そこから連想的に湧いてくる「もろもろの感情」を文字で表わすのも心象スケッチであり、また幻想的作品なのである。

　賢治はまた同じ教え子に、「月光の曲」を一緒に聴きながら、こうも教えている。

　楕円や鈍角や直線や山型などが出てくるでしょう。これは月がこの雲の中にかくされているところです。今度はシャボン玉のような模様が見えませんか。これは雲がだんだん切れかかって直角三角形の三〇度の角のような鋭角が見えるでしょう。空は澄んできて雲にかくされていた月が出てきて、月の光が地上に走って来たところですよ。　（同右）

この類いの言葉は、なお『證言』にいくつも紹介せられているのであるが、略す。右の言葉からは、後にも述べる「おきなぐさ」のある場面や、詩「青い槍の葉」との関連を私は思い浮かべるのであるが、音楽と彼の作品との関わり合いでは、詩「小岩井農場」はベートーベンの「田園交響曲」第一楽章あたりから発想せられたらしいし、「銀河鉄道の夜」の中で、風のまにまに森の中から「何とも云へずきれいな音いろ」が聞こえてくるというあたりに、

　だまつてその譜を聞いてゐると、そこらにいちめん黄いろやうすい緑の明るい野原か敷物かがひろがり、またまつ白な蠟のやうな露が太陽の面を擦《かす》めて行くやうに思はれました。

とあるのもその一例である。

次に、これまた先に引用したことながら、「ちがつた空間にはいろいろなものがゐる」という詩句に、私は同じ空間でありながら異次元の視点云々という見解を示しておいたが、その点で私が想起したのは、タゴールの若き日の宗教的体験のことであった。それというのは、タゴールが見馴れている景色を前にして、ある早朝

出始めた太陽の光線を眺めて立っていた時、突然自分の内奥から一条の光が差し出て、全宇宙を照らし、自分の魂が宇宙そのものの魂であることを実感したというものである（著書『人間の宗教』・『我が回想』参照）。この体験から得た思想を詩人として再構築すること自体を、タゴールは自分の創造であり、又使命でもあると考えたということであるが、賢治には同様の体験の記録がないにしても、日本岩手県をドリームランド・イーハトヴとし、「銀河の空間の太陽日本陸中国の野原」を「第四次元の芸術」境にしようとした考え方（「農民芸術概論綱要」参照）が、イメージ的にこれと大きく相似ていると私は思うのである。

　このことと全く同じではないが、詩「氷質の冗談」や詩「詩への愛憎」等は、同じ場所がそのまま幻想的に異空間に変ずるという内容のもので、前者は、

　　職員諸兄　学校がもう砂漠のなかに来てますぞ／杉の林がペルシャなつめに変わつてしまひ／はたけも薮もなくなつて／そこらはいちめん氷凍された砂けむりです

で始まり、「かゞやく天の椀から／ねむや鵞鳥の花も胸毛も降つてゐ」たり、「巨きな駱駝」が出たりもするので、これは主として通常の想像によるものである。後者は発電所内の機械が忽ち氷で出来た「佳人」に変じ、偉そうに作家ぶって技手と芸術論を闘わすが、結句昏倒して壊れてしまうという内容で、この幻想部分は作者の批判精神によって工夫されたものと考えられる。なお両作品とも最後は現実に戻っている。

　金子民雄氏の著書に『宮沢賢治と西域幻想』というのがあるが、賢治の西域ものは勿論想像による。これを金子氏が「幻想」と呼ぶのは、賢治が自分の目で見るように受取り、又書いていて、隅々までが鮮明だからであろう。その一つを挙げると、童話「インドラの網」は、最初ある高原の草の中に疲れ切っていた「私」が、気が付いてみると阿耨達池（南チベットの山中にあるマナサロワル湖）を思わせる様な湖のあるツェラ高原（仮空）を歩いている。それが又（人の世界のツェラ高原の空間から天の空間へふっとまぎれこんだ）らしく、天

人の翔んでいるのや、天の子供らやインドラの網などを見たりした後で、最後は草の中に倒れている自分を「ぼんやり思ひ出し」たということになっている。幻想空間が二重になっている例で、その何れもが知識を基に想像された「幻想」でありながら、現場感のある鮮明な描写がなされているのである。なお作品中の、「天の空間は私の感覚のすぐ隣に居るらしい」という文は、天が或る入口から出入りされる所だというのでなく、「私の感覚」にごく近い異次元の世界であるという意味だと、私には思われる。

もう一例。『春と修羅』第二集（未刊）の為の詩で、猛吹雪をテーマとした、日付けも同じ（一九二五・二・一五）の三つの作品があって（仮りにａｂｃとする）、そのうちの二篇ａ・ｃについての事だが、ａの「未来圏からの影」は全部で八行のうち後半四行が、

影や恐ろしいけむりのなかから／蒼ざめてひとがよろよろあらはれる／それは氷の未来圏からなげられた／戦慄すべきおれの影だ

というものである。一方ｃの「奏鳴的説明」は約二十行の詩であるが、終りの方に、

その風の脚／まばゆくまぶしい光のなかを／スキップといふかたちをなして／一の黒影こなたへ来れば

という四行がある。それぞれに優れた幻想的描写であるが、私には同じ現実を扱ったものと思われ、ここに作者の工夫の跡を見る思いがするのである。この類のことは他にもあろうし、作品の推敲の過程でも見られることでもあろうが、一例として挙げておく。

四

やや横道に外れたことに暇どった感じもするが、事のついでに、たった今取り上げた詩「奏鳴的説明」に、

後述の「幻燈」の事とも関連すると考えられる興味ある事実が見られるので、この事を述べておきたい。

それというのは、この詩は最初「図　四一九号」と題されていたのが、推敲の過程で題名が、次々に変えられていることである。詩をここに掲げるべきであるが、やや長いので、説明の中でその内容を示すことにしたい。（便宜上、詩の題名に傍線を引いた。以下同じ。）

「図」とは、先に揚げた賢治の言葉にあったように、音楽を聴いてすぐ頭に浮ぶ図形のことで、ここでは猛吹雪の凄まじい音を音楽として聴いての「図」であろう。「四一九」は作品番号。（ちなみに先述の「未来圏からの影」の番号が「四一一」である。）賢治が母校盛岡中学校の「校友会誌」第四十一号（昭2・12・21）に発表した同じこの詩に「奏鳴四一九」と題しているのは、「図　四一九」を改めたものと思われる。

作者によって次に考えられた正式の（?）題名が「奏鳴プレリュード」（本人は「プレリード」と誤記）。その次が「映画劇『ベーリング鉄道』序詞」。

「プレリュード」（序曲）が「序詞」に変ったことは判るが、「映画劇『ベーリング鉄道』序詞」とは飛躍である。賢治には既に童話「氷河鼡の毛皮」の作があり、これによって見れば、イーハトヴを出て更に北方極寒のベーリング海方面へ向う列車の中での事件を想定しての「映画劇」であり、この心象スケッチ風の詩は、その最初に置く序にふさわしい性格のものと考えての題名だろうと思われる。

作者はなおも執着して草稿を書き改め、同時に題名をも「ある幻燈序詞」と改める。「映画劇」は些か重すぎると思ったのであろうか。又、次いでこれを「ある幻燈の説明」と変え、詩の内容そのものが「幻燈的」なのだから、これはまずいと思ったらしく、更にこれを最終的に「奏鳴的説明」としたのであった。以上をまとめてみると、このようになる。

図　四一九号→奏鳴四一九→奏鳴プレリュード→映画劇「ベーリング鉄道」序詞→ある幻燈序詞→ある幻

燈の説明→奏鳴的説明

最初考えられた「奏鳴」に戻ったわけであるが、このように二転三転した題名の中に「幻燈」が出て来たのに注目せられる。先に「奏鳴」としたのは、猛吹雪を視覚的に「スケッチ」した初めの八行の後に、

すさまじき光と風との奏鳴者

とある一行が示すように、猛吹雪の「光と風」がヴァイオリンとピアノなどに代って奏鳴曲（ソナタ）の激しい部分を演奏する、というイメージでの最初からの選択だったのであろう。

題名の改変については以上であるが、草稿の最後の段階で、最初からあった冒頭の数行が抹消されており、それが題名の改変とも係わり合っているのにも注目せられる。削除されたのは次の部分である。

これは吹雪が映したる

硼砂の嵐 Lap（正しくは Lop）Nor の幻燈でございます

まばゆい流砂の蜃気楼でもございます

この地方には吹雪がこんなに甘くあたたかくて

恋人のやうにみんなの胸を切なくする、半日半日がございます

（最初の草稿では、私が傍線した部分の語がなく、四行目は「この地方では――」、五行目が「――切なくいたします」となっていて、次の「半日半日が――」がない。）

この数行の詩句のないのが「奏鳴的説明」という題に落ち着いた最終形なのであるが、右の一、二行目に注意したい。それはつまり、作者未見のロプ・ノール湖の「硼砂の嵐」の様を、眼前の猛吹雪が「幻燈」として見せてくれているし、それはまた、「流砂《るさ》」を蜃気楼に見る如くでもあるというのがその意味で、「幻燈」と「蜃気楼」とがここでは殆ど同意に用いられていることが判る。眼前の猛威を振う吹雪から現実のロプ・ノー

ル湖や流砂のそれをイメージしているというわけであるから、このことから「幻燈」の語がどんな意味で使われているかもよく判る。つまり、現実でないものが恰も現実に眼前に見ているようにはっきりと見えるというのがそこでの「幻燈」の特性で、それは暗喩に似て暗喩以上のもの、先に見て来た「幻想」と殆ど同じ性格だということになる。流砂も中国西方の沙漠名の固有名詞であるが、水で押し流される砂のイメージをも同時に働かせているのであろうか。

なお、草稿の冒頭の抹消せられた上記の数行の後の、すなわち最終形では始まりの、

　　雲もぎらぎらにちぢれ／木が還照のなかから生えたつとき

の中の「還照」は、初め「幻照」となっていたのを、同じ発音で意味の異なる文字に置き換えたもので、返照（夕日の照り返し）の意であろう。この方が具体的で迫力もあるが、抹消数行中の「幻燈」などとの関連もあって文字を換えたのではなかろうか。最初の草稿欄外に「〔夢〕〔幻〕」と書き（〔幻〕の右に「想」の字も書かれている）、又全部を消していることもこれと関係があると思われるが、この様な凡てを通して、作者が「幻想」「幻燈」などにかなりこだわっていたのではないかという事も考えられるのである。（詩の推敲に際して「幻想を入れる」とメモしている例も他にある。）

五

賢治の言う「幻燈」は、簡単に言うと特種の彼の「幻想」であり、従って「心象スケッチ」でもあった。異次元の空間を実感し得る感性の持ち主が、現実的でないもの、実際には見えていないものを、実感したり肉眼で見るように見るのが彼の幻想であるから、「幻燈」もまたそういう性格を持つ。ただ「幻燈」は、より具体

性を持つものであるので、幻想以上にその性格がはっきりしてくる。
そして、その特性は勿論の事ながら先ず視覚に訴えることが主となる。それも鮮明な映像でなければならない。草野心平は「心象スケッチ」について、「賢治の目は16ミリの映写機に変じ、書くことはその映写機のハンドルをまわすことであった」と評したと伝える（『證言』42頁参照）が、これは言い過ぎで、これだと賢治を素朴なリアリストと思わせることになる。但しこの様に言わせる程に賢治の「幻燈」の映像が鮮明なことは、後に挙げる諸例の示す通りである。ロマン・ロランはタゴールを「幻視者《ビジョネール》」と呼んだというが、賢治もまた似たような意味で幻視者と呼ばれてよいと思う。

ところで、幻燈は英語では magic lantern であるが、それと同じように呼ばれてよいものに廻り燈籠がある。幻燈がわが国に導入されたのは明治十年代であるが、それ迄長く人々の目を楽しませて来たのが廻り燈籠であった。賢治の作品にはこの廻り燈籠も出て来るけれども、飽くまでも主役となるのは幻燈である。但し何れも比喩的用法で、珍しく「これが幻燈だ」として書かれている「やまなし」にしても、鮮明な幻想的風景をそう言っているのである。

次に詩、童話をそれぞれ幾編かずつ例に挙げて、「幻燈」と「廻り燈籠」との語がどのように扱われているか、それぞれの性格を考えてみることにしたい。（引用文の傍線は凡て私）

詩「小岩井農場（パート一）」（詩集『春と修羅』所収）の中に次の詩句がある。

　あすこなら空気もひどく明瞭で／樹でも艸でもみんな幻燈だ／もちろんおきなぐさも咲いてゐるし／野はらは黒ぶだう酒のコップもならべて／わたくしを款待するだらう

この傍線部の「幻燈」は、透明で明かるい空間における風景の隠喩である。季節は五月下旬、「あすこ」とは農場の北の鞍掛山の裾あたり。童話「おきなぐさ」前半部に、おきなぐさの幼い二つの花が語り合う部分があって、それが「去年の丁度今ごろの風のすきとほつたある日のひるま」のこととされているのと季節も場所も大して距たっていない。「おきなぐさ」では四月頃、場所は農場の南の七つ森の西あたりとされているのである。詩人は、そういう空気が澄んで樹や草や花がはっきりと見える空間が好きらしく、その「あすこ」で「ゆつくり時間もほしいのだ」と言っている。

なお「黒ぶだう酒のコップ」とは〈おきなぐさ〉の花のことで、このことは右の童話の中に、「この花は黒朱子ででもこしらえた変わり型のコップのやうに見えますが、その黒いのはたとへば葡萄酒が黒く見えると同じです。」とあるので明瞭である。

次に詩「青い槍の葉」は田植え歌で、題の傍に（mental sketch modified）と断っているのは、「心象スケッチ」を七・七・七・五調で四行一連、七連のリズミカルな形に仕立てたからのことであろう。この中に、

　雲がちぎれて日ざしが降れば／黄金《キン》の幻燈　草の青／気圏日本のひるまの底の／泥にならべるくさの列　（第二連）

　雲がきれたかまた日がそそぐ／土のスープと草の列／黒くをどりはひるまの燈籠／泥のコロイドその底に　（第四連）

という所がある。どちらも日の光で明るくなった光景を歌っているのだが、第二連の「幻燈」は風景の全体を、第四連の「燈籠」はその中の人々の動きを比喩的に言っている。前者では「気圏日本のひるまの底」が、空気が澄んで透明であって、植えられた苗の列々の風景全体がすっきりと見えていることを思わせる表現で、その点、先の「おきなぐさ」の「あすこなら」云々の場合と同じである。

「ひるまの燈籠」とは、廻り燈籠が夜のものであるから言ったまでで、後退りしながら苗を植えてゆく人々、又その踊るような手つきを比喩的に言ったもの。「黒く」は日光の下で俯いてできる影のところや水に映るそ

られると思う。

また、次の二つの詩には「幻燈」の語こそ見られないけれども、表現から窺われる特性は、前と同様に考えられると思う。

屈折率　　（『春と修羅』所収）

七つ森のこつちのひとつが／水の中よりももつと明るく／そしてたいへん巨きいのに／わたくしはでこぼこ凍つたみちをふみ／（三行略）／（またアラッディン　洋燈《ラムプ》とり）／急がなければならないのか

この初めの三行は、現実の風景が澄んだ水中よりも明るく、レンズで見るようにハッキリと大きく見えるというもので、前の幻燈様風景と同じに思われる。七つ森は前出。冒頭の三行をこう見ることでその後の六行部分に歌われている現実の苦渋がより効果的に理解できるのではなかろうか。なお、幸福を求めて苦悩する事でアラデンを引合いに出すということでは、タゴールにも同様の文章がある（『人格論』第三章参照）。また、前述の賢治が幻想した恐龍のこともタゴールの文には屡々出てくる。

病院　　（「詩ノート」の中）

途中の空気はつめたく明るい水でした／（三行略）／市街も橋もじつに光つて明瞭で／逢ふ人はみなアイスランドへ移住した／蜂雀といふ風の衣裳をつけて居りました／あんな正確な輪廓は顕微鏡分析の晶形にも／恐らくなからうかと思ふのでありますｊ

この詩の傍線部分は、前の「屈折率」の傍線部分と全く同様の趣と考えられる。「空気はつめたく」云々はこれまで見た中にはない表現であるが、空気が極度に澄んでいることを表わしていて、これまでの諸例にも凡て通ずるものである。又、「顕微鏡分析」云々も同様で、これは化学者でもあった作者の体験から来たものと考えられるが、顕微鏡下に見詰めた清澄透明な水晶等の印象が、「水の中よりももっと明るい」、「つめたく明るい」等の、「幻燈」風景の特性の基底をなすものとなったのではなかろうか。

次に童話「やまなし」。これは水の中を舞台に設定した、二枚の「幻燈」と作者自らが断っている作品で、

小さな谷川の底を写した二枚の青い幻燈です。（冒頭）

私の幻燈はこれでおしまひであります。（結尾）

この二つの文の間に、「一、五月」、「二、十二月」の水中風景の「二枚の幻燈」が描かれているのである。この作品については別稿で詳述したので、ここでは簡単に述べることにするが、「一、五月」の文中の、

にはかにパツと明るくなり、日光の黄金は夢のやうに水の中に降つて来ました

は、詩「青い槍の葉」の、

雲がちぎれて日ざしが降れば／黄金《キン》の幻燈草の青（第二連）

と、状況が非常によく似ていて、水中と陸上との違いだけである。つまりは、「青い槍の葉」の風景が「気圏日本のひるまの底」（第二連）、「かげとひかりの六月の底」（第七連）にあったのが、そのまま谷川の水の底に移されたのが童話「やまなし」である。季節も五月と六月とで相近い。

「一」の「幻燈」は、引用文で見る通りの、日光で明るい水中風景の中での蟹の子供らの故しらぬ恐怖心の芽ばえを描いているが、「二、十二月」の「幻燈」では、月光の一杯に透き通った水中でのその後を描いており、何れも明るく透明な世界であることにおいては、これまでのいくつかの詩の場合と同様で、これが澄んだ水中であるだけに一そう徹底していると言えよう。

次に先にも引き合いに出した童話「おきなぐさ」は、「風のすきとほつた（四月の）ある日のひるま」、「変幻の光の奇術《トリツク》の中で」の、二本の〈おきなぐさ〉の花の「夢よりもしづか」な語らいの部分を前半に持つので

あるから、この部分はやはり幻燈的風景である。しかも、この二本の〈おきなぐさ〉の花たちの兄弟のように睦まじい語らいは、その内容こそ違うが、「やまなし」の幼い蟹の兄弟の語らいと似てあどけない。ここにこの二つの童話作品の接点があると思われるが、どちらも大正十二年の作であるらしい。

なお、花たちの会話の中に「うん、まるでまはり燈籠のやうだねえ。」という言葉がある。これは太陽を出したり隠したりする雲の速い動きが、光と影とを交互に見せる風景について言っているので、「変幻の光の奇術」というのもそのことなのであるが、この風景は詩「青い槍の葉」の「かげとひかりの六月の底」の風景（第七連）にも通ずるものである。

「おきなぐさ」・「やまなし」、詩「青い槍の葉」の三つの作品はこのように互いに関連し合う。「青い槍の葉」の「mental sketch modified」は、従って他の二作品についても言えることであろう。

象徴詩風の珍しい短篇「ガドロフの百合」もこの三作品と同じ大正十二年の作らしいが、この中にも、

● （電光の閃きで）庭は幻燈のやうに青く浮び、雨の粒は……

● 遠い幾山河の人たちを、燈籠のやうに思ひ浮べたり、又雷の声をいつかそのなつかしい人たちの語に聞いたり、……

と、「幻燈」「燈籠（廻り燈籠）」のそれぞれを比喩に用いた文が見られる。「幻燈」は、電光で瞬間的ながら庭全体がはっきり見えた様子、「燈籠」は頭の中に次々浮ぶ人たちをそれぞれ表現するのに用いられていて、その用法に差違があることは、先の「青い槍の葉」の場合と同様である。

ここで他の作品中の「廻り燈籠」の用例を一、二挙げておく。

狼《オイノ》はみんな歌を歌つて、夏のまはり燈籠のやうに、火のまはりを走つてゐました。

（童話「狼森と笊森、盗森」）

一生の間のいろいろな恐ろしい記憶が、まるきり廻り燈籠のやうに、明るくなつたり暗くなつたり、頭の中を過ぎて行く。

（「フランドン農学校の豚」）

つまり「廻り燈籠」の用例には廻り燈籠の、特定のパタンが見られるわけである。

最後に、童話と区別して「少年小説」と作者自らが分類している作品について見ることにする。

先ず「ポラーノの広場」最終形。

あのイーハトーヴォのすきとほつた風、夏でも底に冷たさをもつ青いそら、うつくしい森で飾られたモリーオ市、郊外のぎらぎらひかる草の波、またそのなかでいつしよになつたたくさんのひとたち、（中略）いまこの暗い巨きな石の建物のなかで考へてゐるとみんななつかしい青いむかし風の幻燈のやうにおもはれます。（前後略）

冒頭にこのような文を置いてから展開される此の物語は、「あの年のイーハトーヴォの五月から十月まで」の思い出の数々を綴り、最後に、それから七年後の「述者」（レオーノキュースト誌、宮沢賢治述）の現況を手短に述べて閉じられる。従って作品内容の凡ては「幻燈」であり、思い出の悉くは、傍線部（前者）の如き空間の中で鮮明な輪郭を持っている風景であって、つまるところは、先に挙げた詩の例と同様ということになる。

そして、この「幻燈」は「暗い巨きな石の建物のなか」でこそ映写されるべきものであったのだ。「みんななつかしい……幻燈」云々というのであるから、一枚一枚の幻燈が綴られてこの物語ができているということにもなるのであって、丁度ムソルグスキー作曲の「展覧会の絵」が十枚の絵を見巡る趣で纏められているようで、どの場面もそれぞれに効果的である。が、観客の一人である私にとってその中で最も印象的なのは、蜂蜜の香りが漂い、「セロかバスのやうな」顫音が遠く聞えてくる「つめくさのあかり」の場面である。傍線部

（後者）の「青いむかし風の幻燈」というのは、「やまなし」が「青い幻燈」であるというのと同じに、画面の感覚的基調をいったものであろうか。

次に、名作とされる「銀河鉄道の夜」もまた、「暗い巨きな」夜の空に映写された幻燈で、その一場面を示すと、

向ふの方の窓を見ると、野原はまるで幻燈のやうでした。百も千もの大小さまざまの三角標、（中略）野原のはてはそれらがいちめん、たくさんたくさん集つてぼおつと青白い霧のやう、そこからかまたはもつと向ふからかときどきさまざまの形のぼんやりした狼煙《のろし》のやうなものが、かはるがはるきれいな桔梗いろのそらにうちあげられるのでした。じつにそのすきとほつた奇麗な風は、ばらの匂でいつぱいでした。

ここでも透明な風の中の風景が見られるのである。その風の中に満ちる薔薇の花の匂いは、「ポラーノの広場」の蜂蜜の香り、「やまなし」の水中に満ちる〈やまなし〉の実の匂い等と同じように、幻燈をより美しくする。そして、その星祭りの行われる季節は、「ポラーノの広場」のそれが五月から十月の間であるのと重なるし、これまでの「幻燈」の諸例のそれとも重なるのである。

幻想的なこのような風景は、一々挙げることはしないが、此の作品の至る所に見られる。いや、この作品もまた「ポラーノの広場」のようにこのような幻燈が次々に連ねられることで成り立っている、と言っても誤りではないであろう。主人公の二人の少年はその全体を繋ぐ役目を負ったものと見られるのである。なお、

そのきれいな水は、ガラスよりも水素よりもすきとほつて、ときどき眼の加減か、ちらちら紫いろのこまかな波をたてたり、虹のやうにぎらつと光つたりしながら、声もなくどんどん流れて行き、（以下略）

は、「やまなし」の、谷川の水の透明な清らかさと共に、樺桜の白い花びらたちが水面を、またその影が水底の砂の上を滑って行く様を思わせるし、

たくさんのきいろな底をもつたりんだうの花のコップが、湧くやうに、雨のやうに眼の前を通り、(以下略)

という花たちの姿は、「いよいよ光つて立つた」三角標の光で、「黒ぶだう酒のコップ」を並べて「わたくしを款待」した〈おきなぐさ〉の花たちのように、輪廓も鮮明に見えていたに違いない。

全体が幻想そのものであると言える此の作品の主要部分の一つ一つが、このようにそのまま幻燈と言ってもよいことは、先の「ポラーノの広場」と同じである。このことから考えると、特に「幻燈」という言葉が見られなくても、賢治の作品の殆どが、同様に「幻燈」と呼ばれてもよいのではなかろうかと思われる。いう迄もなく、それらは幻想であり、心象スケッチでもあるのだから。

以上に見て来たところを通して、なお「幻燈」の更なる性格が浮び上ってくると思う。繰り返すまでもないことだが、明るくて冷たいまでに澄んで透明な空気の中での、輪廓のすべてが鮮明な風景や人々、更にそこによい匂いさえも満ちている幻燈風景、それは地上や水の中だけに留まるものでなく、空中にまで及ぶ、つまり宇宙そのものの風景であり幻燈であると言ってもよいものと思われるのである。

但しふつうの幻燈がそうであるように、その「幻燈」もその時その時の一つの場面、一つの風景という性格を持つことになって、作品の多くはドラマ性を欠き、概ね美しい短篇ということになる。先に題名の改変のことで見たように、一旦は考えられた「映画劇」が直ちに「幻燈」と改められていることでもそれが判ると思う。もっとも「ポラーノの広場」にはデステゥパーゴという悪役が出て、多少のドラマ性が感じられる例もないではないが、そういった人物が葛藤を起こすことで物語の展開に大きく係わることは先ずないし、「銀河鉄道の夜」の二人の少年は、終始一人の人格のようにしか思われないのである。とは言え、作者は最初から通常の小説にあるような葛藤など考えていないのである。もっともそんなことは第四次元の世界にはあり得ないことなのであろうから。

追記

余計なことを付け加えるようであるが、賢治の頃には既に活動写真なるものがあったのに、これは彼の作品に登場することが稀である。活動写真がフランスからわが国に入って来たのは明治三十年二月で、賢治の頃には花巻にも数軒の映画館があり――賢治の家の裏に映画館の花陽館があったし、教え子の家が映画館だったということもある――、賢治がよく見に行ったという事実もあって、関心がなかったわけでもないと思われるのであるが、友人に「何からかにからすつかり下等になりました。（中略）近ごろしきりに活動写真など見なくなつたのでわかります。」（大正10年12月、保阪嘉内宛）と書いたのは農学校に勤め初めた頃であった。「又頭の中の景色を見てもわかります。」と続けて書いているところを見ると、自分の心象スケッチの質も活動写真なみになったと言っているとも推察されるが、当時の活動写真は雨降りものが多かったばかりでなく、内容も幼稚で、しかも見え透いたトリックや誇張した演技で珍奇さを求める人々を喜ばせるものが普通であったからのことであろう。又、短篇ものが多かったであろうことは、先に見たように、賢治が少し長くなりそうな詩に「映画劇」という言葉をわざわざ使おうとしていることで推量できると思う。

これに対して、賢治が幻燈に特別な関心を持っていたことは、

半年ぐらゐはこの花巻で耕作にも従事し生活即芸術の生がいを送りたいものです。そこで幻燈会の如きはまい週のやうに開さいするし、レコードコンサートも月一回位もよほしたいと思つてゐます

という、学校退職後の抱負を語る彼の談話を掲載した「岩手日報」（大正15・4・1）の記事で判る。この幻燈

会は、恐らくは青年たちに娯楽を提供する為でもあったろうが、それ以上に、新しい知識を導入しようという目的のものでなかったろうか。当時幻燈機の入手はまだまだ一般家庭では無理であったろうが、オルガンやセロなどを、また高級な蓄音機や多くのレコードなどを購入し得た賢治では容易なことであったと思う。なお私自身大正末年の少年の頃、粗雑な物品カタログの中に幻燈機の広告が写真入りで出ていたのを見ている。

幻燈機の操作はごく簡単であり、使用光源の強弱で明暗の加減も可能で、ガラス板などに自由に絵図や文字を書くことが出来たことは、これが現代スライド・プロジェクターとして学術的に各方面で盛んに使用されていることでも判ると思う。当時の幻燈会の模様は、先に引用した保阪嘉内宛の書簡が書かれた頃、雑誌「愛国婦人」に二回に分けて発表された童話「雪渡り」の中の、狐の小学校における幻燈会の場面で多少窺うことが出来よう。

「三角標」がどうして星なのか

——「銀河鉄道の夜」の華麗なセッティング

一　何が三角標になったのか

母の牛乳を取りに行ったついでに川へ行って星祭を見て来ると言って家を出たジョバンニは、牛乳屋には寄ったものの用が足せなかったので、一旦家に戻ろうとしたが、町の十字路ででくわした級友の一行に冷やかされたものだから、行く先を変えて暗くなった丘に上り、頂上の天気輪の下で寝転がった。

町には火が点り、遠く暗い野原の方に汽車の音が聞こえたかと思うと、窓々に赤い灯の列車が見えてくる。色々と物思いに耽りながら又、教室で先生の言った銀河の話を思い出しながら空を仰いでいるうちに、ジョバンニはつい眠くなって来て、しらずしらず眠ってしまう。そのあたりの文は次のように書かれている。（第三次稿ではそれまでの間に、カムパネルラと語り合いたいのにそれが出来ない悲しさが切々と書かれているのだが、最終となった第四次稿ではそれが全く削除されている。作品の主題をより明瞭にする為の配慮からであろう。）

そしてジョバンニは青い琴の星が、三つにも四つにもなつて、ちらちら瞬き、脚が何べんも出たり引っ込んだりして、たうたう蕈《きのこ》のやうに長く延びるのを見ました。またすぐ眼の下のまちまでがやつぱりぼんやりしたたくさんの星の集りが一つの大きなけむりかのやうに見えるやうに思ひました。

ここで「天気輪の柱」の章は終るのであるが——第三次稿では右の「またすぐ眼の下のまち」以下の文がない——このあたりから第四次稿では後に述べるような作者の手直しが見られてゆくわけであるが、そこでは先ず右の文を受けて次の「銀河ステーション」の章が次のように始まる。（傍線筆者、以下同じ）

そしてジョバンニはすぐうしろの天気輪の柱がいつかぼんやりした三角標の形になつて、しばらく蛍のやうに、ぺかぺか消えたりともつたりしてゐるのを見ました。それはだんだんはつきりして、たうたうりんとうごかないやうになり、濃い鋼青のそらの野原にたちました。いま新らしく灼いたばかりの青い鋼の板のやうな、そらの野原に、まつすぐにすきつと立つたのです。

続いて意識が次第に朦朧となって行き、遂に夢である異空間の新しい「現実」に移行する模様が巧みに表現せられているのであるが、右の二つの文を通して第四次稿で注意せられるのは、

● （青い琴の星の脚が）たうたう蕈のやうに長く延びるのを見ました。
● （すぐうしろの天気輪の柱が三角標の形になって）たうたう（その光が）りんとうごかないやうになり、……立つたのです。

と、空からのものが地上に延びて来て、天気輪が別のものに変ったという表現である。

ところがこれと同じ場面を描いた第三次稿では、「銀河ステーション」の章に移行する前後の文に右とは微

妙な相違がある。即ち、移行の直前では、琴の星が「また二つにも三つにもなつて」延びたとあり、新しい章の冒頭文は次のようになっているのである。

（さつきもちやうど、あんなになつた。）

ジョバンニが、かう呟くか呟かないうちに、愕いたことは、いままでぼんやり蕈のかたちをしてゐた、その青じろいひかりが、にはかにはつきりした三角標の形になつて、しばらく蛍のやうに、ぺかぺか消えたりともつたりしてゐましたが、たうたうりんとうごかないやうになつて、濃い鋼青のそらの野原にたちました。いま新らしく灼いたばかりの青い鋼の板のやうな、そらの野原に、まつすぐにすきつと立つたのです。

要するに第三次稿では、三角標の形になったのが琴の星の光の脚であった。それが、第四次稿では天気輪の柱が三角標になったというふうに変えられているのである。それも第三次稿ではぼんやり蕈の形をしていたその光が「にはかにはつきりした三角標の形」になったとあったのに対して、第四次稿では天気輪の柱が「いつかぼんやりした三角標の形になつて」、それが「だんだんはつきりして、とうとうりんとうごかないやうに」なって立ったという変り方をしているのである。何れにしても星の光が天気輪と合体したということなのであるが、私には前者の方が表現の上で単純率直でよく判るのに対して、後者では「りんとうごかないやうに」なったのは光であるのか、天気輪の柱の変容した三角標であるのかが明瞭でないし、「そらの野原にまつすぐにすきつと立つた」というからには、後にも述べるようにかなり高いと想像される柱の、その全体が光っているというのは、天気輪が蕈の形であるとしても、後から何度も表われてくる三角標のイメージにどこかそぐわないようにも思われる。つまり、折角手直しされた第四次稿の表現の方に何かすっきりしないものを感ずるのである。

しかし、そういう相違があるにしても、第三次稿・第四次稿ともに天から地へ（あるいは地から天へ）ほぼ垂直の線が想定せられる。というのは、ジョバンニの寝転ったのが丘の頂の天気輪の柱の下であり、青い琴の星は天頂、すなわちジョバンニの真上にあったからである（その星は琴座の一等星ベガ（Vega）で、白鳥座の一等星デネブ（Deneb）のごく近くに輝く星である）。そしてそれは第三次稿では天地を直接に結ぶ一直線であり、第四次稿では、途中で途切れはするけれども、互いに延長すれば繋がる筈の一直線ということになる。

ただ天気輪の柱の変容したとされる三角標の形は、「天気輪」そのものが何であるか不詳なのではっきりと想定できない。『宮澤賢治語彙辞典』によれば、それは地蔵車（別名「念仏車」など）ともいうもので、上部をくりぬいて円い鉄の輪をはめ込んだ石の柱だということであるが、他にも太陽柱説や宝塔説等があるので、その形はその後の本文の「三角標」から逆に推測する以外にないということになる。しかもこの三角標が、以後作品中で重要なセッティングの役割を荷なうことになるのである。

ではその三角標とはどういうものなのであろうか。

二　三角標のイメージ

三角標については、天沢退二郎氏の、

測量の際に三角点の上に置いて用いる角錐形の標識。（新潮文庫『新編　銀河鉄道の夜』）

ごく最近の平成六年七月発行の斎藤純氏の、

三角標は天気輪の柱と同様、賢治独特のユニークな造語で、その言葉と一緒に創造されたものなのです。三角標とは三角形（三角錐？）の標識が立つ、天の三角点です。

（『「銀河鉄道の夜」物語としての構造』）

等が管見に入るが、このままでは作品を読む上ではよく判らない。それにしてもこれは賢治の「ユニークな造語」などではなく、「三角（点）測標」という専門用語の略語であって、専門家が聞いてすぐに判る言葉なのである。それを後者は三角点と混同している。

もっともこの場合「天気輪」は、或いは「転法輪」など仏教語から思い付かれた用語だったのかも知れない（ブータンの寺院の境内には石柱の「法輪」が立てられている例がある）。それはそれとして、丘の頂上に立てられているその石柱（あるいは木柱）とは、通常の場合何であろうか。むしろ私には測量の結果埋められている三角点の標石か、又は測量の為に三角点の上に組み立てられた櫓、つまり三角点測標が思い浮かべられる。しかし三角点の標石は、本来せいぜい二十糎かそこらの短い石の角柱が地上に顔を出しているにすぎない。三角点測標の方こそ高さに色々違いはあっても、十米から二十米のものが普通だということであるから、この方が「天気輪の柱」のイメージに合うのではなかろうか。作者はその「三角測標」をいきなり持ち出す前にそのような「天気輪の柱」なるものを先ず設定しているのであろう。

ところが「天気輪の柱」そのものは作品の中でそこだけであって、以後の本文に二度と出て来ることがない。また第三次稿では第四次稿と同様に「天気輪の柱」は章題になってはいるものの、前述のように「三角標」に変容するのは「星の光の延びた脚」であって、「天気輪の柱」ではない。それにも拘わらず、以後本文に現われる「三角標」の表現とイメージとが、何れも後に述べるような形で一貫していることは、第三次稿第四次稿共通である。ということは、「三角標」のイメージは第三次稿において、或いは更に遡って作品発想の時点において決定せられたまま以後変えられていない、ということになる。

とすれば、その不変であったイメージとは、第四次稿で削去せられた第三次稿の前掲の引用文に続けて書か

れている次の文に、先ず鮮明に窺われるところのものであると考えてよかろう。つまり、

（いくらなんでも、あんまりひどい。ひかりがあんなチョコレートででも組みあげたやうな三角標になるなんて。）　(a)

（さうだ。やつぱりあれは、ほんたうの三角標だ。頂上には、白鳥の形を描いた測量旗だつてひらひらしてゐる。）　(b)

とあるものだが、私が傍線を施した部分の「組みあげた」とか「頂上には…」等という表現は、石柱にも、右に述べた三角点の標石にもイメージとしてふさわしくないものである。測量旗を立てた三角標の文は更に一例、ずっと後の方になるが、

百も千もの大小さまざまの三角標、その大きなものの上には赤い点々をうつた測量旗も見え、（後略）

というのもある。また、

その林のまん中に高い高い三角標が立つて、

という、随分高い三角標を描いた文もある。ところが、ふつうの三角標の出てくる文は、右の(a)(b)以後にも更に幾例かあるのだが、この(a)(b)二つの文だけが第四次稿の手直しで削去せられてしまうのである。なぜ削去せられたのだろうか。

その理由を私は次のように考える。

(a)の文は、ジョバンニが「思はず誰へともなしに」叫んだ言葉である。「するとちやうど、それに返事をするやうに、どこか遠くの遠くのもやの中から、セロのやうなごうごうした声」が聞えてこう言った。

（ひかりといふものは、ひとつのエネルギーだよ。お菓子や三角標も、みんないろいろに組みあげられてできてゐる。だから規則さへさうならば、ひかりがお菓子になることもあるのだ。たゞおまへは、いま

までそんな規則のとこに居なかったただけだ。ここらはまるで約束がちがふからな。）（第三次稿）

これはブルカニロ博士の「実験」である異空間における法則の科学的説明である。声の主は多分ブルカニロ博士であろうが、作品中何度もきこえてくる「セロのやうな声」はいつもこんな風に、ジョバンニの日常的な疑問に応えたり、常識的の考え方を是正しようとしたりする。(a)の文が削除されたのは、先ずは何かにつけてこのような形で科学的説明を並べて行くことが作品全体を面白くなくするのではないかという反省、第四次稿に至っては、ジョバンニ本人の精神的熟成過程を描き、いわば宗教的主題をより明確にする為には、ブルカニロ博士の「実験」という構想を一切排除すべきだという考え等に基づくのではなかろうか。

も一つの(b)はジョバンニが心の中で思ったものであるが、これが削除せられたのは、星の光の脚が三角標に変容したばかりの時点での文なのであるから、ここで「やつぱり」などと確認めいた文は不要、との判断からなのでもあろう。

以上の様なわけで、「三角標」は第三次稿の「琴の星の光の脚」がそもそもであるのを「天気輪の柱」としたのは、作品全体の構想を改めようとした際の手直しの一端であって、従って「三角標」のそもそものイメージは、蕈の形のかなりの高さのものであった筈であるし、それは次に述べるような三角点測標そのものから着想されたものであるに違いないのである。

三　三角標とはどういうものか

正直に言って私自身最初は、「三角標」というのは「三角点」のことで星を象徴しているのであろう、というくらいの受取り方で作品を読んでいた。しかし読み返してみて、「三角点」とはイメージが合わないように思われて来たので、三角点と三角標のことを調べ始めた。百科事典を何種類か見たが、その記述ではどうもよく判らない。それで大阪の建設省国土地理院に電話で問い合わせ、更に二三度実際に出向いて教えを乞うたのである。次に述べるのは国土地理院の近畿地方測量部測量課の第一係長である豊田友夫氏、および課員の方々の懇切な御教示によって知り得た結果をまとめたものである。

　先ず「三角点」とは三角測量によって地球上の位置（緯度・経度・大体の標高）を求めた基準点のことで、次々に均等に配置して行き、全国土を三角形の網で繋いで行く。その各基準点に花崗岩製（或いは金属製）の角柱を埋めるのだが、隣接の三角点をよく見透せるように、なるべく高い所にそれを埋める。平地の場合もあるが、山頂に設けることがやはり多い。その三角点は設置の時期によって一等から四等まであり、一等三角点・二等三角点・三等三角点は明治十年代から大

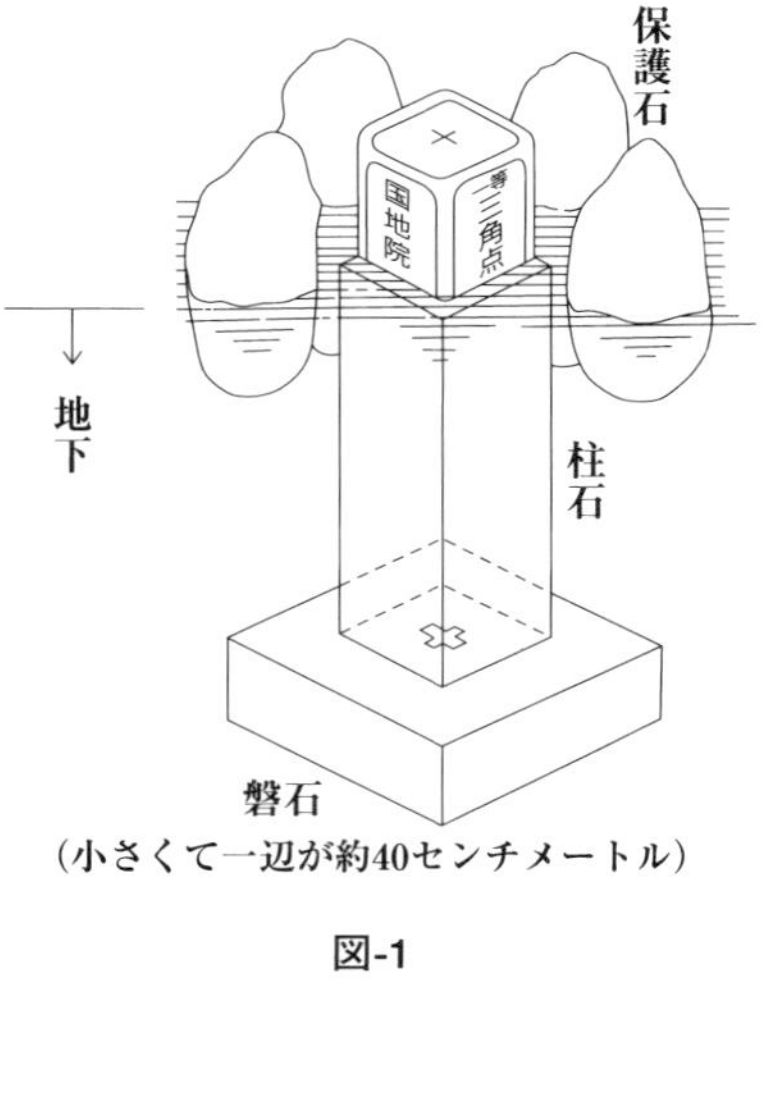

図-1

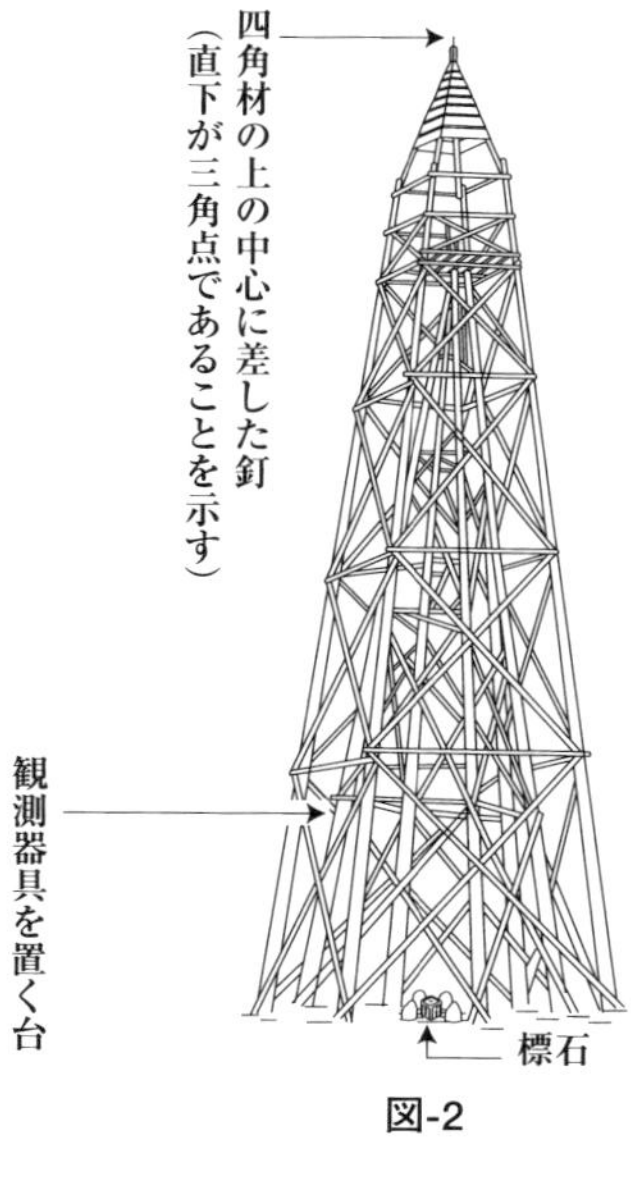

図-2

正中期までの間に設置された（それぞれの数は判っているが、ここでは書かない）。四等三角点は昭和二十六年以降の設置で、現在なお増加中である（その数は平成五年三月末日現在で五九二七二）。

三角点に埋められる標石は概ね図-1の如くである。

図-1の文字が彫られている部分（標石）、つまり地上に出ている部分は、磐石からの全体の高さが八〇センチメートルの場合だと、僅か二〇センチである。全体の高さは一定ではないが、一等三角点では全体の高さが八〇～九〇センチで、四等三角点ではもっと低くなる（約六十四センチ）。地上ようやく二〇センチかそこらのものを、上述の如き三角標のイメージとすることの無理なことは言うまでもあるまい。なお図の標石上面の「＋」の交点が三角点そのものの位置である。又、図で見る通り柱石・磐石ともに方形であるから、三角錐と考えることは勿論誤りである。

それでは「三角標」――「チョコレートででも組みあげたやうな」、また頂上に「測量旗だつてひらひらしてゐる」と描かれている三角標とは実際にはどういうものであろうか。

「三角標」、つまり「三角点測標」は三角点の標石の垂直線上に三角点の位置（先述の＋印の交点）を仮りに移して、隣接する三角点との間の測量を可能ならしめる一時標識の設備で、図-2の

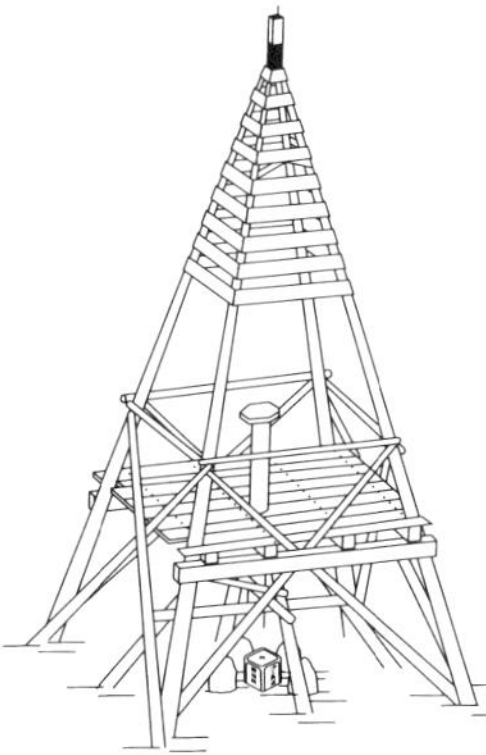

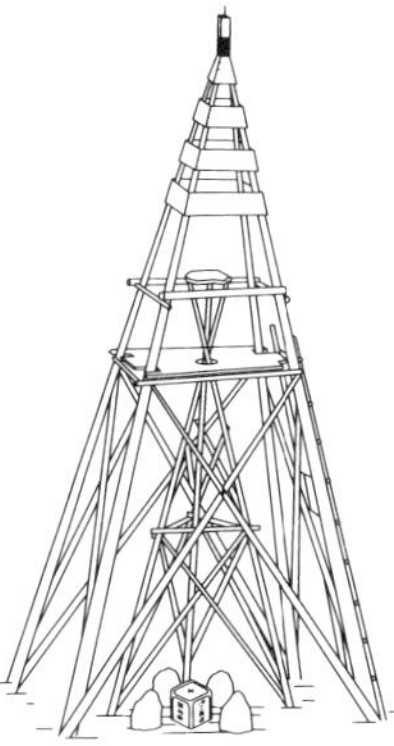

図-3

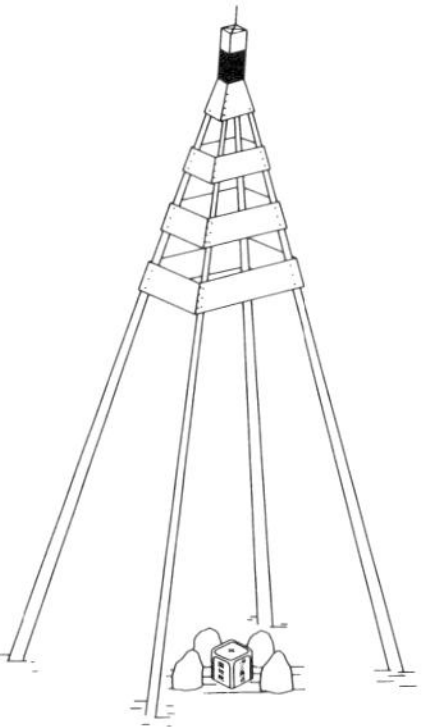

図-4

如き角材で組み上げた櫓である（現在では測量法が進歩した為に殆ど用いられることがない）。
箇略にした図-3 の如きものもあるが、図-2 の櫓の高さは十メートルから二十メートル、あるいはもっと高いのもあり、低いものでは二メートル。観測器具はトランシットと回光器（夜は回光灯）。櫓の高いものには梯子を掛けて台に上り、この観測器によって観測する。観測用でない目標の為だけの図-4 の様な簡易測標もあるが、これは櫓ではない。（以上いくつかの図は建設省国土地理院発行『測量関係法令集』（昭和五十八年第五版）による。）

以上で三角点測標の櫓の形態とその用途との大体が理解できると思うが、作品の「三角標」は図-2 のイメージであろうし、この櫓の形は「チョコレートででも組みあげたやうな」と形容されても別におかしくないものではなかろうか。いや、その表現に適合するのはそれ以外には考えられないものである。

では、「頂上には……測量旗だつてひらひらしてゐる」とあるその旗とは何か。これは「標旗」といって、観測しようとする側から三角点が見えにくい場合に、その位置が判るように立てられる補助的なものであって、三角点そのものの位置を示すのではない。したがって櫓の上に立てられるとは限らず、観測を妨げる高い樹木や森などの妨害物の高さに応じて立てられる箇処が異なる。また標旗は上半分が赤、下半分が白と定められている。ただし新設しようとする三角点に立てる旗はこの逆で、上半分白、下半分赤ということである。「白鳥の形を描いた」標旗は実際はあり得ないので、勿論作者のフィクションである。「赤い点々をうつた測量旗」というのも同様である。

なお三角点相互間の距離であるが、一等三角点で平均四〇キロメートル、遠い所で八〇キロメートル。現在も次々と設置されている四等三角点では一キロメートルから二キロメートルくらいまでである。二等、三等三角点ではそれぞれその中間だから、大正十年前後における相互の距離はかなりのものであったであろう。

断っておくが、作品中には三角点測標を「櫓」でなく、「やぐら」の表記で二度使用されている。渡り島の群に信号する男が上って立っているのが「やぐら」で、「川は二つにわかれました。そのまつくらな島のまん中に高い高いやぐらが一つ組まれてその上に」とあるところであるが、そこでは星のイメージとしての櫓でなくて、ただの櫓なのであろう。つまり同じものが表記上で「三角標」と「やぐら」というふうに明瞭に使い分けられているわけである。

また一度だけであるが「三角点」という表現が出てくる。

ごとごとごとごと、その小さいきれいな汽車は、……天の川の水や、三角点の青じろい微光の中を、（中略）走つて行くのでした。

この「三角点」は異例で、当然「三角標」とあるべきところで、作者が気が付いたならば訂正した筈の箇所であろう。あるいは、ごく低い三角標――標石二〇センチくらいの――のことを言ったのかもしれない。また、カムパネルラが汽車に乗り込んだ当初、「しきりにぐるぐるまはして見てゐ」た円い板状の地図の「まつ黒な盤の上に」、

一々の停車場や三角標、泉水や森が、青や橙や緑や、うつくしい光でちりばめられてありました。

とある、その「三角標」は、前後の用法から考えると平面上に描かれた形状のもののようで、それも四角な標石の形でなく、我々の地図に見る⊙の印だったかもしれない。

以上、「三角標」の表現をめぐってそのイメージの在り方を検討して来たわけであるが、「三角標」についてそれが星であることの最も大切な条件である「光」とその色についてはまだ述べてこなかった。それを述べる前に、しばらく話の方向を変えることにしたい。

四　三角標とヤコブの梯子

『旧約聖書』冒頭の「創世記」は天地創造から始まって、人が造られ、男と女が出来、そのアダムの系統の末にノア、ノアの系統の末にアブラハムと続き、ここに至って叙述に文学性がようやく濃くなる。そのアブラハムの子がイサク、イサクの子がヤコブである。

ヤコブはエサウと双子であるが、後から生まれた。兄のエサウは狩猟に巧みで、父はこの方を愛したが、穏やかでも少々狡いヤコブは巧みに長子の特権を手に入れてしまう。騙されたことを知った兄は弟を憎んで殺そうとするが、それを知った母がヤコブに、当分の間伯父の地へ行って難を避けよと勧め、夫イサクには然るべく執り成したので、その言葉に従ってヤコブは旅路に就くことになる。

さて旅の途中、ヤコブはある日の暮れにある処で石を枕にして寝るのであるが、そこで夢を見る。その辺りのことが『聖書』では次のように書かれている。

ヤコブの夢

ヤコブはベエル・シェバを立ってハランへ向かった。とある場所に来たとき、日が沈んだので、そこで一夜を過ごすことにした。ヤコブはその場所にあった石を一つ取って枕にして、その場所に横たわった。するど、彼は夢を見た。先端が天まで達する階段が地に向かって伸びており、しかも、神の御使いたちがそれを上ったり下ったりしていた。見よ、主が傍らに立って言われた。

「(前略) 見よ、わたしはあなたと共にいる。あなたがどこへ行っても (後略)」

ヤコブは眠りから覚めて言った。

「まことに主がこの場所におられるのに、わたしは知らなかった。」

そして、恐れおののいて言った。

「ここは、なんと畏れ多い場所だろう。これはまさしく神の家である。そうだ、ここは天の門だ。」

ヤコブは次の朝早く起きて、枕にしていた石を取り、それを記念碑として立て、先端に油を注いで、その場所をベテル（神の家）と名付けた。ちなみに、その町の名はかつてルズと呼ばれていた。

ヤコブはまた、誓願を立てて言った。（後略）　（「創世記」第二十八章、一九五五年改訳版による）

右の全体がジョバンニの夢に入る辺りの様子によく似ていると思うので、特に似ている箇処に傍線を施してみた。詳しく述べるまでもないと思うが、第三次稿の星の光の脚が長く延びて地上の三角標に変容するというのがその箇処のイメージそっくりであり、天使がその「階段」を上り下りするというのは、作品には描かれていないけれど、高い測標の櫓に梯子をかけて観測する人が上り下りするイメージでもあろう。そして「天の門」というのは、ジョバンニが夢で銀河空間に入る所に当ると思う。又、ヤコブが枕にしたという記念すべき石は、天気輪に当るであろうし、ジョバンニもその後永くその場所を忘れることがないであろう。

『旧約聖書』の右の話は一般に「ヤコブの梯子」として知られているというが、賢治がどこからこれを知ったかと考えるに、彼の蔵書には『聖書』も『讃美歌集』もあるし、盛岡での中学校時代や高等農林学校時代に、バプティスト派宣教師として来日したタッピングに接触してもいて、殊に高農時代に友人を誘って盛岡の教会へタッピング牧師のバイブル講義を聴きに行ったという「年譜」の記載が注意せられる。また他に、彼の親しかった人に熱心なクリスチャンであったという斎藤宗次郎が花巻にいた。親子ほど年齢は違うが、この人は大正十五年九月東京へ移住するまでの間、賢治が時々招いて一緒にレコードを聴いたり、生徒たちの劇を見せたり、作品を読んでその感想を乞うたりした人である。従って教会やこの人などを通して色々と聞いた話の中に右の話もあり、それを『聖書』に当たってみたということは十分に考えられると思う。

「ヤコブの梯子」の話が「銀河鉄道の夜」の重要部分の発想に繋がることの可能性は、また別の角度からも考えられる。

作品中には難破船から入水した女の子たちが汽車に乗り込んで来る箇所があるが、これは周知の様に、明治四十五年（一九一二）四月のタイタニック号事件を取り込んだものであって、沈没の際に甲板上の楽隊が演奏し人々が唱和したと伝えられる讃美歌の邦訳歌詞の一節が、この作品の第二次稿にそのまま引かれているのである。

主よみもとにちかづかん
のぼるみちは十字架に
ありともなどかなしむべき
主よみもとにちかづかん

全部で五節ある歌詞の第一節であって、その第一行だけ右に「ニヤラー　マイ　ゴッド　ツジー　ニーラーツゼー」とルビが振られている。また「今日もまたしやうがないな」で始まる詩四〇九（一九二五・一・二五作）の中に、

さよならなんていはれると／まるでわれわれ職員が／タイタニックの甲板で／Nearer my God か何かうたふ／悲壮な船客まがひである

という五行があって、その讃美歌の冒頭部を英文で書いてもいるが、これらによってこの讃美歌が作者熟知のものであったことが知られる。ところでこの一節の歌詞が書かれているのは第二次稿だけであって、第三次稿以降にはないのであるが、第二次稿の右の歌詞引用の少し前のところにある、

そして譜がにはかにあの聞きなれた主よみもとの歌にかはつたのです。（注、「譜」とは、この文の更に少し前に書かれている、森の中からきこえてくる「きれいな音いろ」を指す。）

という文が、第三次稿以降では、

そのとき汽車のずうつとうしろの方からあの聞きなれた（約二字分空白）番の讃美歌のふしが聞えてきました。

という風に、同様の場面の近くで変えられて出てくる。何れも同じ歌が「あの聞きなれた」という同じ形容語で紹介せられているという点、作者自身聞き馴れていたからこそでなかったか、と思われるのである。

右の部分に先立って、本文には青年家庭教師がタイタニック号沈没当時の様子を説明するかなり長い文があるが、その中に第二次稿にはなくて第三・四次稿に共通して出てくる次の文がある。

どこからともなく（約二字分空白）番の声があがりました。たちまちみんなはいろいろな国語で一ぺんにそれをうたひました。

ここでも讃美歌の番号が空白のままであるが、それは勿論両者同じ番号であって、作者が記憶によってこの歌を作中に取り入れ、番号は後程調べて記入するつもりであったものがそのままになってしまったのであるに違いない。汽車の中に聞えて来たあの讃美歌は誰かが歌い出したものが次第に唱和され、高まり、ジョバンニもカムパネルラも和して行くのであるが、第二次稿では更に「男の子もまるで教会にでもゐるやうに一生けん命にうたひました。……」と、その感動的な状況の描写がもっと続いている（その中の原稿が一枚現存しない）ところから推量すると、作者自身教会で聞き、また歌ったであろう此の讃美歌の印象がかなり強かったのではなかろうか。タイタニック事件当時賢治は中学四年生になったばかりであり、この頃盛岡で教会に行った可能性は十分にある。

讃美歌のことについて長々と書いて来たが、それには訳がある。というのは、この讃美歌は他ならぬ「ヤコブの梯子」の記述をもとにして作られたものなのである。そのことは、先に引いた第一節に続く第二節以下の歌詞で明らかで、それがよく判る部分を示すと、

さすらふまに日は暮れ／石のうへのかりねの／夢……（第二節）
主のつかひはみ空に／かよふ梯《はし》のうへより／招きぬれば……（第三節）
目覚めてのちまくらの／石を立てて……（第四節）

の如くである。この讃美歌は「向上」と題されているようであるが、ちなみに「送別旅行」と題されていて「神ともにいまして」で始まり、第二節で「また会ふ日まで」を繰り返すあの有名な讃美歌も、同じ「ヤコブの梯子」の話の終りの方にある誓願の部分を歌ったものである。従って「ヤコブの梯子」の話を賢治が聞いた可能性は、このような讃美歌との関連からも推定できよう。

以上のようなわけで、「銀河鉄道の夜」の少年ジョバンニが夢に入る場面と沈没船の場面との相隔たる二つの箇所に、「ヤコブの梯子」から得たものを、さりげなく作者が配置したのではないか、と考えられるのである。「三角標」のイメージも、したがってその神の「梯子」から来たものではなかろうか。

なお、この項は、私がこの作品の三角標について語ったとき、聖書研究者廣澤和人氏が類似に気付かれたところに基づいたものである。成稿後、「ヤコブの梯子」と作品との関連については既に述べられた方のあることを耳にしたが、文字化の前後に私はこだわりたくないので、敢えてそのままにした。偶然の一致はありうる事だし、何よりも三角標との関連で述べておく必要があると考えた。

五　三角標の色などについて

さて話を「三角標」に戻そう。

「いま新しく灼いたばかりの青い鋼の板のやうな」「濃い鋼青のそらの野原に」三角標の形になったものが高く立った、という辺りの文の後に、カムパネルラの持っている地図の盤上に三角標その他が色々の光でちりばめられていたという文があることは先に述べたが、その後に出てくる三角標（点）の記事を、一部重複はするが順に並べてみよう。（傍線、私）

(1)　野原にはあつちにもこつちにも、燐光の三角標が、うつくしく立つてゐたのです。遠いものは小さく、近いものは大きく、遠いものは橙や黄いろではつきりし、近いものは青白く少しかすんで、或ひは三角形、或ひは四辺形、あるひは電《いなづま》や鎖の形、さまざまにならんで、野原いつぱい光つてゐるのでした。（中略）いろいろかゞやく三角標も、てんでに息をつくやうに、ちらちらゆれたり顫へたりしました。

(2)　（汽車は）天の川の水や、三角点の青じろい微光の中を、どこまでもどこまでもと、走つて行くのでした。

(3)　三角標の列は、けむるやうに燃えるやうに、いよいよ光つて立つたのです。

(4)　（ああ、さうだ。ぼくのおつかさんは、あの遠い一つのちりのやうに見える橙いろの三角標のあたりにいらつしやつて……）

(5)　カムパネルラが向ふ岸の、三つならんだ小さな青じろい三角標と地図とを見較べて云ひました。

(6)　野原はまるで幻燈のやうでした。百も千もの大小さまざまの三角標、その大きなものの上には赤い点点をうつた測量旗も見え、野原のはてはそれらがいちめん、たくさんたくさん集つてぼおつと青白い霧のやう、……

(7) その林のまん中に高い高い三角標が立つて、森の中からは(中略)きれいな音いろが、……

(8) 向ふの青い森の中の三角標はすつかり汽車の正面に来ました。

(9) 「さうだ。見たまへ。そこらの三角標はちやうどさそりの形にならんでゐるよ。」

(10) まつたくその大きな火の向ふに三つの三角標がちやうどさそりの腕のやうにこつちに五つの三角標がさそりの尾やかぎのやうにならんでゐるのを見ました。

「そらの野原」の色は最初「濃い鋼青」であった。それが間もなく夢の銀河世界の空ということになると「桔梗いろ」に変るのであるが、「桔梗いろ」という表現が出て来るのは、右の(5)あたりから後の本文においてである。なお「鋼青の空」とは、清六氏から教えられて草下英明氏が書いているところによると、「幾分かの薄明光を持つ日没直後、または夜明け直前の空」らしい(『宮澤賢治と星』74ページ)ということで、ジョバンニが丘に登った時間から考えてもそのように思われる。

右の引用文には三角標の色、高さ、並び方、大小等の他に数のことも表現せられているが、何れも先に述べた櫓(測標)のイメージと大きく矛盾するものではない。特に(6)(7)(8)でそれが明瞭である。又、(2)(5)で「青白い」色のことが書かれているのは、(1)によるとその三角標が近くにあるのだし、(4)の「橙いろ」は遠いからであるという風に書かれている。それらのすべてが作者の美しいフィクションによるものであることは勿論であるが、ここで(4)の文によって少々突っ込んで考えてみよう。

(4)は、ジョバンニが銀河宇宙から地球を望見して母を思っている文であるが、地球を「一つのちりのやうに見える橙いろの三角標」と表現しているところに注意したい。それは橙色の小さな一つの点ということで、望遠鏡で見る如き一つの光のイメージでもあろう。なぜこういう事を言うかと言えば、他の悉くの三角標の光というのも、大小遠近の違いはあっても、このような一点に見えていると考えられるからである。先に三角点測標の説明の所で簡単に触れたことであるが、測量に用いる器具にはトランシットと回照器（夜間には回光灯）とがある。回照器（太陽光を反射させて他の三角点へ送る器械）から発せられる光をトランシットの望遠鏡で受け、それを一点に絞ることで精密な距離の観測が可能になるのである。これらの器具は必ずしも三角測標（櫓）の台上に据えられねばならぬことはないが、三角点間の距離が大きい時は、どうしても高所に据えられねばならない。まして観測は見透しのきく気象条件のよい時に行うのが原則であるから、昼間だったら夜明け方か夕方に行い、大抵の場合は夜間に回光灯を用いて行うということである。

さて、夜の回光灯の光の色であるが、通常タングステンランプを電池で発光させ、その光を相手方に送るのであるから、その色は黄、又は橙である。相互間の距離が大きくなると水銀ランプを用いるが、その光の色は青白い。また夜間長時間発光させるには電池を並列に繋いで用いたというし、観測開始、又は終了の合図は制光板を取り付け、青・赤・緑等さまざまの色の光を送ったということである（以上豊田友夫氏の御教示による）。引用文(1)などを見ると光の色が遠近によって違うように描かれているのであるが、そこは作者のファンタジーによる独特の美的世界と見るべきであろう。

トランシットの望遠鏡で覗く相手方の光線とその色は、勿論肉眼でも見える。国土地理院測量部員の方に尋ねたところ、その大きさは星よりも大きいとのことである。水沢の天文台（緯度観測所）に何度か通いもした賢治は、中学生時代から盛岡周辺の山や丘へ岩石の標本採集によく出かけたり岩手山に登ったりしているが、高等農林学校入学当初からは土曜日曜かけて方々の山へ行ったというし、地方の土性調査をもよく行っている。その際持参したものは五万分一の地図、星座表、コンパス、懐中電灯、ハンマー、それに手帳、ビスケットであったということであるから（「年譜」）、このような採集や踏査を通して夜間、あるいは薄明時における三角測量の場には頻繁に遭遇しているに違いない。五万分一地図の完成は大正時代のことである（国土地理院監修・日本測量協会発行『測量地図百年史』による）から、三角点の記入された最新の地図を手に、三角点の増設されつつある山や岡を歩き廻った賢治が想像せられる。ちなみに平成五年三月現在における岩手県の三角点の数は、国土地理院の調査によると、

一等三角点　三〇
二等　――――　二一三
三等　――――　一五四六
四等　――――　二八九八　（昭和二十六年以降設置）

で、賢治の頃は二等三角点設置の時代であったと考えられる。

なお、引用文⑴⑶⑹等を見ると、無数の「三角標」が光っていたという表現がなされているが、実際には一つの測量の地点で受け得る光は五方向からということであるし、同時にあちらでもこちらでも測量をしているということはあり得ない筈であるから、これはやはりフィクションである。それにしても夜に見られる「三角標」からの光は、或いは現実の星以上に幻想的なものであったと思われ、作者はそこから、黄や橙や青白い光が高低・大小さまざま、また列をなし、色々な形に並び氾濫する幻想的な美の饗宴の世界を描き出したのであった。その場合、三角測標の櫓は闇に没して全く見えないというのではなく、桔梗色の空に黒いシルエットとして見えている、と考うべきであろう。

「三角標」という用語は、賢治の作品の中では一見奇異な感じを与える。しかし、それは以上のように見る

ことで、始めて読者を楽しませる銀河世界におけるファンタジックな「星」として納得できるのではなかろうか。

六　「星」という表記をめぐって

銀河鉄道の夢の中で星を「星」とした例は全くないと言ってよい。ただ工兵隊の架橋演習をしている川の両岸に、星の形と鶴嘴とを書いた旗が立てられていたという箇処があるし、また、双子の星についての会話のところで何度も「お星さま」という語が出て来るが、これらは別。それでは凡ての星が「三角標」と表現されているかと言えば、そうではない。

引用文⑽を見ると「大きな火」という表現がある。それは「桔梗いろのつめたさうな天をも焦がしさう」に燃える「まつ赤な火」で、三つと五つの三角標の間にあるとも書かれているから、間違いなく蝎座の一等星アンタレス（Antares）のことである。――『土神と狐』の中に「蝎ぼしが向うを這つてゐますね。あの赤い大きなやつを昔は支那では火《か》と言つたんですよ。」とある、その知識をここでも使ったのでもあろうか。アンタレスが星でありながら「三角標」と表現されていないところを見ると、この一等星は三角標と区別せられていることが明らかであるから、他の一等星はどうかと見ると、それには琴座のベガ（Vega）、白鳥座のデネブ（Deneb）、鷲座のアルタイル（Altair）等がある。

ベガについては先に見た通り、第三次稿で俄に「三角標の形」になったとある光の脚はベガから延びたものであろうし、白く美しい十字架を載せた島というのがデネブであろう。またアルタイルは「鷲の停車場」がそれに当るのであろうか。他に、双子座のポルックス（Pollux）カストア（Castar）は二つの「小さな水晶のお宮」と表記されているし、南十字に二つの一等星があるが、これも「サウザンクロス駅」であって、「青や橙やもうあらゆる光でちりばめられた十字架」と表現されている。——こうして見ると、最終的には作品中の一等星はどれも「三角標」と表現せられていないのである。

それでは小さな星の場合はどうなのであろうか。凡その星図には一等星の他に、二等星から六等星までの星が表記せられているし、他に星団・星雲・微光天体というのもある。三角測標の回光灯の光は、しかし、これらの凡てに当てはまるものでないことは確かである。

そこで作品を見渡すと、種々様々の発光体が随処に出現しているのに気付く。先ずアルビレオ観測所の屋根に回っている二つの球、青宝玉《サファイア》と黄玉《トパース》はすぐに判る例で、これは三・二等星と五・七等星との二重星である（村上忠敬・村上処直著『全天星図』による）。また、中に二等星以下の星を含み持つ鳥座・鶴座・孔雀座などの星座も出てくるが、この他の発光体を列挙すると、シグナル灯、プラットホームや改札口の電灯、転轍機の明り、きらっきらっと光る電信柱の碍子、灯台の火、樹木の中の沢山の豆電球等がある。次に植物では林の中に一杯に熟して真赤に光る円い実、赤や緑に燃えて光る玉蜀黍の実、胡桃の木のさんさんと光る葉、黄と青白の燐光を出す一面の川原母子草、紫の龍胆の花、薄赤い河原撫子の花、銀色の芒。動物では円光を持つ電気栗鼡、白く光る鷺、黄と青白の斑に光る雁、それから鶴、真黒にかたまって飛ぶ渡り鳥、発破で水面上に「抛り出され」る大きな鮭や鱒の白い腹等々、色々のものが次々に登場して、これらの悉くが美しい色を持って光るのである。そうでないものは暗黒星雲ででもあろうか。またかたまっている植物の類は星団と見るべきでもあろうか。時々打上げられる様々の形の「ぼんやりした狼煙」のようなものとは天体の爆発なのであろうか、微光天体なのであろうか。とにかく一等星でもなく「三角標」と呼ばれてもいないこれらのものは、端役ではありながら銀河世界を「がらんとした冷いとこ」としないばかりでなく、更に美しく多彩ならしめる役割をそれそれが担っているのである。

地上から仰いで見る星は「星」であるに違いはないが、異空間で見る星は「星」でないのかも知れない。第一、空想にふくらみながら夢に入ったジョバンニの頭の中では、天体という概念が入れ替っているのであるから。そこに「三角標」という表現が、よくも悪くも思い付かれた理由があると思うのだが、これに対して地上で醒めた目で見る星は、勿論のことながら作品中でも次のように「星」と表現せられている。最後にその用例を作品の章ごとに一覧しておこう（括弧内は章順、先述一、二の例は省く）。

㈠「やつぱり星だと」、「たくさんの小さな星に」、「つまりその星はみな」、「星がたくさん集つて」、「光つてゐる星だと」、「星しか見えない」、「光る粒即ち星が」、「さまざまの星については」

㈣「星のやうに」、「星座」、「星めぐりの口笛」、「星ぞら」

㈤「大熊星」、「星あかり」、「みんな星だというぞ」、「青い琴の星」、「たくさんの星の集り」

㈥「星めぐりの口笛」

㈨「蝎座の赤い星」

第二、第三章は地上でのことながら「星」の用例がない。また、第六章以下は、第九章の終りの部分を除いて銀河の世界であるから、前述のように「星」の適当な用例がない。第九章の銀河世界の終りの所での「天の川」が、最後の地上の所に移っては「銀河」と言い換えられている。これも同様に考えてよいであろう。

『赤い鳥』と宮沢賢治

一

宮沢賢治は明治二十九年（一八九六）八月に生れ、昭和八年（一九三三）九月に三十七歳で永眠した。この間に夥しい詩や童話を創作したが、生前刊行したものは大正十三年（一九二四）の詩集『春と修羅』一千部、童話集『注文の多い料理店』一千部だけであった。共に二十七歳の時である。

一方、『赤い鳥』は大正七年（一九一八）七月に第一号が創刊せられ、昭和十一年（一九三六）八月号を以て終刊となる（その後「鈴木三重吉追悼号」が同年十月に発行せられている）。この間、昭和四年三月号から昭和六年一月号までの間は一時休刊、以後は第二次ということになるが、当時の児童文学の上に果した影響は量り知れないほど大きい。

『赤い鳥』の創刊に刺戟されたかのように、大正八年には『おとぎの世界』（四月）、『こども雑誌』（九月）、『金の船』（十一月）、大正九年には『童話』（四月）など、子供向けの雑誌が相次いで創刊されるのであるが、『赤い鳥』はその中で最も魅力的で最も広く愛された。

『赤い鳥』創刊の大正七年は賢治が二十二歳であり、盛岡高等農林学校の研究生となった年であった。彼が童話を盛んに書くようになったのは、その二年後に研究科を終え、年改まった大正十年、二十四歳で東京へ出るようになってからであるが、資質的に童話詩人であった賢治がこの雑誌に惹かれたことは当然であり、しかも岩手県の花巻という僻陬にあった文学青年にとってこの雑誌がいかに新鮮なものであったかは、思い半ばに過ぐるものがある。もっとも童話「蜘蛛となめくぢと狸」は、大正七年の夏に兄に読んで貰ったという弟清六の談話もあり、書かれたのが『赤い鳥』創刊に先立つ同年の六月ごろだという説（冨山房版『宮沢賢治』の年譜）もあって、『赤い鳥』が彼が童話を書き初める直接の機縁になったとは言えないにしても、この雑誌の刊行されたことが創作欲を燃えたたせたであろうことは十分に推測できるし、少なくとも彼がこの雑誌に深い関心を寄せたであろうことは、大正十年の七月ごろに、多くの童話の原稿をトランクに詰めて鈴木三重吉を訪ねている――三重吉は逢ってくれず、原稿は書生から返された――ことが伝えられていることでも判る（森荘已池『イーハトーヴォ』復刊第一号）。また、『赤い鳥』に挿絵を書いていた深沢省三の妻深沢紅子は、隣家に棲んでいた菊池武雄にたのまれて賢治の童話の原稿を三重吉の許へ届けに行ったことを随筆集『追憶の詩人たち』の中で書いている。この原稿は堀尾青史が『年譜　宮沢賢治伝』（一五九頁）に「タネリはたしかにいちにち噛んでゐたやうだった」という作品だとしているが、この作品も『赤い鳥』に載らなかった。深沢紅子があとで三重吉を訪ねた折に、大きな辞書で語源を調べていた三重吉が「彼はモンゴル語も知っているんだね」と言ったということであるが、堀尾氏の文では、賢治から原稿の取返しを依頼せられた菊池武雄が三重吉を訪れる

と、彼は酒をのみながら、

「君、おれは忠君愛国だからな、あんな原稿はロシアにでも持っていくんだなあ」

と言ったとある。こういうことでいうと、賢治は『赤い鳥』に二度童話を出して二度とも没になったということになる。しかし、先の森荘已池説は、後記の菊池持参の原稿のことであったのかも知れない。ちなみに菊池武雄は『注文の多い料理店』の挿絵の筆者であり、深沢省三・紅子と共に岩手県出身の人である。

『注文の多い料理店』は前述の通り大正十三年十二月一日発行になっている。この挿絵を書いた菊池は翌大正十四年の春に上京し、先ず、深沢省三の許に居候したらしい——その後隣に住んだか——が、これに先立ってこの童話集を鈴木三重吉に送っている。深沢紅子が原稿を届け、菊池がとり戻しに行ったのは勿論これ以後のことであるが、三重吉は何と思ったかこの童話集の広告を無料で『赤い鳥』に掲載した。恐らく本が送られて間もなくのことであろう。大正十四年一月号の、目次の前の一ページをそれにあてているのである。その広告文では目次の第一に「山男の四月」があり、九編の作品配列順が、当時の出版広告用の私製ハガキ記載のそれとも初版本のそれとも違っている。この「山男の四月」が最初の書名であったことは、東北農業薬剤研究所出版の『蠅と蚊と蚤』（大正十二年十二月）はさみ込みの振替用紙に印刷されている予告で判るのであるが（以上『校本　宮澤賢治全集』第十一巻「校異」三八六頁以降参照）、『赤い鳥』の広告文では書名が『注文の多い料理店』に変えられているところから見て、その広告文は初版本刊行以前に用意されていたものと思われる。なお、原稿には、

御希望の方はお知らせ下さればすぐ送本いたします。お読みになつておもしろかつたら代金をお送り下さい

とあったのがゲラ刷りの段階で三重吉に削られたことを、菊池武雄が「『注文の多い料理店』出版の頃」（草野

心平編『宮沢賢治研究』所収）の中で述べている。

二

賢治は小学校の三年生時代に担任の八木英三先生によって詩眼を開かれたという（『校本　宮澤賢治全集』第二巻月報所収「賢治の文学的小伝」森荘已池）。そして最初に読んでもらったのがフランスのエクトル・マロー原作、五来素川訳の「まだ見ぬ親」（「家なき子」）だった（同　第十一巻月報所収「原体験の重さ」原子朗）。この異国の作品の持つ匂いが賢治の童話の匂いの素地となったとは賢治自身の語るところなのであるが、明治末期から大正期にかけて紹介せられた児童文学の数々は、これまでの古いお伽噺の世界を一掃したばかりでなく、現今では想像もつかぬくらい強烈な不思議な芳香を放ち、成長期の児童のロマンチズムを育てたのであった。それはまた『赤い鳥』の世界でもあったのであるが、賢治が影響を受けたと考えられる外国の作家としてはグリム、アンデルセン、トルストイ、ウイリアム・モリス、タゴール等の名が挙げられている（境忠一『評伝宮沢賢治』二八二ページ参照）。

ところで、『赤い鳥』を見てゆくと、時々賢治の童話に似たところのある作品にぶつかる。が、それは当時の状況の中ではとり立てて言うほど不思議なことではないであろう。賢治の作品はもちろん独創性の強いものである。しかし、彼とて時代の子であって、『赤い鳥』に出ている作品からヒントを得たところがあるかも知れないし、同一の外国作品から受けたものが『赤い鳥』の作家と賢治との双方に表われた場合もあるに違いない。また賢治の作品が『赤い鳥』の作家に影響したところもないとは言えまい。それは何れとも明確には判らないのであるが、いま類似の見られるいくつかを次に挙げてみようと思う。それは賢治の発想についての参考にはなっても、決してその価値を下げることにはならない筈である。

1 「注文の多い料理店」

同名の童話集の九編の作品中、三番目におかれた作品で、「一九二一・一一・一〇」（初版本目次）の作である。ちなみに、九編という数は、『雨月物語』などがそうであるように、江戸時代以来の短篇集のあり方に倣ったものであろうか。

この作品はあまりにも有名であり、多くの評論が行なわれているので、今更内容を書くまでもないが、山中で道に迷った二人のハイカラな狩猟家が、芒原の中にふと現われた西洋料理店の中へ、折からの空腹のせいもあって誘い込まれる。ただし人影は見えず、次々と扉やその裏側に客への奇妙な注文が書いてある。それに従って奥へ奥へと入って行った揚句、食べさせてくれるどころか逆に山猫に食べられる仕掛けだったことが判り、実際に食べられそうになって泣き出したところで、さきに死んだ筈の猟犬に助けられるというのが大体の筋である。

ところで、『赤い鳥』には、昭和十一年三月号から七月号までの五回にわたって「南洋へ」という題の「滑稽童話」が作者名小山東一として連載されている。「エミール・ケストナーによる」という注記が題脇にあるのを見ると、外国の作品をもとにしたものであることが判る。内容は簡単にいうと次の通りである。

五月三十五日という奇妙な日の放課後、小学生のラッドは夕方までの間に奇妙な体験をする。というのは、叔父さんに連れられてその家へ来る途中に出会った黒馬の背に乗せられて、叔父さんともども、先ず「なまけものの国」、次に「あべこべの国」、ついで「電都《エレクトロポリス》」、最後に「南洋」と経巡った後、不思議にもふいと叔父さんの家に出た、というのである。

これだけ見ると「注文の多い料理店」とは何の関係もなさそうであるが、趣向の上で、似た点がいくつかある様に思われる。先ず登場するのがどちらも二人であって、その二人の奇妙な体験と、その前後のこと。場所は賢治の作品では山中の草原、右では叔父の家である。そして、奇妙な体験が夢の中のことでなく、現実のこととして書かれていることも似ている。そういうことはとり立てて言うほどのことではないかもしれないが、も一つは入口に書かれている文字によって二人が行動することである。賢治の作品では先ず、

RESTAURANT
西洋料理店
WILDCAT HOUSE
山猫軒

という札が玄関に出ており、

「どなたもどうかお入りください。決してご遠慮はありません。」（扉）

「ことに肥つたお方や若いお方は、大歓迎いたします。」（扉の裏側）

などを始めとして、客への注文が次々と扉の表・裏に書かれていて、二人はその都度それをどう受取るべきかについて言い合う。一方「南洋へ」では、先ず、

これより、なまけもの、国。
入場無料。
但し子供は半額。

と書いた立札があり、二人はどこから入るのかについて言い交わすが、入口がない。しかし「塀の内側には何か、とってもいいことがありさう」だ。しばらくすると「ふいに目の前に、さつきはなかつた戸が開いて、おはいりといふ声が聞えました。」ついで門を入ると果樹園で、木の幹に取りつけられたハンドルがあって、「左へ一回、皮をむいた四つ切りんご一きれ　左二回、フルーツポンチ一皿。右一回、あんずクリーム一皿。」
などと書いてあり、ハンドルを廻すと「ベルが鳴つて、果物が一皿づゝ、ぢやん〳〵出て来ます」。次は、

あべこべの国。
子供の附添のゐない大人は
入国おことわり。

と入口のわきに書いてあり、次は、

電都《エレクトロポリス》
自動都市
高圧危険

という文字が雲の上に映っている。また、海上の帯の「赤道」を行くと、立札に「鮫の海、鮫に悪戯しないで下さい」とあり、もっと行くと、二本のユーカリの木の間に下げられた葛の花環に、

南洋西門
入場は危険覚悟のこと
損害の責任は当方で負ひません

と書いてあるといった具合である。最後は南洋の森の夕闇の中で、いつの間にかそばに立っていた「偉駄天」に頼むと、

三の三倍は一の九倍
種は蒔いたところへ生える
不思議なことだつて出来んこたない
あたりまへだとゆつくり構えて待ちなさい

とつぶやいて手を叩くに応じて、原始林の真中なのに叔父さんの衣裳戸棚がちゃんと現われた。「偉駄天」の姿はもう見えない。二人が戸棚の中から前へぬけ出ると、そこはもう叔父さんの家の中であった。少年ラッドは叔父さんに礼を言って家へ帰って行った、で終りとなっている。

「注文の多い料理店」が大正十年の作、右が昭和十一年の発表であるから、その間に十五年もある。したがって小山東一の作には賢治の作品の影響がかなりあるのではないかと思われる。しかし、先述の通りこれが「エミール・ケストナーによる」というのであるから、ケストナーの原作を見ないことには、比較はできない。ところでケストナーとは誰であろうか。岩波の『西洋人名辞典』増補版によって見れば「エミール・ケストナ

ー」という人物はなく、「エーリッヒ・ケストナー」ならばドイツの作家として簡単な紹介がある。少年文学に「エミールと探偵」(一九二八〈昭和三年〉)、「飛ぶ教室」(一九三三〈昭和八年〉)その他が挙げられ、一八九九(明治三二年)・二・二三――一九七四(昭和四九年)・七・二九の生存とあるから、賢治よりも三歳若く、賢治没後長く生きた作家であることは判るが、この人のどういう作品がいつ日本に入ったかは全く不明である。作品の中にみえる「エミール」を小山が誤って作者名「エミール・ケストナー」と記したのかもしれないが、ケストナーの作品が手に入らぬ以上、影響関係は何とも言えない。ただし、賢治が「南洋へ」の原作(題名はその通りでなかったと考えられる)に接したという可能性はまず薄いのではなかろうか。大正十年にケストナーはまだ二十二歳の若さなのである。

とすれば、次のことが考えられる。一つはケストナー以前のある作家によって、「南洋へ」に見られる立札記載の趣向、現実世界へ超現実の世界を持ち込んでくる構想を持つ作品が書かれていて、それからの影響が賢治とケストナーの双方に働いたということ。一つは小山東一が「注文の多い料理店」の趣向にケストナーのある作品をドッキングさせて此の「南洋へ」を書いたということ、この二つである。昭和十一年というと賢治没後三年を経ているが、賢治の名はまだ知れ渡っているわけでなく、生前唯一のこの童話集もまだ注目せられてはいなかった。ただ『赤い鳥』関係でそのユニークさに気付いていた人がいなかったとは言えないし(例えば木内高音。『年譜宮沢賢治伝』一五九ページ参照)、小山東一もその一人かも知れず、賢治の名を明らかにしなかったのはその無名性の故であったとも考えられる。

なお付け加えるが、「南方へ」の冒頭では、この日少年ラッドに元気がない。それは学校で宿題を出されたからで、

「僕、学校でね、先生から綴方で南洋のことをかいて来いッて言はれたんだよ。」

「綴方の題か。南洋か。そいつはお前には大変だね。」

と、叔父との問答がある。このことが超現実の世界での体験と密接に関係するのであるが、このことは「銀河鉄道の夜」の設定とも通じ合うところがある。つまり、この作品の最終形（昭和六、七年頃成立）の冒頭では、やはり学校の教室での先生とジョバンニやカムパネルラたちとの銀河についての問答が取扱われており、この銀河が次の段階で四次元世界の舞台になるのである。この形は昭和九年十月発行の文圃堂書店版『宮沢賢治全集』第三巻の中に既に見られるのであるから、小山東一が「南洋へ」の中にこれを参考にしようと思えば可能な時間的余猶はあったことになる。

『赤い鳥』との関係ではないが、「注文の多い料理店」についてはさらに次の事も考えられる。

寛保二年（一七四二）十月の序文を持つ『老媼茶話』の中に「山中の鬼女」という題の一話がある。木曽の山中で道に迷った旅人が一軒家を見付けて宿を求めたところ、五十ばかりの女が出て招じ入れる。女が囲炉裏に鍋をかけて何か煮ているので、飢えた旅人が食を乞うと、「これは人間の食うべきものではない」という。見ると女の顔はすさまじい鬼女に変っており、鍋の中に煮えているのは人間の首や手足であった。旅人は忽ち逃げ出し、ある辻堂の仏像の後に隠れたところ、追いかけて来た鬼女はその姿を見付けることが出来なかったという話である。同書の「舌長姥」も同趣の話で、最後の部分は「今迄ありし庵もなく消て、荒々たる野原と成」、「遠き叢に骸骨ばかり残りたり」となっている。この方は延宝五年版の『諸国百物語』に出ている旨付記されているが、かかる話は他にもいろいろある筈で、謡曲「安達原（黒塚）」もこの類である。また、東北地方にはこの種の民話伝説がいくつも語り継がれていたに違いないし、賢治がそういったものを知らなかったわけはない。

「注文の多い料理店」も煎じつめればこういう形に帰着する。山中で山猫に食われようとして幻影の料理店に招じ入れられるというのは、鍋に煮られる為に鬼女に招じ入れられるのと原形的に一致する。賢治は耳に聞いていた伝説や、目で読んだ古い作品をもとに、この一篇を書いたのではあるまいか。もちろん西洋風の脚色によってこれを再生させ、微塵もその陰惨さが出ない様にしたばかりでなく、近代的な諷刺を加味することにまで成功しているのである。この際にも、西欧作家の趣向を借用したという可能性を否定するわけにはいくまい。

『老媼茶話』は柳田国男と田山花袋の二人によって編まれた「帝国文庫」の『校訂　近世奇談全集』（明治三十六年三月十七日発行）に収められており、『宮沢賢治全集』第十一巻月報の小倉豊文「賢治の読んだ本」によると、「帝国文庫」も賢治が読んだ文学書の一つに挙げられているのである。なお、

室はけむりのやうに消え、………見ると、上着や靴や財布やネクタイピンは、あっちの枝にぶらさがったり、こっちの根もとにちらばったりしてゐます。

という部分など、先に引用した「舌長姥」の終りの部分の現代版とも言えよう。

2　「やまなし」

「やまなし」は大正十二年四月八日『岩手毎日新聞』初出で、これもまたよく知られた作品である。

小さな谷川の底を写した二枚の青い幻燈を見て下さい。（初期形）

で始まり、「五月」と「十一月」（最終形では十二月）」の二枚の「幻燈」が示されている。水の底であどけない会話を交わしている二疋の兄弟の蟹の上を、「五月」の昼は時折り魚が過ぎる。かわせみが飛び込んで魚をとらえてゆく。白い樺の花びらが流れる。「十一月」では水の底まで月の光が一杯に入る。静けさを破って山梨が一つ落ち、沈んだかと思うと浮き上ってゆく、といった風景で、青を基調とした静寂と清潔感に満ちた一編

である。

水中風景を描いたという点で、これは賢治作品の中で特異のものということが出来ると思うが、『赤い鳥』の中にこの種のものを見るに、次の三篇が挙げられる。

楠山正雄「ピアノ」（大正十三年三月号）

小川未明「なまづと、あざみの話」（昭和三年五月号）

平塚武二「海におちたピアノ」（昭和七年六月号）

このうち、「ピアノ」と「海におちたピアノ」とは文章こそ違え、内容的に同じものであり、後者に「（ストリンドベルクによる）」という注記が標題に施されているから、両者ともストリンドベルク（一八四九―一九一二）原作のものの翻案であることは間違いがない。汽船から荷揚げする途中、誤って海に落ちたピアノを水中の魚類の側から描写している作品であるが、念のために両者の冒頭部分を並記しておく。

ある時鰻のおかあさんが息子と二人、海の中にもぐりこんで、子供が一人つい上の汽船の桟橋で、釣竿をせつせとこしらへてゐるところを下から見上げてゐました。

「ごらん、あれを。」と鰻のおかあさんは息子にいひました。「人間はあのとほりいけないわるだくみばかりしてゐるのだよ………ほら、鞭のやうなものを手に持つてゐるだらう。（後略）」

でもその時、貝殻や藻を満開の花のやうにつけた海草の林がぐら〳〵動きました。けたゝましく水を切る音と、ごう〳〵うなるやうな音が聞えると思ふと、そこへ大きな赤い鯨が頭の上を通つて行きました。

コルク抜きに似た尾鰭をしよつて、それをばたん〳〵動かしながら進んで行きました。

「あれは汽船だよ。どいておいで。」と鰻のおかあさんはいひました。

（中略）

その時まつたく、何ともかともいひやうのない事件が持ち上がりました。最初それは、六十斤位な材木が二つにさけたやうな音でした。やがて、ぼこん〳〵と水の中に深い〳〵穴が、それは海の底まで届く位の深い穴があきました。そして大きな石の間にはさまつて、それは真黒な何かの棚のやうなものがぴよこんとつつ立つて、からんころん、からんころん、歌を歌つたり、音楽をやつたり、穴の中にもぐりこんだ鰻の親子のすぐ頭の上で、いつまでもいつまでも鳴りやみませんでした。

（楠山正雄「ピアノ」）

お母さんのウナギと子供のウナギが、汽船のつくさん橋のきはの海のそこに住んでゐました。今は夏です。さん橋の上では、一人の男が、つりをしてゐます。

「あれをごらん。」と、お母さんのウナギがいひました。

「人間はあゝいふふうに、ずるいんですよ。ほら竿をもつてるでせう。（後略）」

そのとき、急にあたりの海草や、貝殻やマヒ〳〵虫がゆれだして、ぴしや〳〵といふ音がきこえて来ました。つゞいて、とん〳〵といふ音がして来ました。と、まもなく、赤い腹をした、クジラのやうな大きなものが、ウナギたちの頭の上を走りすぎました。そのおしりのところには、大きなコロップぬきのやうなものがついてゐて、ぐる〳〵がぼ〳〵とまはつてゐました。

「あれは汽船よ。」と、お母さんのウナギがいひました。

「さあ、もう、あつちへいきませう。」

（平塚武二「海におちたピアノ」）

水底に落ちたピアノが音を立てるという着想は、ストリンドベルクと殆ど同時代のドビュッシーのピアノ曲

「沈める寺」のそれとも似ていて美しく、すごくファンタジックである。右のあとの部分を平塚武二のもので見てゆくと、夜には「いろ〳〵な魚が、めづらしがつてみに来ました。」母子のウナギがやって来ると、「箱（注、ピアノ）のおもてに」姿が映った。

「あ、、これは鏡だよ。」と、お母さんのウナギはいひました。

「さうだ〳〵。」と、ほかの魚たちも、めい〳〵にすがたをうつしてみながらいひました。

アジが一ぴきやって来ました。

あとに又、タラ、トゲウオ、ススキたちがやって来て、その正体が何であるかについて様々のことを言い合う。そのうちに子供たちや若い夫婦が栈橋に来て、魚たちがふれあうことで鳴るピアノの海底の音を聞く。釣りの人も来る。

やがて、雨のふる季節になつて、海の水があたゝかくなつて来ました。魚たちは、冷たいところが好きなので、みんな、もつと〳〵ふかい方へいつてしまひました。ですから、ピアノは、もう鳴りませんでした。

八月の、月のあかるい夜が来ました。

月夜に来たのは、もとのピアノの持主。そのうちに秋が来て、嵐が吹き出すと、数千のアヲウヲの群が来て、ピアノの中を通りぬけ、音を立てる。その晩ピアノは遠くへ流されて行ってしまうのである。

残る、も一つの小川未明の作品は、以上の二作品と違って、釣針が咽喉にひっかかって死んで行った鯰と、その鯰に同情の余り病気になった薊の花との物語なのであるが、冒頭部分に先の二作品と似通ったところがある。

春の日光のあたる川の中の青い世界、そこに「いろ〳〵の魚たちが、面白をかしく、ちやうど人間が地の上で生活するときのやうに、棲息してゐ」て、子供の魚たちは水面で見て来たことを、夕方に戻って来た巣の中で語って聞かせる。大きな船をあぶなく避けたこと、岸に竿を持つ人間が行き来していたことなど。「あか〳〵と水の上をいろどつて、夕日は沈みました。水の中は、一そう、暗く、うるはしいものに思はれました。このとき、銀のお盆を流したやうに、月が照らしたのです。」そして親子の魚たちの間に次の様な会話が交わされる。

「お前たちも、あんまり方々を遊び歩かない方がい丶よ。（後略）」

（中略）

「お父さんも、お母さんもお休みなさい。」（中略）

「みんなも、つかれたらうから、よくお休みよ。」と、親たちは、答へた。そして、魚たちは、巣の深みへぢつとして、静まつたのであります。

こう見てくると、ここには先の二作品の冒頭部分との類似が見られるばかりでなく、賢治の作品も疑いなく影を落しているように思われる。月の光の青く透った水の底で、お父さん蟹が「もうねろ、ねろ、遅いぞ。あしたイサドへ連れてかんぞ。」と言っているあたりが、右に透けてみえる。「やまなし」発表から五年後の作だから、小川未明がこの作品を見ている可能性は十分にあると思う。もっとも彼が直接ストリンドベルクの原作によって冒頭部分を着想したとも考えられないではないが、作品の重点がそこにないことから借りものの感の方が強いのである。

さて、先のストリンドベルク作による二作品に戻って、これを「やまなし」と較べてみるに、母子の鰻は

「やまなし」における兄弟の蟹と父蟹とに当る。頭の上を過ぎる赤い腹の船は「やまなし」の銀色の腹をひるがえす魚に当り、船から落ちたピアノは魚をとらえに「てつぽう丸のやう」にとび込んで来た「かはせみ」であり、また、「黒い円い大きな」「やまなし」である。その他に、両者に共通して水中の描写がある。それよりも先ず、作品の舞台が終始水中であって、二尾の魚類の対話から書き起されていることは、両者の明らかな相似を示しているのである。

このことから、私は「やまなし」はストリンドベルクの作品の影響から生まれたものと考えたいのであるが、『赤い鳥』の先の二作品が「やまなし」発表後のものであること、楠山正雄の「ピアノ」がストリンドベルクの原作によった最初の作品であると考えられること等から、賢治は楠山正雄の拠ったであろう原書と同じものを見たに違いないと思う。原作がいつ書かれたかは遽かに明らかに出来ないが、ストリンドベルクが生活が安定して創作に専念し出したのが一八七五年（二十六歳）前後からのようであるから、この作もこの頃以後と見てよいかと思う。随分感性のとぎ澄まされたロマンチックな作品である。

いうまでもなく、ピアノが海に落ち、これが水中で微妙な音を立てるところが作者持ち前の神秘性と美意識とが発揮せられていて重要なのだから、これをそのまま自分の作に持込むことは出来ない。そこで、賢治は原作にひどく惹かれつつ、その部分を独自のものに変え、一枚の「幻燈」を脳裡に描いたのに違いない。青のいろと静寂とを基調とし、水面には季節の推移があっても、殆ど時間の流れていない水底は、幻燈にふさわしい世界である。だから、

「クラムボンはわらつたよ。」

「クラムボンはかぷかぷわらつたよ。」

などと、意味のない会話を兄弟の蟹に繰返させたり、めいめいの吐く泡の大小の較べっこをさせたりした。ま

た、静寂を破ることで一そう水中の超時間性を印象づける為に、「かはせみ」「白い樺の花」「やまなし」等を登場させ、同時に色彩の効果をも顧慮した。そこに賢治独自の世界が生まれたのだと考えたいのだが。
なお、山梨が水中に落ちるという着想は、それ自体新鮮なものであるが、これより早く『赤い鳥』に白秋の林檎の例がある。次に掲げる。

水面
光リカヾヤク水面《ミツノモ》ニ
ポント落チタル音シタリ。
飛沫《シツキ》ハネアガリ、波光リ、
落チタルモノノカゲモナシ。
飛ビ込ミシモノ、ヤヽアリテ
ツラ〱ト躍《ヲド》リアガル。
マンマロキ林檎ナリケリ。
麗《ウラ》ラカヤ方法界
光耀《カガヤキ》ノフカサヤ

これは大正三年十二月刊の詩集『白金の独楽』所収のものであって、昭和六年十月号『赤い鳥』の講評欄に

「曽ての私の詩にこんなのがあります」として白秋自身が紹介しているものである。賢治が見たとすれば詩集の方であろうが、それが直接「やまなし」の発想につながっているかどうかは疑問である。ただし右を、

そのとき　トブン。

黒い円い大きなものが天井から落ちてずうつとしづんで又上へのぼつて行きました。キラキラツと黄金のぶちぶちがひかりました。（「やまなし」）

と比較してみるのも面白かろう。

三

『赤い鳥』を見て行くと、賢治の作品、あるいはその部分に似通ったものが、他にもまだ見当る。賢治の作品は多くのものが生前未発表で創作年時が不明であるから、軽々しく作の前後を言うことはできないのであるが、一応そうした作品を列挙しておくことにする。『赤い鳥』の発行年次順に挙げる。

青木茂「虫のお医者（童話）」（大正十一年一月）――「セロ弾きのゴーシュ」（生前未発表、昭和六年～八年頃の作かといわれている）

雌蜂が病院を開く。第一番に野鼠の母が子鼠の腹痛を治してもらおうとやって来る。「先生。どうかこの子だけは助けて下さいまし。」、療法を教えてもらって帰ったら、からりと治った。次に蝶の家へ往診してその子の毛虫を診るふりをして、刺して食うなどというのが前者。賢治作品の野ねずみの登場する場面と似ている。

鈴木三重吉「ディーサとモティ（実話）」（大正十三年五月）‖「オッベルと象」（大正十五年一月『月曜』創刊号）

印度のある地方でコーヒー栽培の為に森林を伐採していたイギリス人が、土地の人と象とを使っていた。土地の人ディーサは大酒のみ。象のモティをうまくだまして使うので、モティは怒らない。ディーサが十日間の暇を貰うが、帰り遅れた十一日目にモティがずるけ出すと、雇主が鞭でおどす。象が反撃し、ついに他の象たちをも怠けさせる。ディーサは、モティが暴れ廻って雇主の家も何も叩き潰していないかと思って帰って来たが、幸いにそういうことはなく、うまく元通りになったというのが前者。賢治作品は、このような「実話」を利用したのではあるまいか。

小川未明「青い釦《ボタン》」（大正十四年一月）‖「風の又三郎」（初期形「風野又三郎」、大正十三年二月生徒に筆写させたという、生前未発表）

狐に似た顔の女の子がある日とつぜん転校して来たというのが前者であるが、更に昭和六年十二月号の今井鑑三の「川島君（童話）」というのも転校生の話で、何れも急に去って行く。こういう発想のものは当時よくあったのではないか。勿論賢治の作品は、それに異次元のものを付加えてゆくことになるのではあるが。

小川未明「鼠とバケツの話」（大正十四年七月）‖「ツェねずみ」（大正十年頃かといわれている。生前未発表）

何れも鼠の世界の話。賢治作品にも、鼠がちりとり・ばけつ・ほうき等と交際したというところがある。「クンねずみ」はその続編ともいえるもの。なお『赤い鳥』昭和三年六月号の丹野てい子「桃色リボン」も鼠の世界。こういった発想は当時珍しくなかったようだ。

大木篤夫「十二の月」（大正十五年五月、六月）――「水仙月の四日」（大正十一年一月初稿）

賢治の作品は猛吹雪の中を一人の赤毛布にくるまった子供が家へ急ぐ途中、倒れて雪に埋まってしまう――あとで助かるが――というもの。大木作品は「むかし、或る北の国にあったお話」として、召使の少女が雪山で力尽きた後、不思議な光景を見る。少女をいじめたお嬢さんがそれに倣って雪山に行くが、捜しに行った母ともども吹雪の中から戻らなかったという後話が付く。外国ものの原作に拠ったかと思われるが、賢治も土俗的伝誦的なものをもとに加味したのかも知れない。大正十六年一月号『赤い鳥』の宇野千代「空になった重箱」の中にも、山越ししようとする子供が雪の中で倒れ、埋ってしまいそうになって不思議な光景を夢見る部分がある。この作品は同年（昭和二年）二月号で完結するのであるが。

鈴木三重吉「『年』の話（アンデルセン）」（昭和二年七月、八月）――「タネリはたしかにいちにち噛んでゐたやうだった」（生前未発表、大正十三年春頃の作か）

雪の野で雀たちが春の来るのが遅いと言いあっていると、雪丘から「のろいよ」という声がする。冬のおじいさんである。やがて「鴻の鳥」が春の王子と王女とを運んで来る。二人が歩くところ、雪の下から白い花が咲き出る。春風が靄を吹き払う。小川は流れ、鳥たちが歌う……そしてやがて夏が来る、というのが前者。賢治の作品は難解で諸説あるが、まだ冬枯れの野の風景の中に春を予感するタネリのリズミカルな行為が描かれていると見れば、前者の、冬と春の交替の空気の様なものを更に微妙に表現していることになる。アンデルセンの原作に接することによって、彼の感性が描き出した心の詩ではなかろうか。

福永渙「馬鹿をどり」（昭和三年九月）――「虔十公園林」（生前未発表、大正十二年後半清書したか）

生れつき智恵が鈍くて馬鹿平と呼ばれた百姓の息子が踊りの名人として人々に見直されるようになった、というのが前者。後者は人から馬鹿にされていた男が、父に杉苗を買って貰って植えた場所が後に子供の遊び場になり、死後は虔十公園林と名づけられて残ったという話。似たような作品に新美南吉の「牛をつないだつばきの木」（昭和十七年五月）があるが、『赤い鳥』所載ではない。三者ともテーマは変らないが、後の二つは人々を裨益するものを創るという点が前者と違う。よけいなことを付加えると、「虔十（けんじゅう）」というのは「けんじ（賢治）」のもじりで、後の「デクノボー」精神といわれるものを、こういう形で早くも表現していると見ることが出来よう。但し、これは既に指摘されていることかもしれない。

中西秀男「舞踏会（童話）（リチャード・ヒューズによる）」（昭和十一年六月）――「どんぐりと山猫」（大正十年九月初稿）

サリイという女の子のところへ一通の手紙が届く。目に見えない手紙なので「門の柱」に読んでもらうと「今晩あたしのお城に舞踏会がありますから、どうぞおいで下さい」というものだが、それがどこにあるか判らないということで始まる前者は、山猫から葉書で裁判の招きを受けたという後者とは違うものの、やはり類似点はある。また木の天辺に上ったら停車場があって、汽車に乗ると空中を走って、間もなく次の停車場に着いたというところが前者にあるのは、「銀河鉄道の夜」の着想と係わる様に思われる。リチャード・ヒューズについては知り得ないので、何とも言えないが、賢治との間に何らの係わりもないとすれば、ふしぎな一致と言うべきであろう。

以上不確かなことばかりを書き連ねて来たが、賢治と『赤い鳥』とが同時代であるという事実をふまえて考えると、両者の間には何らかの相互関係があったとする方が自然であろう。その明確な指摘は出来ないにしても、そこに一つの時代性を感じ取って貰えさえしたら、私は空しさを覚えなくて済むというものである。なぜといえば、私はまさにその時期に少年時代を過し、その雰囲気を身にしみ込んだように知っているのだから。

童話「四又の百合」とタゴールの詩　（『タゴールと賢治』補遺）

近年の拙著『タゴールと賢治』所収の一篇「『ギータンジャリ』の一つの詩と『四又の百合』」の中で大切な事を一つ書き洩らしている。実はタゴールの詩集『Fruit Gathering（果物籃）』の中の一つの詩が「四又の百合」にいろんな点でよく似ていることを先にメモしておいたのであったが、すっかり忘れていたのであった。今になってようやく気付いたので、そのことについて書いて置きたいと思う。

さて散文詩集『Fruit Gathering』は、タゴール自身がベンガル語から英訳したものだということである。彼の英詩集『ギータンジャリ』に四年遅れて一九一六年（大正五年）十月にロンドンのマクミラン社から刊行されている。邦訳では大正三年以降、タゴールが間もなく来日するということもあって、その業績の紹介が雑誌や単行本の中で次第に頻繁になったけれども、抄訳さえ昭和期に入るまではなされていないようである。(注)

（注）「果実拾ひ」小林紅之訳（昭和四年六月「イギリス文学」臨時増刊、タゴール号）、『木の実拾い』その他より」片山敏彦訳（昭和三十三年五月「アポロン」創刊号、タゴール特集）が昭和期に入っての抄訳の一例（前者は『タゴール生誕百年祭記念論文集』による。未見）。但し文献目録に記載の不備があったり、記載のない雑誌等に抄訳のなされている場合があったりするかも知れない。

私の知る限りでは角川文庫の『タゴール詩集』（昭和三十二年初版、山室静訳）の中に「収穫祭から」として二十五編の抄訳――これは名訳である――が収録されているのが最も多い最初であり、その四年後のアポロン社版『タゴール著作集』第五巻（昭和三十六年二月初版）に「果実籃」の題名で片山敏彦訳の八十六篇が収録せられているのが最初の全訳であると思われる。（昭和五十七年六月初版の第三文明社版『タゴール著作集』第一巻に山室静訳の「果実あつめ」四十六篇が収録せられているが、約半数の抄訳である。）

この詩集の特色については、山室静と片山敏彦とがそれぞれ述べている次の言葉が参考になる。

●山室氏――（「園丁」「新月」「ギタンジャリ」は別として）その他の集は恐らく今までに紹介されていない。そのうち「果実採集《フルーツ・ギャザリング》」――いかにも拙い訳名だが（この集では「収穫祭」とした）――は最もすぐれ、或いは氏（注、タゴール）の頂点を示す。

（『タゴール詩集』の「あとがき」）

●片山氏――詩集としての特色は『ギターンジャリ』に近い。すなわち神への魂の愛の祈りが基調であり、ときにはこの愛が人間的愛情に反映している内的風光として表現されている。

（アポロン社版『タゴール著作集』第五巻「訳者のあとがき」）

片山氏は全訳でこの詩集の題名を『果実籃』としている。小論では氏の訳詩を取り上げるので、以後詩集名をこれで書くことにするが、『果実籃』も『ギタンジャリ』もタゴールのいわば完成期に属する詩集であるから、内容的に近いのも当然であろう。その一例が『ギタンジャリ』第五十番の詩と『果実籃』第三十二番の詩である。

『ギタンジャリ』の第五十番の作品は、村を乞食して歩いていた「私」が「王様（実は神）（注）」と接触した際のことを謳ったもので、タゴールが初めて来日した折に、日本女子大学校の講堂で自ら朗読したことで周知の詩である。「私」は最初王様が神であることが判らなかったので、その要求に応じて頭陀袋の中からたった一粒の米（corn、麦とする訳もある）を差し出したに過ぎなかったが、後に神であったと知り、持ち物の凡てを捧げたらよかったと悔やむといった内容であるが、『果実籃』第三十二番の詩は、場面の具体的描写がないだけで、趣意は全く同様なのである。つまり王様の要求に対して最初「私」は何も捧げまいと考えたが、それは王様の正体を知らなかったからであって、結局は神様だったのだと悟り、私の凡てをその足許に捧げたいと思うに至った、というのがその内容なのである。

（注）キリスト教などの神でないことは言うまでもない。それは『ウパニシャッド』にある「ブラフマン」（宇宙の最高の実在）を指している。

さて本論に入るが、賢治の童話「四又の百合」とタゴールの詩集『果実籃』第十九番の詩との間に酷似する点があることを述べようというのが小論の目的である。先ず此の詩の内容は次の通りである。

庭作りのスダースが、冬枯れに咲き残った蓮の花を我が池から摘み取って、王宮の門へ売りに行こうとした。ところが、途中で逢った一人の旅人が仏陀へお供えしたいからと請うたので、彼は「金貨の一マーシャ出したら売る」と言う。話が決りかけた所へ王様（神ではない）が出て来て、これから訪ねて行く仏陀へのお供えにその花を手に入れたいと思って、「旅人が一マーシャなら自分は十マーシャ出す」と言った。旅人がそれならその二倍を払うと言うので欲が出た庭師は、どちらへも花を売らないことにした。さて彼は郊外の林で仏陀に会う。そこで忽ち仏陀の慈悲の光に打たれ、即座にその蓮の花を仏陀の足許に供えたのであった。

これに対して「四又の百合」では、一本の百合の花を持った素足の子供と王の使者である大蔵大臣との間に、如来に捧げる為の花を売る売らぬで問答する場面がある。この点の近似について先ず述べてみたい。

(1)

庭師スダースの蓮花は「冬枯れの中に残っている最後の」とあるから一本だけのものである。また「はだしの子供」の持っていた百合の花は、林の中で「すかして見ても」見付けられないのだから、これも貴重な一本であろう。花の種類は違うが何れも一本しかない。これが第一の共通点であるが、その一本しかない花が最後的には仏陀に捧げられるというのが第二の共通点である。仏に捧げる花といえば蓮が通常であるのに、賢治がそれを斥けて百合としたのには何か訳があるのであろう。多分如来来臨の清澄な雰囲気を与えようとする作品には百合がふさわしいと考えたのでもあろうが、後にも述べるように、タゴールにも、やや似た場面に百合を配した詩がある。

次に両作品では庭師スダースと裸足の子供とが概ね正反対に設定されている。スダースは俗人で欲心がとめどもなく増長するのに対して、子供は全く欲心がなく、全く無邪気である。即ちスダースは相手の王様が買値を釣り上げると欲が出て、「この蓮の花は売れません」と言い放つ。これに対して裸足の子供は、「売れ」と言われて、つい「十銭」と言い、「高い」と言われると次第に値を下げ、一銭で話を決める。この清浄心と欲心との対比には密接な関係が認められると思う。ちなみに大正末年の頃、一流の雑誌が五十銭、駄菓子が一銭前後であった。

大臣も無欲らしくて一銭の代りに「紅宝玉の首かざり」を渡す。不審に思った子供は花の用途を尋ね、応えが返った途端に「そんならやらないよ」と首飾りを投げ返した。結局大臣に花は手渡され、花は更に王様の手に入り如来に捧げられることになるのであるが、このように相手に花を渡すことを子供は一旦拒否し、庭師は最後まで拒否する。そしてその値段の交渉過程が正反対である。この正反対ということにも両作品の同質性、少くとも近似が認められると私は考えるが、どうであろうか。

更に付け加えて言うと、「四又の百合」では如来正徧知が明朝河を渡って王城の町に来られるということになっているが、現在時点で町の外の林に在すということになっていることでは両作品とも同様で、『果実籃』の詩では「マンゴーの林」とあり、「四又の百合」では「青い林」とある。また後者で正徧知がいよいよ行動を起された時の様子を、

川の向ふの青い林のこつちにかすかな黄金いろがぽつと虹のやうにのぼるのが見えました。

と描写されているが、これに似た表現はタゴールの別の詩の中に見出すことが出来る。

夜は衰え、星は天空に青ざめた。突然朝暾（注、朝旭の意）の一触が万物を金色に染めた。一つの叫びが口から口へと伝わる——「曙が来る！」

（詩集『捉えがたきもの』所収「はてしもないこれらの準備は」で始まる四節の散文詩、山室静訳）

これは新しい生命（嬰児）の誕生を神の来臨に準えて謳った詩の、その来臨の近いことを告げる部分で、何れも同様の状況の描写であるが、その誕生の瞬間の場面では、それを迎える為の一切の準備の宏壮な建造物が砕け、散乱して、見るべきものとしてそこにあるものは「ただ朝の星と、露に洗われた百合と」があるばかり

だったとある。そこに「百合」があることは注意してよいと思われるのである。

又、「四叉の百合」が如来正徧知の来臨を待望する人々の思いを描いた作品であると同様に、タゴールの詩集『ギタンジャリ』の全篇もまた「神」の来臨を渇望する思いをテーマとしていることは今更言うまでもないことであり、『果実籃』の多くの詩篇もその思いに貫かれていることを付言しておきたい。

なお、先に挙げた『果実籃』第三十二番の詩は、最後に「王」が神であった事を悟り、「私の凡てのものを王に捧げたい」と思うのであるが、最初は王が「みつぎ物」を要求したのに「私」は「逃げた」のであった。その逃げたという過程を欲心に仕立てたのが同詩集第十九番の詩なのであろう。

タゴールの詩と「四叉の百合」との酷似について述べたいことは以上であるが、次にはこれに付随して思うところを次に述べておきたい。

(2)

童話「四叉の百合」にはあって『果実籃』の先述の詩にない部分は、前者の前半分の所である。そこに描かれていることは、如来正徧知を迎える為に、王が「千人の食事の支度」を命じたり、早急に「城外の柏林に千人の宿をつくる」ことを命じたりするが、人々は王の命令を待つまでもなく、家内を整頓し表通りを清掃し、「大膳職」も「造営」の係もそれぞれの仕事を始めたり、すぐにも取り掛れる態勢にあったりしている、ということである。

ところで此の「千人の食事」「千人の宿」であるが、王の富力あって始めて可能のことである。先に引用した『捉えがたきもの』所収の詩では、準備として鋭意建てられた建物の一切が来臨の瞬間に砕け散り、地上にあるものとしては百合の花だけということであった。砕けた建物とは「宮殿の七つの翼廊」を始めとする「高

い建築」群であったが、

● 今日は来臨の日である。しかも汝の建築が道をふさいでいる。

● 心よ、お前はおのれを閉じこめるべく壁を建てている。お前の召使らはおのれを奴隷にすべく働いている。しかし全地と無限の空とは嬰児のため新しき生《いのち》のためにある。（山室静訳による）

と、そこでは謳われているのである。同様の思想はタゴールの他の作品にも繰返し表われ、例えば『果実籃』第三十四の詩に、王の造った「黄金づくりの寺院」を見向きもせず「家の外の塵ぼこりの中にすわって神の愛を説」いていて、「何故か」と王に詰られた聖ナロタムが、

「あなたのあの寺院の中に神が居られないからです」

と応えて王の怒りを買ったとあるのがそれであるし、戯曲「郵便局」の最終場面で、掛り付けの医者が閉め切りにさせておいた病室の戸や窓を、王（神）の侍医が忽ち明け放たせることで、死の病床にある少年アマールが安らかに王の来臨を受け容れることを可能にしたというのも同様である。

ところが「四又の百合」では丸っきり反対で、王様の行為が凡て肯定的で美しいものとして描かれている。王様は如来正偏知を迎えるべく自らヒームキャの川岸に立ち、百合の花を捧げる為に大臣に花を捜して来るよう依頼している人であるし、大膳職も造営係りも「奴隷」どころか、自らの意志で準備にいそしんでいるといった風である。

同じ如来の来臨を迎えるのに、この大きな差違があるのは何故であろうか。貧しい農民の味方であった賢治が富者の肩を持つわけはないのだから、いくら誠実な王様でもあのような大掛りの準備をするように描くことは一寸考え難いと思われる。それに又、千人の食事、千人の宿舎というその人数が多すぎる。第一河を渡って千人の従者が来るというような図はこの作品世界にふさわしくないし、仮にその人々を聞法者と考えてみて

も、ふさわしくない。

この人数のことは王の誠意を示す為の誇張されたフィクションと考えることとして、では何故あのように描かれたのかと思うに、「四又の百合」では、人心がすべて如来正徧知の来臨を渇望するという点で一致している、ということは、別言すれば上下の別なく正徧知その人の慈悲に包まれていることを表現することに作品の主眼が置かれているからであって、この作品に立場の上で対立する者が一切なく、従って清澄感に満ち、一点の翳りもないのはその故である。

さてそのように考えると、如来を称える純な心の高揚は、究極的にはタゴールのどの詩篇の心とも相違するものではないと思われる。例えば『ギタンジャリ』は、別名『Song Offering（歌の捧げもの）』とも呼ばれているように全篇が神への讃歌であるし、『果実籃』も然りで、冒頭の詩は、

　わたくしにお命じになりますなら、わたくしの果実を取りあつめて、それらを籃にいっぱい入れて、あなたのお住居へ持ってまいりましょう——いくつかは見うしなわれ、またいくつかはまだよく熟していないのですが。

と神に語りかける言葉から始まっているのである。

私は前著『タゴールと賢治』の中で、

　賢治が『ギータンジャリ』の第五十番（注、妹トシがタゴール自身の朗誦を耳にしている事から考えて）を最初に読んだ時のショックだけで此の作品（注、「四又の百合」）が着想されたと考えることはいささか早計かもしれない。（中略）これがタゴールの他の作品に接したいという思いを起させ、実際に『ギータンジャリ』の全詩やその他の作品を読んだと想像する方が穏当のように思うのである。（一三一ページ）

と書いているのだが、そこへ『果実籃』第十九番の詩を持ち込むことによって両者の緊密な関係の度が更に増すと考えたのである。尤も賢治が『ギタンジャリ』の詩をもこの詩をも読んだという證拠はない。然しそれにしてもこれと「四又の百合」との酷似をどう説明したらよいのであろうか。仮に偶然のものとするならば、タゴールと賢治との詩人的思惟の構造の近似という以外にその理由を考えることが出来ないと思わざるを得ないのである。

余談のついでに書き加えておくと、『宮澤賢治語彙辞典』に、「本質的に賢治文学の詩質は、タゴールのそれの超越的な自然把握とコスミックなダイナミズムに近似するものをもっている」（「印度」の項）とか、賢治の作品「学者アラムハラドの見た着物」について「インドの哲学者・詩人ラビンドラナート・タゴールをモデルにしていると読むことができる」（「アラムハラド」の項）とも書かれている。「アラムハラド」という作中人物は、生徒たちに人間の高貴な真実を教え、人間は「ほんたうの道（まこと、真理）を求める」とも述べていて、インドの哲学者としてこのような発言をする詩人・哲学者は、賢治の頃では当時著名であったタゴール以外には考えようがないと私は思う。

第三部　寸見雑想

「学者アラムハラドの見た着物」と「銀河鉄道の夜」

作品「学者アラムハラドの見た着物」の現存草稿は大正十二年の執筆かと言われている。未完成のままになっていて、我々が見得るのは序に当る部分と㈠㈡とだけであるが、㈠と㈡には、アラムハラドと生徒たちが共通して登場はするものの、話が展開して行っているわけではない。その㈠の内容が大正十年頃から昭和六年頃にかけて作者が取り組んだと考えられている「銀河鉄道の夜」と構想や構成の上でよく似ているので、その要点を略述しておきたい。

先ず構成面では、

(1) 両作品とも先生と生徒たちとのいる教場の場面から始まる。但し「楊の林の中」の塾と、近代的な教室での「午後の授業」との相違はある。

(2) アラムハラドが火や水や小鳥などの特性を説明するに対して、教室の先生は銀河の正体を中心問題として提示している。

(3)　アラムハラドが人間本来の特性が何かと生徒に問い掛けるに対して、教室の先生は銀河の実態は何かと問い掛けている。

(4)　アラムハラドの生徒たちは様々の返答をするが、最後の「ほんたうのいゝことが何だかを考へないでゐられない」のが人間本来の特質であるという返答が結論となる。これに対して生徒の一人であるジョバンニは銀河鉄道の夢の中でであるが、万人の「ほんたうのさいはひをさがしに行く」「ほんたうのさいはひは一体何だらう」という考えに逢着する。

(5)　アラムハラドは「それではもう日中だからみんなは立ってやすみ、食事をしてよろしい。」と言い、教室の先生は「ではその銀河のお祭りなのですから、みなさんは外へでてよくそらをごらんなさい。ではここまでです」云々と言い、共に生徒を解放して授業を終えている。

右の(4)におけるアラムハラドの問い掛け、

「人が何としてもさうしないでゐられないことは一体どういふ事だらう」

に対する生徒の最初の返答は人間が歩行する、言葉を発するというのであったが、アラムハラドが待っていたのはそれでなく、人間の精神面のことであった。それでやわらかくこれを斥けて、同じ生徒から巧みに次の返答を引き出した。

(a)　饑饉で多くの人が餓死する時に、饑饉をなくする為に自分の足を切断してもよい。

アラムハラドは感動するが、饑饉はそんな行為ぐらいで止むものではない。それで次々に指名して次の返答を得る。

(b)　歩行や言語以上に「もつとしないでゐられないのはいゝことです。」

(c)「人はほんたうのいゝことが何だかを考へないでゐられないと思ひます。」

これこそ待っていた答えで、アラムハラドは満足する。

ところで、銀河鉄道の中でカムパネルラが突然言った言葉は、

「ぼくはおつかさんが、ほんたうに幸になるなら、どんなことでもする。けれども、いつたいどんなことが、おつかさんのいちばんの幸なんだらう。」

で、この「どんなことでもする」は右の(a)を含めて(b)を考えていることになる。(b)は(a)を一般化したものでありながら見界は更に広い。いずれにしても並々ならぬ考であるが、カムパネルラが続いて言う、

「誰だつて、ほんたうにいいことをしたら、いちばん幸なんだねえ。」

の「いゝこと」は正しく(b)に当る。然し(b)が(c)の「ほんたうのいゝこと」にそのまま当るかどうか。

カムパネルラは友人が溺れるのを見て直ぐに水に飛び込んでこれを救い、自分はそのまま水死する。その行為は(b)を基盤とした(a)の、あるいは(a)以上の考の実行であり、「いゝこと」を実地に果しているわけであるが、又それ自身間然するところのない立派な行為なのではあるが、(c)は更にその上を言っているし、カムパネルラのその行為が究極のものであったとしたならば、それ以後の「銀河鉄道の夜」の話の展開はあり得なかったとも考えられるのである。ジョバンニが最後的に逢着した、

「ほんたうにみんなの幸のためならば僕のからだなんか百ぺん灼《や》いてもかまはない。」

という思想とこれを較べてみると、それが判明する。つまり「ぼくのおっかさんの幸」でなくて「みんなの幸のため」とジョバンニは言っているのである。簡単な比較は避けるべきであろうが、水死が一度で、一人を救った行為であるのに対して「百ぺん」云々というのがそれに対応しており、ジョバンニの思想は右の(c)の意味するところに該当するものであったことになる。

以上のように「学者アラムハラドの見た着物」㈠と「銀河鉄道の夜」とには構想構成の上で非常によく似たところがあることが認められる。敢えてもう一つ共通点を言うならば、その「ほんたうのさいはひ」が何であるかについて両作品ともに語っていないということがある。勿論それは作者自明のことで、「ナモサダルマプフリンカサスートラ（南無妙法蓮華経）」の思想に生きることでなければならないのであろうが、そこは文学作品のことであるから「これは正しいものの種子を有し、その美しい発芽を待つものである。」（『注文の多い料理店』新刊案内）、「断ジテ教戒ノ具タルベカラズ、タダヒタスラニ法楽スヘシ」（『雨ニモマケズ手帳』）ということだったのである。

なお、作品「マリヴロンと少女」の中で、少女ギルダがマリヴロン女史に「先生はここの世界やみんなをもつときれいに立派になさるお方でございます」と言い、「あなたがもし、もつと立派におなりになる為なら、私なんか、百ぺんでも死にます。」と言っているのも、ジョバンニの「僕のからだなんか」云々の発言と同じ思想であろう。もっともこの場合、「あなたがもし、もつと」云々の「もつと」の意味に注意することが必要ではあるが。この作品は大正十年頃執筆かと言われている「めくらぶだうと虹」に大きく手を入れて成ったものであるから、「学者アラムハラドの見た着物」と同じ頃に成ったものでなかろうか。少女ギルダの言葉に見る思想が初稿を改めるポイントになったとすれば、「学者アラムハラド――」の作品と共に「銀河鉄道の夜」の成立に大きく係わるものとして興味ある問題となるが、ここではその指摘に留めておく。

「鹿踊りのはじまり」とブータンの「チャム」

夕方の秋の野原での夢の中で「わたくし」が風から聞いた「鹿踊りのほんたうの精神」の物語として書かれている賢治の作品「鹿踊りのはじまり」（『注文の多い料理店』所収）の主な内容は次の通りである。

鹿にやるつもりで梅鉢草の白い花の下に、食べ残しの団子を置いてその場を離れた嘉十が、手拭を忘れたことに気付いて引返したところ、五、六匹の鹿が近づいて来て、環を作ってぐるぐる廻り始めた。その中心にあるものは団子でなくて手拭であった。鹿たちはそのうち廻るのを止めて手拭の正体を確かめようと試みた後、これが怖いものでないことが判ると又、手拭のまわりをぐるぐる廻りながら角で突いたり脚で踏んだりしてから、団子を順番に食った。それから又環になって廻り、次第に歩調を緩めた後、一列に立って夕陽に向い、拝むようにしたり、太陽讃歌のような歌を歌い合ったりして、又激しく廻り出した。

鹿と自分との違いを忘れて嘉十が芒の中から飛び出したところが、鹿たちは一散に遠くへ遠くへ逃げて行った。

作者自ら書いた「『注文の多い料理店』新刊案内」にこの作品の内容を、「まだ剖《わか》れない巨きな愛の感情です」として、無心に遊ぶ鹿、その鹿と一緒になって踊ろうとする人間のことだと紹介している。「鹿踊り」そのものの実際については作品の中に、「いま北上の山の方や、野原に行はれてゐた」云々と書かれているのであるが、『宮澤賢治語彙辞典』では「宮城県北、岩手県南に広く分布し、ことに花巻辺りでは剣舞《けんばい》と並んで今は観光名物となっている踊り」云々とある。

昨年（一九九四）十一月十日大谷大学で、私ははからずも「ブータンの仮面舞踏」と題する講演（スライド映写付）を聴き、「チベット仏教の声明《しょうみょう》」の実際に接した。どちらにも感銘を受けたのであるが、後者はさておき講演の中に「鹿踊り」のことがあって、その状態が右の作品の場面によく似ていると思ったので、それについて記しておきたい。なおその際に買い求めた〈アジア民俗写真叢書〉の一冊『ブータンのツェチュ祭〈神々との交感〉』（写真永橋和雄、文今枝由郎）の記事を参考にする。著者の今枝氏は嘗て十年間ブータン国立図書館顧問を勤め、現在は「ブータンの文化と自然の会」事務局長。私の聴いたのも氏の講演であった。

ブータンは「チベット仏教最後の砦」だということであるが、仏教の伝来は日本よりも一世紀遅い七世紀前半のことだそうである。その初伝からかなり後になるが、蓮の花から生れ、釈迦に次ぐ第二の仏と崇められているグル・リンポチェが忿怒尊の姿で虎に跨って空から飛来し（これには異った伝説もあるが、実際は彼はパキスタン生れで、インドで修行して高僧となり、八世紀後半チベットに招かれたという）、土着の神々を調伏して仏教を広めた。そして調伏された神々は仏法を護ることを誓約して護法神となったと言われている。このグル・リンポチェは、伝記によると鹿に乗って世界一周をしたというが、「毎月（ブータン暦による）十日の法要の場には必ず戻って来る」と遺言したので、各寺院ではその日に法要を行って彼を迎える。その法要を「ツェチュ」

と称し、その際に行われる「チャム」と称する舞踊による見世物的の儀式（あるいは劇）があって、殆どの場合仮面を付けるのであるが、忿怒尊や骸骨等の面の他に動物の面のことも多く、その中でも鹿の面は極めて重要とされる。講演では、「チャム」の初めごろに四頭の鹿面の踊りがあり、終りでも又、鹿面の踊りが行われると聞いたが、この点はあるいは聞き誤りだったかもしれない。

「チャム」には色々と種類があり、寺院によって演出も違うようであるが、見物衆が最も真剣なまなざしで見るのが閻魔大王の法廷を題材とした仮面劇であるに対して、儀式的性格の強いのは忿怒尊を中心とした仮面舞踊劇だそうで、この方が「鹿踊り」に近いと思われる趣を持っている。その舞踊劇というのは、次の通りである。

先ず悪霊を封じ込めた三角形の小さな黒い容器が僧侶、あるいは骸骨仮面の三人によって舞台中央に運び込まれる。舞台といっても寺院の境内の石畳や草原の上のことで、老若男女や子供の群集が周りを囲んでいる。次いでその黒い箱を中心にして仮面の動物たち約八頭——もちろん鹿も入っているが、忿怒尊八人のこともある——がその周りを身軽に踊り廻る。手に手に魔法の棒を持って悪霊の在り処を捜して踊るのである。最後に悪霊をつきとめるのであるが、そのつきとめた悪霊を忿怒尊面の踊り手が楔形の短い宝剣、あるいは刀で誅殺する。ここがクライマックスで、その後はグル・リンポチェの召使格のギン——これも仮面で——というのが仏法の勝利を喜んで、激しく太鼓を打ち鳴らしながら舞台狭しと踊り廻る、——大体この順序で舞踊劇は進行するのである。一寸注釈を加えると、グル・リンポチェは八つの名前八つの分身を持ち、仮面劇の忿怒尊はこの分身だということである。なおグルとは師・先生の意、リンポチェは尊いものの意で、つまりは「尊師」ということであるが、ここでは固有名詞の様に用いられているようである。「リンポチェ」だけでは化身活仏を指すという。

賢治の作品「鹿踊りのはじまり」では、鹿たちが団子を食べたいのだがその側にある手拭を害なすものと疑い、気味悪がってその周りを踊るようにめぐり歩き、正体が判ると又ぐるぐると廻りながらこれを痛めつけてから団子にありつき、又環になって廻った後に夕陽を敬い讃えるのであるが、右に見た「チャム」の悪霊を見極めてからこれを誅殺し、最後に仏を讃えるというのと極めてよく似ている。まるで作者がブータンのこの儀式のことを知っていて、それをヒントにして作ったかと思われる程である。

今ではもう見られなくなって久しいが、子供の遊びに「かごめかごめ」というのがあった。しゃがんで両手で目を蔽った一人の子供を中にして、その周りを多くの子供たちが「籠の中の鳥は／いついつ出やる／月夜の晩に／鶴と亀が滑った」と歌い囃しながらぐるぐる廻るというもので、このような形態はどこにでも発生し得るものかと思われるのだが、鹿の面の役が尊ばれるというブータンの儀式的チャムは、これと較べると形は似ているけれども、やはり特殊のものではないだろうか。神鹿といって鹿を尊ぶ風習も古来日本にはあるにはあるのだが、その由って来るのはどこの何だろうか。

賢治が西域、特にチベットに憧憬を寄せていたことはよく知られている。「インドラの網」や詩「阿耨達池幻想曲」等の作品にはチベット高原とも考えられている情景描写があるし、「ペンネンネンネンネン・ネネムの伝記」には、「ネパールの国からチベットへはいる峠の頂」に「細長い紐のやうなぼろ切れ」を上に沢山結び付けた「三本の竿」、つまり「西蔵の魔よけの幡《はた》」が立っていたというところもある。また詩「亜細亜学者の散策」（『春と修羅』第二集）には「天竺乃至西域」、「亀茲国」の「出土の壁画」等の語も見えるが、更にまた「かながら（注、鉋屑）製の幢幡とでもいふべきものが／八つ正しく立てられてゐて／いろいろの風にさまざまになびくのは／たしかに鳥を追ふための装置であつて」という詩句があって、それが「（八という数や立てられた方位から考えて）ある種拝天の餘習であるか」と続けられているのに特に注意せられる。というのは、この下書稿には「またある種チベット高原などの拝天の……」と一旦書かれていたことが「校本」の「考異」で知られるからである。

金子民雄氏は『宮沢賢治と西域幻想』の中で右の語句を引いて、「明らかにチベットの光景である」と述べている。「八」という数には触れていないが、私はグル・リンポチェの八つの分身ということと関係がありはしないかと思っている。もっともあとで「八つ」を十二とした改作もあるにはあるのだが。

金子氏はまた、仏教がチベットで盛んになった頃、チベット人の民族宗教であったボン教と融合して大いに発展したと述べ、ボン教がシャーマニズムの一種であったことから巫女の踊りのことにも触れ、これが原体剣舞連を連想させるとも言っている。剣舞は鹿踊りと共に花巻あたりの郷土芸能として有名であるが、鹿踊りが概ね八頭一組であり、剣舞も八～十名の踊り子で組を作って踊り、共に供養や悪魔払いが元来の趣旨であったそうであるから、この点でもブータンの「チャム」に似ているのではあるまいか。

書くことが前後するようであるが、「ツェチュ」には「チャム」の他に「アッアラ」の演出がある。これは、アッアラが大鼻の赤ら顔や翁・老夫婦などの面で登場、手に男根を象ったものや睾丸に擬したでんでん太鼓を持ち、いろいろと滑稽な仕種をして見物人を笑わせるものであるが、一年の豊作と民族の繁栄を祈る農民の村祭りの名残がツェチュに包括されたものである。従ってツェチュには農耕儀礼と仏教儀式との二つの性格がある旨が前掲書『ブータンのツェチュ祭』に説明されている。花巻の鹿踊りの起源を考える上で参考になるかと思う。

ギルちゃんはギルカエルか

「アントンギルカエル」という蛙がいる。

私は見たこともないし、どんな蛙であるかをも知らないのだが、とにかくこれが蛙の一種であることには間違いがない。

というわけは、これが「キイロオオトカゲ」と共に絶滅の虞れがある故に、ワシントン条約で輸出入が禁止されているものであることを、新聞紙上で知ったからである。尤も「アントン-ギルカエル」なのか「アントン-ギル-カエル」なのかは判らないのだが、私は勝手に前者だと思っている。(注) 新聞記事は「規制の希少先物取引」の見出しで、ペット販売業者二人がこの蛙のことで書類送検になったという趣旨のものであった（「朝日新聞」一九九四年一月十三日夕刊）。

(注) 韓国の慶尚北道に安東《アントン》があるので、ここにいる蛙の一種なのであろうか。

果してこれが「アントン-ギルカエル」であったら、詩「青森挽歌」（『春と修羅』所収）の「ギルちゃん」や、詩「春　変奏曲」の「ギルダちゃん」等の名前の出所がこれだということになると思う。この名前の出所についてはこれまでのところ定説がないようで、『宮沢賢治語彙辞典』でもドイツに多い女性名の Gilda を有力候補に挙げ、参考に guilt, guilty（罪ある意）、Goruda（インド神話の巨鳥、蛇の敵）を挙げているという状態である。

「ギルちゃん」も「ギルダ」も擬人名であることは確かであろうから言う迄もないと思うが、ついでのことだから簡単に、これが蛙の擬人名であることを述べておこう。

先ず「青森挽歌」のギルちゃんが「まつさをになつてすわつてゐた」のは「草や沼」、「一本の木」のある所であるらしい。「さつきおもだかのとこで」随分「はしやいでた」のでもあったというから、とに角そういう所で賢治は蛙を見ながら、前年に死亡した妹トシのことを強く思い出したに違いないのである。

《どうしてギルちやんぼくたちのことみなかつたらう／忘れたらうかあんなにいつしよにあそんだのに》

という詩句から想起せられるのは、通称「手紙　四」——大正十二年頃賢治が活字印刷したものを中学校の下駄箱に配って入れたと言われる手紙形式の文——の中の、土から這い出した「緑いろの小さな蛙」を石で叩いた後のチュンセの夢にポーセが現われて、「兄さんなぜあたいの青いおべべ裂いたの。」と泣いたという所で、チュンセは賢治、ポーセは前年亡くなった妹トシで、その名は童話「双子の星」に主人公の名として用いられているものである。チュンセの夢の中で亡妹は青い蛙に擬せられており、手紙文は亡妹の行方を捜す趣で書かれている。「青森挽歌」の詩も、旅行中は亡妹の追憶が作者の脳裡を強く占めていたのであるから、右はそれに重なるものである。

さてその詩のギルちゃんは「まつさを」で「青くてすきとほる」色であり、「すわつてゐ」て「こおんなにして眼は大きくあいて」いながら、「ぼくたちのことはまるでみえないやうだつた」というのは、蛙の目玉は前方を見ていないで、空なら見える様なものだからの表現で、従って、詩にはその辺りに空を飛ぶ鳥たちやお日様の様子が描かれている。それでもギルちゃんは「だまつてゐた」のは愈々蛙の姿態であって、それに「ナーガラ（蛇）」がこれを狙っている様が描かれているのは、正に決定的である。

また対話形式で表現された詩「春　変奏曲」（『春と修羅』第三集付録）のギルダちゃんは、「さつきのドラゴが何か悪気を吐いた」せいで咽喉がくすぐったくて笑いがとまらない。ハンケチを借りて口に当てて呼吸してやっと納まるという風であるから人物の様であるけれども、「ドラゴ」はドラゴン（龍）で、蛇を大きく見立てたものであろうから、その「悪気」は蛇の毒気であり、それで笑いが止まらないというのは、先刻蛇の毒気に当てられ、逃れて来たところでのどをピクピクさせながら一所にじっとしている蛙の様子を擬人化したのであろう。これが「春　変奏曲」の一情景で、春の田圃などの水辺であることも詩句で判る。なお、亡妹のイメージが昇華していて全く影を留めていないのは、此の詩が「一九三三・七・五」の日付で、『春と修羅』第一集刊行の一九二三年から十年後のものであるからであろうか。

以上「アントン-ギルカエル」が「ギルちゃん」の語源と考えた上で述べて来たのであるが、もしそれが正しいとしたところで、賢治がどうしてこの種の蛙を知ったのかは勿論判らない。農業関係書に出ていたものか、高等農林学校の講義で耳にしたものか、その辺りでないかとは思うが。また、アントン-ギルカエルなるものの存在についてその筋の専門の人に尋ねてみたいとは思っているが、未だにその機会を得ない。

「羅須」のネーミング

大正十五年三月末日を以て花巻農学校教諭を退職した賢治は、翌四月一日付の「岩手日報」朝刊によると、「経済的にも種々行きつまつてゐるやうに考へられ」る農村を救う為に「東京と仙台の大学あたりで『農村経済』について少し研究したい」という意図を持っていたようであるが、それは止めて、間もなく「羅須地人協会」なるものを開く。それは耕作に従事しつつ「生活即芸術の生がい」を送りたいという、も一つの意図を生かしたもので、同志二十名ばかりと共に幻燈会やレコードコンサートを楽しむ一方で、各自の努力による農作物の物々交換等を行なおうという計画をも持つものであった。

この「羅須地人協会」の「羅須」について賢治自らは、「花巻町を「花巻」というようなもので格別の意義はない」と教え子に話したと「校本全集」の「年譜」にあるのだが、もちろんそれは賢治が詮索しなくてもよいことだと軽く受け流したのであっても、命名の根拠はあったと考えるのが当然であろう。イーハトーヴとかアラムハラドとかクラムボンとか、作中の地名・人名その他についても同様であろうが、賢治はこの様な命名にも特種の才があって、「羅須」もまた不思議な響を持っている。

さて『宮沢賢治語彙辞典』にはこの語義についての諸家の説が紹介されている。一々挙げることは省略するが、ざっと二十種類に近い諸説の多くはこじつけめいている。それはそれで面白いのだが、その中で私が成程と思うのは、「修羅」を逆にした、つまり「まこと」の境地を願ってのことだろうとする恩田説と、それに近い小野説ぐらいのものである。新説として紹介されている「万物を包摂する天地人協会」の「天（そら）」を逆にしたというのもあるが、なぜその言葉を逆さにしなければならないのかがよく判らない。

これ以上屋上に屋を重ねることは無益だろうと思うのだが、私の思い付きをそのまま葬り去るのも心残りなので、一つだけ述べさせて貰いたい。

「羅須」は普通「ラス」と読まれるが「ラシュ」でもある。そこで英語「lush」は発音が（lʌʃ）であり、「みずみずしい」「青々とした」という意味であって、lush pastures が「青々と草の生えた牧草地」、a land of lush vegetation が「草木の茂った土地」ということでもあるから、土地の活性化を念願する農村青年たちの集いという意味を込めて「lush 地人協会」と命名し、宛て字「羅須」を用いたものと考えてはどうであろうか。「青」は賢治が好んで用いた色名でもある。ただし、その語感や全体の字面から受ける感じは一種独特のものであって、賢治の感性によって決定せられたものであることを思わせる。

なお一寸付け加えたいが、タゴールの『人格論』一、「芸術とは何ぞや」の中に「rasa（情緒）」というものが「詩」に欠くべからざる要素であることを説くところがあって、そこには、

これ（注、外界の持つ情緒）は我が梵語の修辞では rasa《ラサ》 と言ひ、吾等の情緒といふ内的胃液に対応する外的なる液汁を意味する。梵語にて詩とは、情緒の胃液を刺戟する所の液汁を含む文章のことである。それは感情によつて生命あらしめられたる観念をば、直ちに吾等の性にかなへる生の資料になさるゝ様に吾等

に供する。

（由良哲次訳『タゴールの人生論』）

と述べられている。つまり、rasa は我々の内面の感情を刺戟するものとして詩の中に含まれ、結果的に「われわれの本性の生の実質」となるものだというのである。「ラサ」は「ラス」とは違うが、発音の近似ということもあって、詩人賢治が右の文を読んでこの点を顧慮した可能性を考えてもよいのではないかと思ったりもするのである。

なお由良哲次訳の『タゴールの人生論』は『Personality（人格論）』の初訳で、大正十二年に出版されている。

タゴールの詩と童謡「月の沙漠」

一

宮沢賢治は彼の生前唯一の童話集『注文の多い料理店』の広告ちらしに、自ら此の新刊書の案内文を書いているが、その冒頭で「著者の心象中に、（中略）実在したドリームランドとしての日本岩手県」（傍点ママ）を「イーハトヴ」と呼び、その所在については、アンデルセンやルイス・キャロルの童話と同じ世界の中にあって、しかも、

　テパーンタール砂漠の遥かな北東、イヴン王国の遠い東と考へられる。

と述べている。

「イヴン王国」がトルストイの童話「イワンの馬鹿」に出てくる国名であることと共に、「テパーンタール砂

漠」がタゴールの詩集『The Crescent Moon』(1913, Macmillan, London)(「新月」又は「幼児詩集」と訳されているが、ここでは「新月」と呼ぶことにする)中の二つの詩「追放のくに」「舟乗り」に見えている砂漠名であることは既に周知の事で、賢治がタゴールについて語ったことの資料が今のところ全く見当らないにしても、少くともこのことでタゴールの『新月』中の詩を読んでいたであろうことは確言できる筈である。なおここで問題にする「追放のくに」は原名「The Land of the Exile」で、「追放の土地」、「さすらいのくに」等とも訳されている。

『新月』は、タゴールの初来日に一年先立つ大正四年(一九一五)に夥しく出版されたタゴール研究の書やその作品紹介の書等の中にも抄訳が見える他、訳詩集『幼児詩集』(増野三郎訳、東雲堂)も出ているのであるが、それらの中で私が一覧し得たのは、大正四年五月二十五日発行の『タゴールの詩と文』(国会図書館蔵)という小型の縦長本(19cm×9cm)で、これは「ジャパンタイムス学生号出版所」刊行の、同社「少年号」記者花園緑人(兼定)の著である。英和対訳の書で、左頁に英文、右頁に訳文、下欄に語句の説明を記すという体裁で、タゴールの作品では『The Crescent Moon(新月)』全四十篇のうちの十二篇、『Gitanjali(ギタンジャリ)』全百三篇のうちからの二十一篇の他、『Sādhanā(サーダナ、邦訳「生の実現」)』からの抜粋文等が採られている。一見何でもないような本ではあるが、現在では希覯の書であるのかも知れない。ただし二、三のタゴール文献目録によるとその書は大正十三年に再版されているから、当時盛行の書であったと思われる。

この書の「新月」十二篇中には、「追放の土地」が収録されている他に、賢治が花巻農学校の学芸会で生徒に朗読させたという詩「When and Why」[注1]も入っている。砂漠名「Tepāntar」は訳者によって「ティパンタール」(宮本正清、アポロン社版著作集)、「テパーンタル」(高良とみ、高良留美子、第三文明社版著作集)等と一様ではないのであるが、この書では「テパーンタール」とあって賢治の表現と一致していることと、「When and Why」の詩がこの書に入っていることとの二点から、賢治が英語の時間に教科書「ナショナル・リーダー」の他に、タゴールの再来日を機に大正十三年の六月に再版発行されたこの書を使用していたという可能性が考えられる（賢治が Macmillan 版の原書『The Crescent Moon』を取り寄せていたとすれば話は別であるが、こういったケースは一寸考えにくい）。タゴールの詩を読むに際して賢治が訳詩集『幼児詩集』（大正四年）に依ったことも強ち否定はできないけれども、このことによって一応、右の『タゴールの詩と文』によって読んだと考えておきたい。なお、賢治は英詩を教材にする場合に有名詩人の詩を多く取り上げ、特にタゴールの詩をよく愛唱したと伝えられてもいるが、(注2) 私の調べたところでは、「ナショナル・リーダー」(Vol. 1-Vol.5) にタゴールの詩は一篇も採られてはいなかったのである。

（注）1　佐藤成『證言　宮沢賢治先生』（農文協）96ページ。朗読した生徒は小原忠（大正十四年卒）。なお、学芸会は大正十三年のことで、「(賢治に）朗読させられた」と本人は言っているが、実は暗誦であったらしい（同書330ページ）。

2　右の書95ページ。

二

この英和対訳の書『タゴールの詩と文』に収録せられている『新月』中の詩「The Land of Exile」、即ち「追放の土地」の内容は、簡単に述べると次の通りである。

――休日とされているある土曜日の午後、日も暮れないのに突然空が暗くなって強い雨が降り出し、稲妻が走って雷までが鳴り出したので、心細くなった幼な子が遊びをやめて母の許に縋り寄る。そして常々母に語って貰っている物語の中の、あのテパーンタール砂漠というのがどこにあるのか聞かせて下さいな、とねだるのである。

幼な子が母に向って言う言葉で表現せられていることは、この詩集の全体的な特色であって、『新月』がわが国で『幼児詩集』の別名でも呼ばれている所以である。

母の語る物語というのが、インドの古典文学の代表ともされている『ラーマーヤナ』であることは詩の内容から容易に察しが付く。ラーマ王子とシーター姫とのその物語について詳述することは控えるが、コーサラ国王の第一王妃の子ラーマは当然王位を継ぐべきなのに、第二王妃の策謀によって王命で十四年間森へ追放せられるのである。彼は他国の王女シーターを妃としているが、共に森に棲んでいる間に、南の島に棲む魔王が来てシーターを攫い、城内に幽閉してしまった。そこでラーマはシーターの行方捜索の旅に出る。右はその旅の途中の情景を幼な子が想像しているところである。

先ず王子の辿る砂漠が次の様に想像せられている。（以下の引用文は凡て『タゴールの詩と文』の訳文から引く。）

そのテパーンタールの沙漠には野原をしるしづける生垣もなければ道もない、それによつて村の人が日暮れに自分の村に辿りつくやうに、又森で枯枝を集める女がその荷を市場に持つて行くことの出来るやうな。沙の上の黄色な草のつぎはぎと、賢き老いた鳥の夫婦がその巣を持つてゐる唯だ一本の木とをもつて、テパーンタールの沙漠は横（た）はつてゐる。

（私注）「鳥の夫婦」は原文「the pair of wise old birds」で、普通は「二羽の…」とあって、「夫婦」とは記されていない。

次いで、そこを旅する王子について訳文では、

私は丁度こんな曇つた日に若き皇子が単身灰色の馬に跨り、人に知られぬ海の彼方、巨人の宮殿の中に幽閉されたる皇女を求めて、沙漠を行く有様を想像することが出来る。

とあり、また王子の心中については、

お伽噺のテパーンタールの沙漠を馬で走つてゐる皇子は不幸な母、王に棄てられて、牛舎の掃除をしながら、涙をふいてゐる不幸な母を思ひ出さないだらうか。

と想像されている。

印度の西北部にタール砂漠が現実に存在するが、この「テパーンタール砂漠」がそれであるかどうかは不詳。恐らくは想像上のものであって、そこを旅して行く王子のイメージが詩人タゴールによるものであることは確かであるが、このイメージから連想せられるのが加藤まさを作詞の童謡「月の沙漠」である。

月の沙漠を、はるばると／旅の駱駝がゆきました。

で始まり、

沙丘を越えて行きました。／黙って、越えて行きました。

で終る、二行一節で九節の此の童謡は、佐々木すぐるの作曲を得て大正十二年の「少女倶楽部」三月号に発表せられて以来、忽ち流行して少年少女たちの夢を掻き立て、新鮮な美意識を培いながら長く愛唱せられて、大正ロマンの一つの典型とも考えられるような作品となったものである。

この童謡では登場人物が、朧月夜の砂漠を並ぶように駱駝に乗って行く王子様とお姫様の二人であって、共に白い上着を着ていて、駱駝の背にはそれぞれ銀の甕、金の甕が紐で結んであり、鞍もそれぞれ金と銀であるという、色彩の上でも極めて美しい工夫が凝らされているのであるが、沙丘を越えて去ってゆく二人が黙った

ままであり、しかも「二人はどこへゆくのでしょう」というところには果しれぬ哀愁を感じさせるものがあって、そこに大正ロマンの性格が溢れんばかりに出ているると思われるのである。

その風景の背後には何らかの悲劇的な物語が秘められているようであり、その二人を『ラーマーヤナ』の追放せられて森へ行くラーマとシーター姫に比してもおかしくなさそうである。また此の二人が終始黙ったままであって性格的に差違がないことから、これを一人の人格に収斂することも不可能ではないようにも思われるし、更に一切の美しい装飾的の字句を除去してしまうとすれば、ただ一騎で愛妻を求めて砂漠を行くというタゴールの詩との状景の違いは、馬と駱駝、曇り日と朧月夜という二点の相違だけになってしまう。つまりは人影の全く見えない砂漠を高貴な身分の人がただ一人、胸に悲しみを一杯に抱き、孤独の影を長く引きながら黙って過ぎて行くというイメージは、両者に共通のものに帰すると考えられるのである。

そこで考えるのであるが、童謡「月の沙漠」はタゴールの詩のイメージを基盤としたものではなかろうか。直接『ラーマーヤナ』に当って得られたものと考えられるかも知れないが、実際上当時この物語が我が国にどの様に伝えられていたか、或いはまだ伝えられていなかったのかについては未調査で何も言えないにしても、王子が黙って淋しく砂漠を行くというイメージは、タゴールの作品以外から学び取ることは不可能であろう。或いは作詞者自身も先述の『タゴールの詩と文』を読んでいるのかも知れないが、これは特殊な場合であろうから、飜訳された『新月』の詩に依ったものと考える方が自然であると思われるのである。少なくとももともとこうした異国情緒に満ちた情景は当時の日本の詩人の詩嚢にはなかったものであろうし、又容易に想像し得るものではなかった筈でもあって、「月の沙漠」は作詞者加藤まさを本人にしても特異な作品であったに違いない。彼の全作品を検したわけではないが、彼の代表作とされる二、三の童謡と全く異質の感があることから私にはそう思われる。また童謡「月の沙漠」が爆発的に人々に愛好せられたということは、この作品の特出した特異性によるものと考えられるのである。

もっとも此の作詞者は屢々房総半島東部の御宿という町を訪れていて、大正十二年九月の関東大震災もこの町の旅館で遭遇している。「月の沙漠」の発表はこの年の三月のことであったが、後で彼がこの町へ出した手紙によると、その震災以前に「幾夏もあの砂丘をながめて暮らした……月の沙漠の幻想の中に御宿の砂丘が潜在していた」(「朝日新聞」一九九六・四・二一日曜版参照)ということであるから、あの着想はタゴール詩の影響によるものではないと宣言していることになる。然しそのことはただ口にしていないだけであって、タゴール詩の印象が強く脳裡にあって、あるいは『新月』の訳詩集を手にしながら御宿の砂浜を眺めているうちに、それが彼自身のイメージに同化したというのが真実なのではなかろうか。御宿の波打ち際の砂浜と異国の広大な砂漠とでは、イメージが丸っきり違うものであるし、第一、『幼児詩集』の題名でも出版され、当時評判の高かった詩集『新月』を、この童謡詩人が手に取らなかったとは先ず考えられないことである。

先述の英和対訳書の他に、単行本によってこの詩集の少なくとも幾つかの作品を見ていることは、宮沢賢治においても同じく言えることであろうが、彼もタゴールのあの詩に接して、旅行く砂漠の王子のイメージに強く引かれたに違いない。「テパーンタール砂漠」の名を彼の大切な新刊書の案内文に書き留めたことがその何よりの證拠であるし、他にもここから色々と影響を受けているに違いないと思われるのである。そこで大正十二年における二人についてみると、

賢治(27才)『注文の多い料理店』の序文の日付が大12・12・20(発行は一年後の大13・12・1。広告文執筆の年時は不明。)

加藤(26才)「月の沙漠」発表が「少女倶楽部」大12・3月号

つまり殆ど同年配の若さであって、一人は詩人で童話作家、一人は童謡詩人で、共に吸収力・創作力旺盛な

詩人であった。賢治がタゴールの詩に接した一つの可能性は先に推察した。一方加藤まさをについてはその点明確でないけれども、詩人であるからには、当時著名であった詩人タゴールに無関心であり得た筈がなく、詩集『新月』に触れる機会は大正四年以降それまでの間にいくらでもあった筈である。従って若かったこの二人の詩人が、それぞれさほど時を距てずしてタゴールの詩に接して、共にその新鮮さに目を瞠り、その濃厚なロマンチズムに忽ち魅せられたとしても、何ら不思議ではない筈である。

以上のような次第で、私は「月の沙漠」の着想がタゴールの詩を基盤として得られたものであることを否定できないのであるが、このことは、何も作詞者の名誉を貶しめることにはならないと思う。今更のようであるが、彼の作品はそれ自身立派に独立した世界を持っている。それはタゴールの詩を傷付けることがないばかりでなく、その一部分を美しい脚色によって更に豊かなものにし、生かしている。それは優れた詩人の想像力なしには為し得ないものであったと思うのである。

だが、それにも増して無視できないのは、「月の沙漠」の歌が長い間当時の少年少女に夢を与え続け、美意識を育んだという事実で、このようなことは、一時は歌われてもすぐに忘れ去られる、近時の泡沫にも似た歌群では思いも寄らぬことである。大正ロマンというのは、先にも触れたが、エキゾチズムの陰に憂愁を秘めた浪漫を主要な要素として持つものであり、それ自体当時の貴重な文化現象だったと思うのであるが、「月の沙漠」のうたがその醸成に与ったという功績は決して無視すべきではないと思う。大正ロマンは色々の要素の必然の複合に依って成ったかと思われるのであるが、端的に言えば、エキゾチズムに、日本的情感――哀愁――が加味せられて醸成せられたものと思われ、その意味から言って、タゴールの詩的世界が大正ロマンの強力な一つの源泉であったということも、忘れてはならないことではなかろうか。ただここで一言言い添えておくが、同じタゴールの世界に触れながらも賢治の世界は、童謡「月の沙漠」に見る如きこの大正ロマンの性格とは明らかに異質のものであった。そのことは彼の作品が「赤い鳥」から拒否される程個性の強いものだったことでも判ると思うのである。

《参考》

月の沙漠　　加藤まさを

月の沙漠を、はるばると
旅の駱駝《らくだ》がゆきました。
金と銀との鞍《くら》置いて、
二つならんでゆきました。

金の鞍には銀の甕《かめ》、
銀の鞍には金の甕。
二つの甕は、それぞれに
紐で結んでありました。

さきの鞍には王子様、
あとの鞍にはお姫様。
乗った二人は、おそろいの
白い上着を着てました。

曠《ひろ》い沙漠をひとすじに、
二人はどこへゆくのでしょう。
朧にけぶる月の夜を、
対《つい》の駱駝はとぼとぼと。

沙丘を越えて行きました。
黙って、越えて行きました。

（岩波文庫『日本童謡集』による）

追放のくに　　ラビンドラナート・タゴール

母さま、お空の光が灰いろになりました。何時だかぼくにはわかりません。
ぼくの遊びもおもしろくありません。それでぼくはおそばへきました。土曜日で、ぼくたちのお休みです。

お仕事をおよしなさい、母さま。この窓ぎわにすわって、おとぎ噺のティパンタールの沙漠がどこにあるかお話してください。

（中略）

はげしい雨が竹の葉のうえに幾時間も音をたてて、ぼくたちの窓が疾風《はやて》にゆれひびくとき、母さま、ぼくはあなたと二人きりで部屋にいて、おとぎ噺のティパンタールの沙漠のことを、あなたが話すのを聞くのがすきです。

どこにそれはありますか、母さま、なんという海の岸に、なんという丘のふもとに、なんという王様の国に？

そこには畑を仕切る籬《いけがき》もなく、夕暮に村人たちが自分の村にたどりつく小径《こみち》もそこにはなくまた森のなかで、枯枝を拾いあつめる女が荷物を市場にはこんでゆく小径もありません。砂原の中に黄いろい草がまだらになって、年老いたかしこい二羽の小鳥が巣をかける木が一本だけあるところに、ティパンタールの沙漠はあります。

ぼくは想像します、ちょうどこんな曇り日に、王様の若い王子がただひとり葦毛《あしげ》の馬にまたがって、沙漠をよこぎり、未知の海の向うの巨人の御殿に閉じこめられているお姫さまをさがしに行くのだと。

雨もやが遠くの空におりて、急な痛みの発作のように稲妻が発するとき、彼は思い出すでしょうか、王様にみすてられた可哀そうな彼の母さまが、牛小舎《うしごや》を掃きながら、目を拭いていることを？

おとぎ噺のなかのティパンタールの沙漠を彼が馬にのって行っているときに。

（中略）

母さま、ぼくは本をみんな棚へおいてきました――いまお勉強《さらい》するようにおっしゃらないでください。

ぼくが大人になって、お父さんくらい大きくなったら、学ばねばならないことはみんな学びましょう。

でも今日だけは、話してください、母さま、おとぎ噺のなかのティパンタールの沙漠はどこにあるかを？

（宮本正清訳、アポロン社『タゴール著作集』Ⅰによる）

第四部　世界全体の幸福のために——古くて新しい思想

ある知識人のタゴール受容
――賢治の妹トシに感化を与えた成瀬仁蔵の場合

一　タゴールの来校

大正五年五月末ごろ神戸に入港して、タゴールは初めて日本の地を踏んでいる。詩集『ギタンジャリ』でアジア人最初のノーベル賞を受賞して三年後のことである。タゴールが近く来朝するということもあって、当時日本では、大正三年以来タゴール関係の雑誌記事が次第に多くなり、単行本も出て、「詩聖」「予言者」「哲学者」等という呼び方で、歓迎熱が異様と思われる程の高まりを見せていた。

タゴールが各所で歓迎されたことは勿論であるが、六月に東京帝国大学、七月に慶應大学でそれぞれ講演を行っている。そして慶應大学からは直ちに日本女子大学校（当時の名称）へ赴いて、生徒たちの前で『ギタンジャリ』中の詩一篇（英文）と旅行中に作った短詩（ベンガル語）とを朗誦しているのである。これはタゴールとしては異例の事であり、更にその後八月に同校の軽井沢の三泉寮に招かれて、「瞑想に就きて」の演題で三回に渡る注目すべき講演を行っていることは、校長成瀬仁蔵以下の熱心な要請あってのことであるのは勿論ながら、同校に寄せるタゴールの並々ならぬ思いを示すものでもあった。

日本女子大学校桜楓会発行の当時の「家庭週報」には、「タゴール氏と語りて」（第三七五号、大正五年七月十四日）、「タゴール詩聖を軽井沢に迎へて」（第三八〇号、同年八月二十五日）という校長成瀬仁蔵の文がそれぞれ巻頭に掲げられていて、彼のタゴール観が明瞭に窺われる。「週報」（前者）によると、成瀬は帝国大学での講演を聞いた後もタゴールと一、二回面談しており、慶應大学では講演を聴いた直後に学校に招いているのであるが、その際は特に講演を依頼したのではなく、「親しく氏に接する機会」を望んでのことであったという。その後もタゴールを訪問することで成瀬は、東京帝国大学・慶應大学での二度の講演から世人がタゴールを誤解して退嬰主義者、直観詩人等と評していることの狭隘さを痛感すると共に、タゴールとの意見の交換を通じて「幾度か感情の高潮に達したことを感じた」と語っている。共通の話題は、女子教育の問題と既成宗教の調和帰一の問題とであったように窺われるが、これは両人の当面の問題だったからであろう。タゴールには女学校を設立しかけて頓挫した経験があり、成瀬は女子の大学を創って既に十余年を経ている。成瀬はまた最初キリスト教の牧師であったが、数年前にかねての念願であった帰一協会――諸宗教はつまるところ一に帰するという趣旨の会――を設立している。タゴールが成瀬の要請に即刻応じたのは、成瀬の成功した女子教育の実際を目にして、そこから学ぶところを得たいという思いがあったからでもあろう。成瀬は成瀬でタゴールの瞑想から学ぼうとしており、全世界から宇宙に視野の及ぶタゴールのスケールの大きさを感得してもいたようである。

ところで成瀬がタゴールに来校を要請したのは、その名声の故ではなかった。彼の言によると、

タゴール氏も亦現代精神の一代表人物であって、其の著作物を通じて交通《ママ》する氏の人格には我等も亦共鳴する処のものを見出すからである。それで学生にも是非直接にその人格に接触させたい、さうして今一つ深い瞑想の境域に共に入りたいといふ希望があったのである。　（「家庭週報」第三七五号）

ということであった。また「タゴール詩聖を軽井沢に迎へて」（「家庭週報」）は副題に「歓迎会に於て婦人の使命を述ぶ」とあるように、校長として歓迎会の席上で学生たちに語りかけたものであるが、

其の（注、タゴールの）指導により真人生を更に広く見、而して神聖なる本性《ほんせい》の意義を更に深く覚り得て社会に於ては真の価値ある要素となり、天与の使命を忠実に敬虔の念を以て成就せんことを期するものでありまして、之が更に詩聖の来臨を歓迎する所以であります。

と述べ、更に自分の信念である各宗教の帰一すべきであること等をも語っているのである。そこでは既成の各宗教の孤立を指して「宗教上の軍国主義《ミリタリズム》」という表現を使っていることにも注目せられる。

さて、成瀬はタゴールを実際にどう受け取ったか。

これについては「タゴール氏と語りて」の冒頭文に、

タゴール氏の来遊は我々の思想生活に此の上なき刺戟と、そして又満足とを齎らした。といふのは私は私の女子大学の教育主義として最も重きを置いて居る信念涵養の問題を研究するに就いて豫《かね》てタゴール氏の人格を欽仰し、一昨年来殊にこの信念涵養問題を中心にエマソン、及びメーテルリンクと共にタゴールの著作物に就いても興味を以て研究して居た時であるから、今回翁の来朝は我々にとって一層好機会を与へられたものとなったのである。

と書かれているのであるが、ここに「一昨年来」とあることから、彼のタゴール研究が大正三年に始められた

ことが判る。タゴール関係の雑誌記事や単行本の発行は前述のように大正三年になって初めて見られ、大正四年から五年にかけて著しくなるのであって、大正三年の単行本というと、内ヶ崎作三郎（早大教授）の『「近代文芸の背景」――印度の詩人タゴール』ただ一冊のようであり、成瀬の蔵書中にこの本はなさそうであるから、この年に成瀬が目にしたのは雑誌の記事だけだったと思われる。どういう雑誌を見ていたかは確かでないが、この年には「六合雑誌」「心の花」の他に二、三種類の雑誌がタゴールの詩集や『生の実現（Realization of Life)』からの抄訳を掲載しており、「教育者としてのタゴール」という論文を掲載した「開拓者」という雑誌もあった（一九五八「アポロン」創刊号「タゴール特集」の「日本におけるタゴール文献」による）から、見たとすればこの中の何れかであろうが、「六合雑誌」は東京基督教青年会の機関誌であったから、キリスト教に関係のあった成瀬のこと故、この雑誌の可能性が大きいかもしれない。当時この雑誌は内ヶ崎作三郎が主筆であったらしく、宗教上の自由主義、進歩主義の傾向にあったという。

二　成瀬が読んだと思われるタゴールの著作

雑誌「中央公論」（明治三十二年発刊）では大正三年にはタゴールの名さえ見られなかったが、翌四年になると中沢臨川の評論「タゴールと西欧の個人主義」（三月号）に続いて、五月号には八氏の寄稿による「タゴールの研究」を掲載している。（「中央公論」には大正三年にベルグソンやロマン・ロラン関係の記事があり、それ以前ではエマーソン、メーテルリンク、トルストイ関係のものが見える。）

ちなみに右の八氏の名を挙げると、木村泰賢、中沢臨川、吉田絃二郎、野口米次郎、三浦関造、三井甲之、井上哲次郎、木村龍寛で、彼らはそれぞれにタゴールの作品や思想について語っており、既にかなりタゴールを理解していることが窺われるのであるが、その中で、『生の実現』を初めて全訳した三浦関造が「佛基両教の接触とタゴール」（注、「基」はキリスト教）のテーマで述べている文の終りに、「タゴール研究の為、英書及び和訳、其の他の参考書を掲ぐ」として次の書名を並記している。

1、Gitanjali（song offering）　（『歌の捧げ物』）
2、Sādhanā（the realization of life）　（『生の実現』）
3、The Gardener（Lyrics）　（抒情詩『園丁』）
4、The Crescent moon（Poems of childhood）　（幼児詩集『新月』）
5、Chitra（a play）　（戯曲『チトラ』）
6、The post office（a play）　（戯曲『郵便局』）
7、The king of the dark chamber（a play）　（戯曲『暗室の王』）

この説明として、右がタゴールの自著であること、3、4、5の書以外には全訳書があることを付記し、ついでに1の増野氏の全訳書を酷評している（4はこの年三月増野訳が出ているが、無視したものか）。又、参考すべき書として、

一、タゴールの哲学と芸術　著者　吉田絃二郎
一、奉献観（静観と思潮内の一篇）　〃　岡田哲蔵
一、タゴールの生の実現　〃　中沢臨川
一、タゴールの哲学　〃　斎木仙酔

の他、『暗室の王』（磯部訳）、『郵便局』（小林訳）、『生の実現』（三浦訳）、『伽陀の捧物』（三浦訳）を挙げているが、これは何れも前掲の順で言えば7、6、2、1の和訳本であって、その他、研究書として、

一、Devendranath Tagole の自伝（タゴールの厳君《ママ》）
一、Poems of Kabir（タゴールに感化を与へた詩集にしてタゴール自らの訳）
の二書（英書）を加えている。

この三浦の紹介記事は、当時のタゴール研究の上で大きな手掛かりとなったものであると思われるが、その中でもタゴールの思想を直接に把握できるものが、三浦訳の『生の実現』であり、次いで中沢臨川の『タゴールの生の実現』であって、これが忽ち知識層の必読書になったことは想像に難くない。なおタゴール作品の全訳出版の状況の一端も右の記事でよく判ると思う。

ところで日本女子大学の成瀬記念館に保管されている成瀬文庫は、『目録』によると洋書一九一九、和書四八一という夥しい蔵書数であるが、この中でタゴール関係のものは洋書十一、和書七。これは当時にあってはかなりの冊数である。書名を挙げると次の通りである。

先ず洋書では、

Gitanjali (song offerings)　ロンドン・マクミラン社・一九一五
Sādhanā　〃・一九一四
The gardener　〃・〃
The crescent moon　〃・〃
Chitra　〃・〃
The post office　〃・〃
The king of the dark chamber　〃・〃

（ここまでは前掲の三浦関造の挙げた書目と一致する。但しこれに合わせた為に右は『文庫目録』における掲出順のままではない。）

Stray birds（詩集『迷える鳥』）　ニューヨーク・マクミラン社・一九一六
One hundred poems of Kabir　ロンドン・マクミラン社・一九一五
・Rabindranath Tagore（a biographical study）
　Rhys, Ernest　〃・〃
・Rabindranath Tagore（the man and his poetry）
　Roy, Basanta Koomar　ニューヨーク・ドッド・ミード社・一九一五
（・印はタゴール研究の書。それ以外はタゴールの作品で、最後のものはベンガル語からタゴールが訳した詩集。）

和書では、
森林哲学生の実現　三浦関造訳　玄黄社
伽陀の捧物　〃　東文堂
ギタンジャリ（歌の祭贄）　増野三良訳　東雲堂
郵便局　小林　進訳　東文堂
（以上タゴールの作品。「伽陀の捧物」は詩集『ギタンジャリ』のこと。）
タゴールの哲学　斎木　仙酔　東亜堂
カビールとタゴール　〃　東華堂
タゴールの哲学と文芸　吉田絃二郎　大同館
聖タゴール　教育学術研究会　同文館
（以上研究書。和書の発行は『聖タゴール』（大正五年）以外は凡て大正四年。）

これを見て驚くのは洋書の多いことである。成瀬は三浦関造の挙げている凡ての作品の原書を取り寄せているが、これ程の研究者は当時において殆ど他にいなかったのではなかろうか。その中の短詩集『Stray birds』は、大正五年タゴール日本滞在中の作を集めたものであり、「家庭週報」第三八六号（大正五年十月六日）第三八七号（同、十三日）の二度に渡って「夕詩聖の即興詩」として掲載された作品も入っていることとて、後で別に求められたものであろう。又『One hundred poems of Kabir』はタゴールがカビールの詩を英訳したもので、和書でも研究書『カビールとタゴール』を入手しているのは、成瀬の関心がそこまでに及んでいることを示している。これが先述した三浦の推薦書に入っていることからも、彼が「中央公論」の当該記事を参照したのではないか、と推測せられるのである。

ちなみにカビールについて言うと、彼は一四～一五世紀のバラナシ（ベナレス）の人で、イスラム教徒の織工であったが、中世神秘主義の主唱者ラーマーナンド（ヒンドゥ教徒）の弟子となり、一切の儀礼主義と迷信の根源を攻撃して、人間本来の在り方の回復を訴えた聖者であるという。彼のベンガル語の語録集が、シャンチニケタンのタゴールの学園ビシュババラティに招かれて勤めていた学者クシティモーハン・セーン（ベンガル人、最近ノーベル賞を受けたマサチューセッツ工科大学のセン教授はその息であろう）によって一九一〇年に刊行された。その中からタゴールが百篇の詩を選んで英訳したのが当該の書である。以上は講談社新書『ヒンドゥ教』（中川正生著）に依ったが、刊行をこの書では一九一四年としているけれども、一九一五年であることは成瀬の蔵書で明らかである。

さて、このように多くの書を入手していることで成瀬のタゴール研究の熱意が相当のものであったことが窺われるし、タゴール来朝までの間にその多くを熟読していることが推量できるのであるが、洋書は別として和書の刊行が凡て大正四年に入ってからのことである（最も早い三浦訳『生の実現』が二月、先に触れた「中央公論」が五月号）から、校務多忙の成瀬にしては一年足らずの間に入手書の悉くを読了することは恐らくは不可能に近かったと思われる。然し熱心に読んでいた跡は何冊かの書き入れに残されていて、それによって彼がどういう読み方をしたかが窺われる。

洋書の書き込みについては、私は残念ながら調査する機会を持たなかった。それで成瀬記念館のスタッフを煩わしたところ、タゴール自身の著作物九点のうち『Gitanjali』『Sādhanā』の二点以外には凡て書き込みがあり、研究書にはそれがないということであった。従って洋書では三冊の詩集「園丁」「新月」「迷える鳥」と三つの戯曲「チトラ」「暗室の王」「郵便局」とに限って書き込みがあったことになるわけであるが、タゴールの思想を知る上で肝心な『Gitanjali』と『Sādhanā』とについて成瀬が研究したのは和書によってであったと考えざるを得ない。

和書の何冊かを私は手に取って見たのであるが、果して右の二点の訳本に書き込みがあった。他に研究書で斎木仙酔と吉田絃二郎の著書にもそれがあった。書き込みの殆どが鉛筆で文章の一部に傍線を施したり、上の欄外に一寸した語を書き付けたり、○や△等の印を文の或る部分に付けたりで、それも傍線が圧倒的に多いのである。ざっと見たところでは、『Sādhanā』の三浦訳『生の実現』八章のうち最初の二章に書き込みが多く、『ギタンジャリ』では、一篇の詩にだけそれが見られる。また斎木・吉田著の二冊の研究書では傍線箇所が極めて多く、二重傍線の所も間々あるので、成瀬はこの二冊でタゴールを端的に理解しようとしたのではないかと思われる。

1、タゴールが軽井沢の三泉寮で行った「瞑想に就きて」の講演は成瀬もじかに聴いており、この邦訳が早速「家庭週報」に掲載されたことは周知の如くであるが、この趣旨を英文にしたものが『Personality（人格論）』の一章に加えられた。この著書は一九一七年ロンドンのマクミラン社から発行され、「タゴールの人生論」として邦訳されたのが六年後の大正十二年（一九二三年、由良哲次訳）であったが、この原書も和訳書も成瀬文庫中にない。ちなみに成瀬は大正八年に世を去っている。

2、「新潮」大正五年七月号に「如何にタゴールを見る乎」の標題で武者小路実篤以下文壇十八家の短い感想文を載せているが、殆どが冷評したり無関心や無理解を示していたりで、その中には漱石や未明や谷崎らの名も見えているのだが、当時の文壇の傾向から言って尤もと思われるし、その多くは作家の自負心を示すものでもあろう。とに角前年の「中央公論」の記事とは極端な対照を見せている。

三　書き込みの跡を見る

1

『Sādhanā（サーダナー）』はタゴールの思想を格調の高い文章で表現したもので、彼の代表的な著作の随一と言うべきであろう。当時日本の知識層に感動的に読まれた書であることは先に述べた通りであるが、成瀬が入手閲読している三浦関造訳の本に三ケ月遅れて発行された、中沢臨川の『タゴールの生の実現』は全訳でなく、中沢がタゴールの思想について「鑑賞的説明」をした前半（一頁—一二四頁）と、文学士生方敏郎の忠実な意訳を「梗概」とした「附録」の後半（一二五頁—一三八頁）とから成るもので、中沢は当時盛んに活躍していた文芸評論家であった。成瀬はこれを採らず、全訳の三浦本に依っている。三浦関造訳『生の実現』は大正四年二月五日発行のが初版で、成瀬蔵書本は同年七月一五日発行の第十版である。忽ち版を重ねて爆発的盛行の書であったことがこれで知られよう。

もともと八章から成る書（本文二四八頁）であるが、三浦の訳によると章題は次の通りである。

箇人と宇宙との関係／霊魂意識／悪の問題／自我の問題／愛で実現さる、生命／行為で実現さる、生命／美の実現／無限の実現（章の順序を表わす数字の記載はない。）

この原書の印象を三浦は「序文」に次のように記している。

内実した生命から出て来る其の力ある文章には美妙なるメロディがあって、読み行く内に血が湧き返る。

同様の感想は前掲の生方敏郎にもあって、

其の表現は極めて詩的で、此書なども寧ろ詩篇として誦す可きものである。非常に端麗な、精妙な、殊に音楽的な調子の高い文章

（付録「『生の実現』解説」冒頭文）

と述べているが、成瀬も恐らくは同様の思いで三浦訳を読んだものと思われる。

成瀬の書き込みは、しかし三浦本の全頁に渡っていない。傍線のあるのは最初の二つの章だけで、次の第三章には何の書き込みもなく、第四章では上欄に小文節の順序を示す1から29までの数字が章の中ほどにまで記されていて、第五章以下では全く書き込みがない。勿論このことは成瀬が本書の一部分をしか見なかったことにはならないが、かなり急いで読んだことを示すのではなかろうか。然し、タゴールの中心思想を明確に把握していることは傍線の状態から知ることが出来るのである。

次に傍線など書き入れのある何箇処かを示すが、その抄出はタゴールの最も力説する「梵我一如」のごく主

要なものに留める。勿論引用文中の傍線はすべて成瀬によるものである。

（冒頭章）　箇人と宇宙との関係

● 印度精神の普遍主義は、凡ての物に無限の存在を実感し肯定せむとする実際問題である。（改行）世の中の凡ての物には神の姿を認むる事が出来るものだ。

● 意識の崇高な自由の観念は（中略）単に知的とか情緒的とか云ふものでなく、倫理的根據を有して、実行に現はれ来べきものである。烏波尼娑度《ウパニシャド》に、「崇高の実在は不偏なれば、凡ての物に本然の善として存在せり。」と云ふてある。知識に於《おい》ても愛に於ても実行に於ても、凡ての物と真に合一して、不偏の神の衷《うち》に自我を実現すれば、これこそ真善の極みで、烏波尼娑度教訓の旨とする處はこれである。即ち「生命《いのち》は無限なり」と。

（第二章）　霊魂意識

この章は最も丹念に読まれたと思われる。というのは、書き込みの状態から判るのであるが、傍線は、先ず

●「汝自身の霊魂を知れ。」

『ウパニシャッド』の言葉、

に引かれ、ついで、

● 人が自己の霊魂内に有する此の統一の原則は永遠に活動的で、文学、美術、科学、社会、政治、宗教にも大なる関係を持って居る。

と、新しく享受したと思われる語に二重傍線が引かれている。そして、傍線は右の『ウパニシャッド』の言葉を再確認した次の文以後に多くなる。

● 烏波尼娑度は非常な力をこめて云ふて居る。「汝一なるもの即ち霊魂を知れ。其《そ》は不死の存在に至る橋

梁也」と。（改行）之を見出す事が人間の最後の目的である。

● 人間の内部にある一なるものは、世の種々相を貫いて、凡てを統御する一なるものへと進んで行くのだ。（中略）人間の霊魂内にある神の幻は直接に現はる、、所謂瞬間の直覚で、理論や論証に基づいたものでは無い。吾々の眼《まなこ》は一の物体を部分々々に解剖して見るのでは無く、其の全体を見て感じを曳く。霊魂意識の直覚も其《それ》と同じく神の衷《うち》にある統一を自《おのづか》ら実現するに至るのだ。

「一なるもの」の「一」を○で囲んでいる。それが「梵我一如」を指向する上で重要の語だからである。「梵我一如」は直観によってのみ意識されるということが、ここで初めて明らかに述べられているのだが、この重要性ゆえに成瀬は傍線を施しているのである。

● 「汝、自現し玉ふ霊なるものよ、吾が衷《うち》に汝自らを現はし玉へ。」此の自我の完全な表現を求むる渇望は（中略）深酷に人性に固有されたものである。

右の文に傍線が引かれているのは、『ウパニシャッド』の言葉である。

● （有限の中に啓示された）無限は人間の心意に現はれようとする。自由なのは人間の意志である。何ものも人間の意志を奪ふ事は出来ない。

● 神と合一した霊を持つた人は、ヒューマニティーの芳ばしい花の如く人間の前に立つ。人々は其《それ》を見て、真《まこと》に其の人となりに感服する。これ其の人の霊に神の全《まった》き啓示があり、其の人の意志に神の意志が連《つらな》り、其の人の愛に永久の愛が結ぼれて居るからだ。

三浦の訳文は古調であるけれども、タゴール自身ここに至って益々高揚していて、散文詩のように美しい文章だと思われる。我々は成瀬と一緒になって読んできたかのような気持になっているが、ここに至って成瀬が益々タゴールに共鳴し、また感銘しているように思われる。成瀬がタゴールの思想を完全に理解し、且つこれを自分のものとしていることは、これだけでもよく判ると思う。多忙の中でこのような成果を得ていることに驚くが、それも此の書に接する以前に、彼自身の体験と思索とがタゴールの思想に接近するまでに熟していたからのことではなかろうか。

付記

引用文は国会図書館蔵の『森林哲学生の実現』に依ったが、これには更に夥しい傍線が原所持者の手で引かれていた。当時成瀬以外に熱心な研究者のいたことがこれで確認できたのであるが、それにつけてもこの書が今では稀覯の書になってしまっていることを惜しまざるを得ない。また、現今タゴールのこの著作が一般に顧みられなくなっているのは残念であるが、我々の手近な翻訳書にアポロン社の全訳（昭和三十六年）、第三文明社の抄訳（一九八一年）等があって、何れも『タゴール著作集』中に収められていて、勿論この方がずっと読み易い。

なお、彼は前掲の如き『タゴールの哲学』以下の和文の研究書四冊を所持し、その中の二書に書き込みをしているのであるから、少くとも此の二書からかなり多くのものを学んでいることは確かである。このことと『生の実現』を読んだこととの先後は判らないが、恐らくはタゴール来朝までの一年くらいの短時日の間にそれらが読まれたのであろうから、相互にタゴール理解に資するところが多大であったろうと思われる。よって此の二つの研究書についても、あらあら見ておくことにしたいと思う。

2

斎木仙酔著『タゴールの哲学』　（大四・四・八、東亜書房）

タゴールの来朝を待望して書かれた此の書は、第一章「タゴールの根本思想」以下全二十四章（本文一四八頁）から成り、その中に三浦訳『森林哲学生の実現』の章題と表現を同じくする八章を含んでいる。著者は明治十三年生まれ、東京外語卒の翻訳家で、シラーやカントの訳書もあり、本書の最後の章は「オイケン、ベルグソン、タゴール比較評論」となっている。

成瀬が傍線を施した文の一例。

● 宗教として此の根本的の霊魂、神にまで肉薄するのは当然の事である。此は侵入ではない。自己を其侭の処に於て発見することである。

● （タゴールが）神を愛だ、合一だといふのと、神は純乎たる霊であるといふのとの間には齟齬はあるまいか。（改行）思ふに前者は基督教的思想で、後者は純乎たる印度的傾向である。（中略）然し之はタゴールのみを責むべきことではあるまい。

● タゴール思へらく、梵天（注、「梵天」とは「梵我一如」の「梵」、即ちブラフマンのことで、ここでいう「無限の実在」あるいは「神」でもある）と自己とは一にして二なり、二にして一なりと。祈（注、「瞑想」と言い換えてもよい）とは二として見たる時に起る現象である。（中略）祈は無限と有限との間に一の橋を懸けるのである。彼は之を奇跡といふて居る

● 宇宙に共鳴することはタゴールの我等に要求する所である。（中略）ベルグソンは此の源頭に帰ることを内観的直覚といふのである。キャンベルの新神学などの立場も亦畢竟此の宇宙的共鳴を得るを目的とするのである。東洋には此の見識は頗る発達してゐた。山嶽清浄心、江河長広舌などいふ仏教文学の思想は

即ち之だ。

吉田絃二郎著『タゴールの哲学と文芸』（大四・五・三一、大同館書店、第四版）

この書は「哲学・詩・戯曲」の三部門（本文五四四頁）から成る大冊で、「哲学」だけが著者の論、他はタゴールの作品の紹介に当てられている。著者は明治十九年生まれ、早大英文科出身の作家、随筆家で、キリスト教に関心が深く、ドストェフスキーやタゴールに傾倒したという。

タゴールについては次の如くである。

●タゴールの哲学の根柢を流れてゐる思想は神と人との調和である。（中略）また彼れ自身のなかに神を意識することとである。（「ブラァマの観念」）

●タゴールの索めてゐる神或ひは実在は、絶対の美であり、或ひは絶対の歓喜である。（同右）

●新しき光とは何であるか？それは直覚的知識の光りに充たされた純なるこころであった。即ち彼れは「睿智によりて光被せられたるこころは礼拝と瞑想の手段によりて聖なる神を見ることができる」と信じてゐた。（同右）

●タゴールの自我、個体或ひは個性なるものはその根柢として或ひはその内容として何時も普遍、宇宙、世界、無限なる実在を持ってゐる。そして自我或ひは個性が絶対唯一のものである所以は、それ等の普遍或ひは無限が、その個性を透してのみ表現せらる、特質、差別、色彩を所有してゐるからである。（「自我と犠牲」）

以上一部分しか挙げられなかったけれども、本書は斎木仙酔の著書よりも文が素直であり、タゴール理解も柔軟のように思われる。読者にも親しみ易かったのではなかろうか。

さて、成瀬は以上の二書によってタゴールの来朝に先立ってその思想について確認し、また新たに啓発されるところがあったに違いないが、実際のタゴールに接してその言動をつぶさにし、殊に軽井沢では講演を親しく聞くことによって、愈々タゴール理解を深めたと思われる。残念なことに成瀬はその後三年に満たずして世を去るが、彼の信念はこれによって一層揺るぎなきものとなり、死の直前まで教育実践の上に生かされたに違いない。

成瀬の思想に融け込んだタゴールの思想は、『ウパニシャッド』に顕在化して来たインドの紀元前一千年の昔から流れ続けている哲学であり、思想であって、それがこの大詩人の中に新鮮な姿を持って甦り、噴き出して来たものである。それが期せずして教育家成瀬仁蔵の中に以上のような形で継承されたということになる。

なお、宮沢賢治の妹トシは大正十一年に二十四歳の若さで世を去ったが、二十歳の年に日本女子大学校を卒業している。その間一度だけだが同校を訪れて自詩を朗誦したタゴールの風貌を目の当りにしている。が、何よりも在学中に校長成瀬仁蔵から大きな影響を受けている。そのことは彼女が卒業後に認めた「自省録」（甥の宮沢淳郎の命名）の中に窺われるのだが、タゴールの思想は成瀬を通じて彼女にも伝わっているものと考えられる。もっともそのことは直接文中に明確に見えているわけではないし、タゴールの名も文中にはない。然し私にはそれが判るように思われ、別に一文を草したのであるが、ここでは省略する。また彼女は、二歳年上の兄賢治に少なくともタゴールの印象ぐらいは語ったことがあるに違いないと思うのだが、賢治は賢治で当時新聞に書き立てられた詩人タゴールに関心を持たなかった筈はなく、愛読したと伝えられる雑誌「中央公論」でその著書を知ったり、諸雑誌に抄出された詩などを読んだりしたことも十分考えられるし、蔵書目録中に前々項に名を挙げた木村泰賢（注、当時東京帝国大学教授）の講じた『仏教聖典の見方』もあって、木村は当時の「中央公論」に古代印度仏教（思想）の論文を発表もしているので、読んだとすれば、タゴールのことだけでなく『ウパニシャッド』の思想をも知っていたことと思われる。賢治の童話や「農民芸術概論綱要」などにここに見て来たような「梵我一如」の思想が窺われることについては、別に書いたことがあるので、ここでは述べない。

宗教以前の哲学思想と人類の幸福

——西田哲学、タゴール・賢治に見る思想の一致

一

「教場では宗教観をしっかりと教えるべきだ」とは森前首相の言葉であった。彼の宗教観は未だに聞けないままであるが、幾つかの宗教を熟知した上でないと持てないのが宗教観なのであるから、これは已むを得ないことであろう。教育の場に宗教を持ち込んではならぬということになっているのだから、宗教ならぬ宗教観と表現したところに彼なりの意図があったとすれば、それはそれなりに納得は出来るのであるが、それにしても宗教観を教室に持ち込んでどうなるというのであろうか。

私はしかし、既成の色々の宗教ではなく、凡ゆる宗教の根底にあり源泉ともなっている哲学思想があるとす

れば、それを判り易い表現に砕くことによって教場に持ち込むことは可能であるし、現代にあっては寧ろ有益であり必要な事ではないかと思っている。身近な言葉で端的に言うならば、宮沢賢治の言葉、

正しく強く生きるとは銀河系を自らの中に意識してこれに応じて行くことである

（「農民芸術概論綱要」序論）

の中の「銀河系を自らの中に意識」するというのが現在私の考えるその哲学思想であって、ここではこれを提示したいと考えるのであるが、このままではやや判り難いと思われるので、同様の思想を語っている先人の言葉を引くことでこれを明確にしたいと思う。

私は最近、西田哲学の出発点でありその根本思想が早くも形成されていると言われる西田幾多郎の名著『善の研究』を、六十年ぶりに再読して感銘を新たにした。断っておくが、私は西田氏のその後の著書は一切読んでいないし、西田哲学の全貌を知っているわけでもない。然し哲学者下村寅太郎氏の評言「西田哲学本来の独自な考え方や問題が、素朴ではあってもそれだけにかえって端的に打出されている」があることで、安心してこの書からの引用を試みるつもりである。賢治の先人として別にタゴールの言葉をも引くが、この方は既に書いた事があるので、主として西田氏の言葉を多く引くことになるかと思う。

さて『善の研究』には、

現世利益の為に神に祈る如きはいうに及ばず、徒らに往生を目的として念仏するのも真の宗教心ではない。（中略）安心は宗教より来る結果にすぎない。

（第四編第一章「宗教的要求」）

凡ての宗教の本に神人同性の関係がなければならぬ。

（同第二章「宗教の本質」）

等の言葉があって、「神人同性」については、「神は宇宙の根本」であると同時に「我々（人間）の根本でなければならぬ」と説明されている。本書は第一編が「純粋経験」、最後の第四編が「宗教」という構成になって

おり、「純粋経験」、即ち主客を分たぬ意識においてこそ「神人同性」の真理が直覚される、というのが本書の趣旨である。賢治のいう「銀河系を自らの中に意識」するというのも、この真理を知ることに他ならないと考えられるのであるが、賢治の「意識する」というのを、西田氏は「体得」という一層強い表現で述べている。西田氏はこの「真理」を更に色々と別の表現で説明しているのであるが、一例を挙げれば、

仏教の根本思想であるように、自己と宇宙とは同一の根底をもっている、否直《たゞち》に同一物である。

（第三篇第十三章「完全なる善行」）

印度宗教の根本義であるようにアートマンとブラハマンとは同一である。神は宇宙の大精神である。

（第二篇第十章「実在としての神」）

の如きで、「神」とは即ち「ブラハマン」であって、更にこれを「宇宙の本体」、「アートマン」を「吾人の心」と言い換えている（第二篇第一章「考究の出立点」）。一般にはこれをそれぞれ「梵」「我」と呼んでいるから、「梵我一如」というのが此の思想のことになるが、この思想は仏教以前も以前、紀元前千年近くから生れ、数度に渡って古典『ウパニシャッド』の中に記されて来た印度の哲学思想である。

『善の研究』は初版が明治四十四年で、大正十年に再版され、昭和十一年にも版を重ねているが、『ウパニシャッド』のこの思想がこのような形で早くも日本の哲学者によって取り入れられていることに、私は驚かざるを得ない。恐らく西田は、『ウパニシャッド』の思想に全き共鳴を覚えこれに心酔したと言われるドイツの哲学者ショーペンハウアー（一七八九―一八六〇）の著『意志と表象としての世界』を通して、『ウパニシャッド』とその思想を知り得たのであろう。この書は当時の日本の哲学界では必読の書であった筈である（講談社現代新書『古代インドの神秘思想』参照）。当の印度では詩集『ギタンジャリ』で東洋で最初にノーベル文学賞を得たラビンドラナート・タゴールが、梵我一如の思想そのものを感動的に詳述した著書『サーダナ』を出版

したのが一九一三年（大正二年）で、この初めての邦訳『生の実現』の出版が大正四年のことであったから、西田氏の著書はこれに数年先んじていたことになる。

ここでタゴールの著書から引用すると、その文、

（万物と結ばれて）遍在する神のなかで自己を実感すること、これが善の本質である。

（『生の実現』一「個人と宇宙との関係」美田稔訳、以下同じ）

は、正しく『善の研究』全篇の核心に当る言葉であるが、同様の思想をタゴールはまた、

（『ウパニシャッド』の聖者たちは）宇宙の果てしのない姿に変化して打ちふるえているエネルギーと同じエネルギーが、われわれの内面世界における意識となって現われていることを感じた。（同前）

われわれは有限のうちに無限を実感し、賜物のなかに贈り主を実感するのである。そのとき現実のすべての事柄は唯一の真理の表現という点でただ一つの意味をもつ。（同書八「無限なるものの実現」）

と述べている。右の「無限」「贈り主」が神、あるいは仏を意味することは言う迄もない。又、タゴールが大正五年初来日の際に日本女子大学の学生たちの為に行った講演「瞑想に就きて」の中にも、

神の力能は意識となって発現し、吾人の裡に、又吾人が周囲の世界の裡にも流れ互る。吾が外に在っては「世界」となり、吾が内に在っては「吾が意識」となるものは等しく同じ力である。

（同大学桜楓会「家庭週報」訳者不明）

という言葉がある。西田氏の「我々の人格とは直に宇宙統一力の発動である」（第三篇第十章「人格的善」）という言葉を想起させると同時に、神の力が個人だけでなく地上の万象にも顕現している、という点に留意させられる発言である。

タゴールの右の著書は「個人と宇宙との関係」を第一章として八章から成り、「ブラフマン」が愛・行為・

美などにどのように顕現しているか、人間の魂・悪・自我などとどう係わるかを懇切に述べたもので、邦訳出版当時は知識人の間に広く読まれたものと思われるし、先に触れた詩集『ギタンジャリ』は、神即ちブラフマンへの賛歌なのであった。

さて賢治はというと、童話「めくらぶだうと虹」の中で神の力を「まことのちから」・「かぎりないいのち」・「まことのひかり」と表現しており、「すべて私に来て、私をかゞやかすものは、あなたをもきらめかします」は、同じ神の力が他者にも同様に顕現していることを言っているのである。また、作品「銀河鉄道の夜」の有名な神様論争の場面で、主人公の少年が「たったひとりのほんたうのほんたうの神さま」と言っているのも、宇宙の最高原理、宇宙の大精神を指したものであるに違いないのである。

以上西田幾多郎・タゴール・賢治三人の言葉を見て来たのであるが、この三者がそれぞれ独自の道を歩み、直接の交渉など全くないにも拘わらず、その思想の最も主要な点で「梵我一如」という印度古来の哲学思想に焦点の一致が認められるということは容易ならぬことであり、不思議とも思わざるを得ないのである。「梵我一如」というと深遠で、一般には近寄り難いと思われるかも知れないが、現代に生き、将来へも継承すべき貴重な思想だと私は信ずるので、これを現代人にも判り易いように次のように砕いてみたらどうかと考える。

宇宙はビッグバンで始まった、とは科学の説明である。反対説もあるようで、飽くまでも仮説であるに違いないが、仮りにそうだとしても、ビッグバン自体には、既に神秘としか言いようのない理法、或いはエネルギー――この二つは別々のものでない――が働いていたと考えざるを得ない。この事はさて措いても、ビッグバンによって生れた宇宙のそのエネルギー、あるいは理法は、全宇宙の無数の星々に、また地球の上にあっては西田氏が、一本の植物、一匹の動物も（中略）一の統一的目的の発現と見做すべきものである。

（第二篇第八章「自然」）

と言うように、人間は勿論、一木一草に至る一切に顕現して、その生死や活動や進化の根源に働いていることは疑えない事実であろう。平常気にも留めていない私達の身体や周辺を注意して観察すれば、そこに容易ならぬ神秘が充ち充ちていることが直ちに判る筈で、科学はその解明に懸命なのであるが、その歩みは遅々たるもので、説明し得るのはその一部分に過ぎず、ましてや科学の踏み込めないでいる意識や精神も、目に見える具体的の現象同様に凡て宇宙のエネルギーの発現であり、これと切り離しては考えられないのである。つまり、簡単に言えば、人間は特種な存在でなく、自然界の一切と同根で、これを生成し生育しているのが宇宙の根源力なのだということである。また、その凡てにその根源力が宿っているのだということである。

科学のビッグバン説を借りて古代思想の「梵我一如」を砕いて言うと以上のようになるかと思うが、こうしてみると案外に単純明瞭で、話し方さえ工夫したら小学生や中学生にも容易に受け入れられるものだろうと私は思う。また、これだったら宗教ではないのであるから、教場に持ち込んで一向に差し支えることがないばかりでなく、むしろ極めて大切なことではないかとも思う。ただこれが単なる知識としてでなく、納得して心からそうだと思うこと、賢治の言う「意識する」こと、西田氏の言う「体得する」ことが肝心なのは言うまでもない。真理は複雑なものではない筈だが、だからといって軽々しく考えてはならないのである。

二

右のような思想から導き出されるのが、地球上の一切の生き物はそれぞれ独立しながらも凡て連帯し合っているのだということであって、差別なく他を愛する心はそこから自ずから生れる筈である。繰り返しになるが、その根源が宇宙の絶対的な「ちから」（理法でありエネルギーであるもの）であって、それこそが「神」なのであって、こうした認識が行き渡る所に、世界全体の幸福と平和が始めて訪れるのである。キリスト教の神、イスラムのアッラー、仏教の仏も根本において決して相異なるものではないと私は信ずるし、何れの神も窮極にはその「神」に帰一すべきであると考える。

西田氏は右の連帯性のことを「天地同根万物一体」（第三篇第一章「行為」上）と言い、

我々の大なる自己は他人と自己とを包含したものであるから、他人に同情を表わし他人と自己との一致を求むるようになる。（第二篇第十章「実在としての神」）

と述べているが、右の「大なる自己」とは「大我」、即ち宇宙の大精神に生きる自己のことである。同様のことをタゴールは、

（他人への）この愛によってはじめて、われわれの大きな歓びは自己中心的な自我をなくすることによって得られ、また他人との一致結合によって得られるという確信をもつことができる。（『生の実現』二「魂の意識」）

と述べている。また、賢治が「すべて私に来て、私をかゞやかすものは、あなたをもきらめかします」（童話「めくらぶだうと虹」）と言い、

（特定の一人の死を悼んではならないわけは）どんなこどもでも、またはたけではたらいてゐるひとでも、汽車の中で苹果《りんご》をたべてゐるひとでも、また歌ふ鳥や歌はない鳥、青や黒やのあらゆる魚《さかな》、あらゆるけものも、あらゆる虫も、みんな、みんな、むかしからのおたがひのきやうだいなのだから。（「手紙　四」）

と表現しているのも此のことである。つまり地上に生きる一切は、宇宙のエネルギーを母体として生まれた兄

弟だという点でも、三者の意見の一致が見られるのである。

今や我が国の教育は理科方面に重点が置かれ、知識の詰め込み以外にないかのようであるし、一般社会人も金とモノに捉われ、精神の自由を失っている。経済至上主義の国策から生じた潮流で、俄かにどうすることも出来ないことかも知れないが、そうであればこそ一層、人間存在の根本であるところの以上に述べた哲学思想は、凡てに優先させて普及徹底させるべきだと私は考える。また教祖と教義とを尊ぶことはよいけれど、これを絶対視して、その先にあるものを考えようとせず、教祖あるいは預言者の求めたものを求めようとしないかに見える既成の諸宗教は、グローバル化しつつある世界の動向の中で凶悪な事件の殖えつつある現状に余り機能しなくなっていると思われるが、今こそそれぞれの原点に立ち還るべき時機ではなかろうか。ただ成人は既に頭が硬くなっていて手遅れかも知れない。故に来るべき世代の人々の為に、教育の場においてこれが取り上げられ実践に移されることを、私は特に望みたいと思うのである。

三

冒頭に掲げた賢治の言葉、

正しく強く生きるとは銀河系を自らの中に意識してこれに応じて行くことである

は、古代の印度の哲人たちの叡知の結晶である思想を継承したものであって、古いけれども常に新鮮であることは先述した三人の言葉でも明らかで、これを現代に生かすことの必要を私は痛切に思うのであるが、右の「これに応じて行く」ことが「正しく強く生きる」ことになり、それが取りも直さず「世界のまことの幸福」への道であるとも賢治は言っているのである。彼はまた、

すべてうつくしいといふことは善逝《スガタ》に至り善逝からだけ来ます。（童話「ひのきとひなげし」初期形）

と述べているのだが、その「善逝」とはここでは如来（仏）のことであり、別言すれば「かぎりないいのち」、即ち「宇宙意志」（賢治書簡）、あるいは先に言った宇宙の理法、又はエネルギーのことであるからこれを「直接経験」即ち「純粋経験」（以上西田氏）によって直覚し意識して生きることが真の美しさを生むということにもなるし、その美しさとはまた、彼の言う「あらゆる人々のいちばん高い芸術」（童話「マリヴロンと少女」）でもあるのである。また賢治は「かぎりないいのち」が直覚された主体の心にあふれるものを「よろこび」と言ってもいるのであるが、右の引用文と同様の趣旨は『ウパニシャッド』の中に、

歓びからすべてのものは生まれ、すべては歓びによって養われ、歓びにむかってすべてのものはすすむ
（『生の実現』五「愛における実現」参照）

とあるもので、タゴールはこの言葉を引いて、

詩人の歓びは詩のなかに、芸術家の歓びは芸術のなかに、（中略）賢者の歓びは真理の認識のなかにある。（中略）またブラフマンを知る人の歓びも、毎日の小さな仕事、大きな仕事、すべての仕事において、（中略）それぞれの行為において無限なものを表現しようとつとめている。（同六「行為における実現」）

と述べている。西田氏はこの「歓び」を「喜悦」「平安」などとも表現しているが、

我々はその力（注、無限なる実在の統一力、即ち「かぎりないいのち」）を有するが故に学問において宇宙の真理を探ることができ、芸術において実在の真意を現わすことができる。
（第二篇第十章「実在としての神」）

と述べているのが正にこのことであろう。

このような「歓び」の行為の上に築かれるのが「世界のまことの幸福」であることについては、西田氏もタ

ゴールも全く同意見で、そのことは、それぞれの言葉、

我々は小なる自己を以て自己となす時に苦痛多く、自己が大きくなり客観的自然と一致するに従って幸福となるのである。

(『善の研究』第二篇第九章「精神」)

善はいつの時代でも全人類の幸福につながっている。(中略)完全な善のなかに生きることは、無限なもののなかに自己の生命を実感することである。

(『生の実現』三「悪の問題」)

を以て明らかであろう。「善」について西田氏は、

或一つの要求はただ全体との関係上において始めて善となることは明である。

(第三篇第十章「人格的善」)

とも言っているのだが、此の幸福というのは、勿論のことながら来世のことを言うのでなく、賢治が作品の主人公の少年に「天上へなんか行かなくたってい丶ぢやないか」と言わせたり、「第四次元の世界」とも表現している現世における幸福のことで、タゴールが、

わたしは信じている——天国のヴィジョンは太陽のかがやきのなかに、大地の緑のなかに、人間の顔の美しさのなかに、人生の豊かさのなかに、そしてまた、一見無意味で醜悪に見える物たちのなかにさえ見ることができる、と。この世界のいたるところに天国の精神《こころ》がめざめ、その声を送ってきている。

(森本達雄訳「芸術家の宗教」)

と述べているのも、それと異なるものではない。天国と言い極楽というのも現世の理想境のイメージを謳ったものであって、決して死の遥か彼方にあるのではないのである。——それを死後のこととするのは、人々の生活そのものが苦難に満ちていた古き時代の方便説の踏襲なのであろう。

四

世界は個人の心を映す鏡である。現実の人々は賢治が「修羅」と呼んだように、利己心や憎悪、怨恨、迷いに捉われるのが通常であり、世界には民族や国家などの相互間に軋轢や戦争が絶えることがないし、テロの頻発もある。幸福を求め平和を願う人類がこの様な現実を避けられずにいるには色々の原因があるだろうが、西田氏やタゴールがそれぞれ、

偽醜悪はいつも抽象的に物の一面を見て全豹を知らず、一方に偏して全体の統一に反する所に現われるのである。（『善の研究』第三篇第十三章「完全なる善行」）

生活の或る特殊な面だけに関係をもつ人は、その局面に誇張された重要性を置く傾きがある。事実を重視しすぎて、真理を把握することができない。（『生の実現』三「悪の問題」）

と述べているように、広い視野を持たず、先に述べて来た、あらゆる宗教の源であるところの哲学思想を欠き、狭い己れに執着していることに最大の理由があるのだと思う。従って個人も民族も国家も、はたまた既成の各宗教も、一度は原点に立ち返って考え直すべきではなかろうか。賢治は、

世界がぜんたい幸福にならないうちは個人の幸福はあり得ない

と断言しているが、この「個人」を「一民族」「一国」と置き換えてみることも可能で、西田氏も「国家は統一した一の人格である。」（第三篇第十二章「善行為の目的」）と言っている。私はこの賢治の言葉を個人は勿論、凡ゆる組織のリーダーたちに捧げたいと思う。とりわけてリーダーたる者には、一切の具体策を立案実行する際において、ぜひその根底に右の思想を置くことを考えてもらいたいからである——「人権」ということもこ

の思想を基盤としている——が、基本は飽くまでも個人個人が「かぎりないいのち」を「自らの中に意識」することにある。世界の幸福、人類の幸福はその徹底の上にこそ築かれるのである。その達成には絶えざる適切な教育と、気の遠くなるような長い長い道程とが要請されることは言う迄もないことで、それは限りない忍耐と苦難の道でもあるに違いないのであるが、誤解なきように念の為に言っておくが、その幸福が個人、民族、一国家の犠牲の上に招来されるのでないことは言うまでもない。

このことの実現は言うまでもなく至難のことである。ジョバンニが「ぼくはどうしてそれをもとめたらい、でせう」(「銀河鉄道の夜」第三次稿)と言ったのもそのことであって、これを「理想に過ぎない」と言う人々もいるに違いない。しかし、正しい認識と決意とを欠くことがこれを抽象論に終らせるのであって、こうした理想を見失ってしまったならば、恐らく人類に未来はないであろう。

以上は文学の研究を通して、一人の人間として私が把握し得たぎりぎりの思想である。

引用文は岩波文庫『善の研究』、アポロン社と第三文明社の『タゴール著作集』、『校本　宮沢賢治全集』筑摩書房に依った。

追記

この稿を書いて一ケ月も経たないのに、アメリカであの忌わしい同時多発テロが起きて世界じゅうが大騒ぎになり、更に続いてイスラエル・パレスチナがいつ果てるか判らない激しい紛争状態に入っている。平和や民主主義が一国内だけのものであり、人間尊重が自分の民族や宗教内だけのものであるという、全体を見ないで己れだけに執着する人々やリーダーたちの狭い見識をまざまざと見せつけられて、悲しい。拙文の趣旨を一そう切実に思うことである。

あとがき

多くの優れた賢治の作品の中から作品論として四編だけを取り上げたのは、特に理由があってのことではない。他にも取り上げたい作品はいくつもあるのだが、ここに扱った作品は、いずれも賢治の思想が詩的に昇華されていて、芸術的純度の極めて高いものであると思う。

また、全体を通して解説風に書いたのでなく、一つ一つ単独に書いて来たものであるから、記述に重複する場合がかなりあるけれども、改めることをしなかった。然し、それが却って読者の理解を助けることになるかも知れないし、また、そうであってほしいと願う。

といっても、本書はすべて私がこのように理解しているという姿勢で書かれたものであるから、鑑賞の手引きといった性格のものではない。凡そ優れた作品は私の理解を超えたものであることが一般であるのだが、ただ、私は私なりに作品を繰返し読むことによって、作者自身気が付いていないかもしれない作品の本質に迫りたいと常に念願しており、作品研究というものはそうあるべきだと考えている。そして、そこから学び得るものがあれば、それこそ大きな喜びなのである。

私は宮沢賢治から多くのものを学ぶことができた。特に本書最後の論稿はその総仕上げといったもので、そこで述べた思想が多くの方々に正しく理解されるならばこの上ない幸いであり、そうあることを切に望むものである。

平成十四年四月十五日

吉江久彌

初出一覧

賢治童話との出会い	でくのぼう出版『宮沢賢治の魅力を語る』（最初の『宮沢賢治全集』文圃堂版との出会いとその後）	'96・2・1
やまなし	「鳴尾説林」第7号（「幻燈」としての「やまなし」論）	'99・12・25
おきなぐさ	「武庫川国文」第46号	'95・12・1
銀河鉄道の夜 Ⅰ	「宮沢賢治研究 Annual」Vol.5（鎮魂としての「銀河鉄道の夜」）	'95・3・1
〃 Ⅱ	「武庫川国文」第41号	'93・3・25
〃 Ⅲ	同右 第42号	'93・12・25
〃 Ⅳ	「鳴尾説林」第2号	'94・9・10
宮沢賢治における「幻想」と「幻燈」	同右 第6号	'98・11・30
「三角標」がどうして星なのか	同右 第3号	'95・9・10
『赤い鳥』と宮沢賢治	「仏教大学研究紀要」第72号	'88・3・14
タゴールの詩と童謡「月の沙漠」	「鳴尾説林」第6号	'98・11・30
ある知識人のタゴール受容	「成瀬記念館2000」No.16（成瀬仁蔵はタゴールをどう理解したか）	'00・12・25

備考　1　（　）内は原題名
2　右には、書き改めたり、かなり手を加えたりしたものがある。
3　右以外は、すべて書き下ろし

吉江 久彌（よしえ ひさや）

富山県出身　京都市現住

東京高等師範学校（一九四〇）、東京文理科大学（一九五一）卒業

元佛教大学教授　日本近世文学専攻（文博）

著書　『西鶴文学研究』『西鶴　人ごころの文学』

『西鶴文学とその周辺』『歌人上田秋成』

『タゴールと賢治――まことの詩人の宗教と文学』

歌集　『断橋』『虹の断橋』

賢治童話の気圏

初版第一刷発行　二〇〇二年七月一日

著作者　吉江久彌

発行者　鈴木一行

発行所　株式会社大修館書店

〒一〇一-八四六六 東京都千代田区神田錦町三-二四

電話 03-3295-6231（販売部）03-3294-2354（編集部）

振替 00190-7-40504

[出版情報] http://www.taishukan.co.jp

装丁者　山崎　登

印刷所　壮光舎印刷

製本所　関山製本社

ISBN4-469-22157-0　Printed in Japan